◎ 2022年嘉兴市文化精品重点扶持项目

心若初见

王厚明 著

花山文艺出版社

河北·石家庄

图书在版编目（CIP）数据

心若初见 / 王厚明著. -- 石家庄：花山文艺出版社，2024.6
ISBN 978-7-5511-7114-4

Ⅰ.①心… Ⅱ.①王… Ⅲ.①散文集－中国－当代 Ⅳ.①I267

中国国家版本馆CIP数据核字（2024）第010686号

书　　名：**心若初见**
　　　　　XIN RUO CHUJIAN
著　　者：王厚明

封面题签：张茂林
责任编辑：刘燕军
封面设计：谢蔓玉
版式设计：刘昌凤
美术编辑：王爱芹
出版发行：花山文艺出版社（邮政编码：050061）
　　　　　（河北省石家庄市友谊北大街330号）
销售热线：0311-88643299/96/17/34
印　　刷：三河市元兴印务有限公司
经　　销：新华书店
开　　本：880毫米×1230毫米　1/32
印　　张：9.75
字　　数：240千字
版　　次：2024年6月第1版
　　　　　2024年6月第1次印刷
书　　号：ISBN 978-7-5511-7114-4
定　　价：69.80元

（版权所有　翻印必究·印装有误　负责调换）

春风依旧 人生若只如初见
如初见的不只是
春风，还有真实的你

王厚明

序

  网络上曾有一句流行语："欣赏一个人，始于颜值，敬于才华，合于性格，久于善良，终于人品。"我与王厚明先生的交往，则是始于文章，识于思想，敬于见识，合于同好。

  厚明推出新作《心若初见》，嘱我作序，心下颇为惶恐不安。平心而论，我给厚明写序，实在是资质欠佳，分量不足。但转念一想，我和他同有多年的军旅生涯，心性相通，有共同语言；和他的文体大同小异，思路也相近，有可互相借鉴之处。而且我比他略长几岁，早他几年开始写作，不揣浅陋给厚明写序，似也有些理由，至少可起抛砖引玉之用。

  厚明饱读诗书，满腹经纶，多才多艺，于工作生活之余，钟情杂文随笔写作，佳作迭出，与我是神交已久的文友。虽未曾谋面，但读他的文章已有多年，我们的作品常一起见报，彼此互相欣赏、借鉴。他的杂文、随笔、小品文都写得很好，文笔多样，内容丰富，史料翔实，推论得当，有相当水准。数十年来，厚明笔耕不辍，苦心孤诣，孜孜矻矻，屡有精品，在杂文随笔爱好者中影响不凡，更为同事朋友称道。他的一些作品还曾在朋友圈流传一时，好评如潮，此次结集出版也是水到渠成之事。

厚明君才华横溢,锦心绣口,文章作品质高量多。但他素来低调内敛,谦恭自抑,不喜张扬,平生追求"大音希声,真水无香",欣赏"四个静悄悄",立志"做一粒好种子",并视"人生若只如初见"为理想境界,所以他为自己的新书命名《心若初见》。厚明的这本新作,以思辨性、艺术性、趣味性、可读性见长,并不乏批判锋芒,常有雄辩金句,读来可长见识,细品能学思想。读此书,定不负开卷有益之谓,有入宝山满载而归之感,愿读者诸君鉴之。

白乐天有言:"文章合为时而著,歌诗合为事而作。"厚明深得其中三昧,并积极践行,广接地气,贴近生活,文必有感而发,不做无病呻吟。正因如此,厚明的文章多写身边人身边事,不乏家国情怀,读来格外亲切;笔下尽为人间烟火,多有柴米油盐,篇篇引人共鸣。在他眼里,"读书,是思想和灵魂的旅行";在他笔下,"宠辱不惊是一种内心繁华";他警醒人们要"盘活自己";他大声疾呼,"谈道德更要讲规则";他满怀深情,盛赞"移山的智慧";他告诫我们,要"关注你印象不深的人";他激励世人,"吃苦是梦想与价值的桥梁"……

孔子说:"《诗》三百,一言以蔽之,曰:'思无邪。'"厚明的文章也是如此。他的作品,不论新旧长短,说古道今,无不正气盎然,爱憎分明;字里行间充溢着对祖国人民的满腔深情,对家人亲友的一片挚爱,对社会不良风气的深恶痛绝,令人不胜感怀、敬佩不已。

国学大师王国维《人间词话》有名言:"词以境界为最上。有境界,则自成高格,自有名句。"古往今来,精彩的文章皆以境界取胜,高屋建瓴,而不以文辞争先,用典求奇。厚明的作品,也是独具匠心,力求高格,尽力打造境界;直抒胸臆,不过分雕饰语言;引经据典自然,不刻意去掉书袋;我手写我心,不成心卖弄才学。通篇读来,用语平实朴素，于平实见奇崛；下笔不求惊骇，于俗常见非凡。

厚明曾在部队服役三十个春秋，兢兢业业，勤勤恳恳；我也曾在部队工作四十个年头，与厚明是文友、战友。厚明的文章屡有真知灼见，常见思想光芒，启迪我心，开我茅塞，同时也让我受益匪浅。如今厚明将作品结集，嘱我作序，我本想以学术浅陋、人微言轻相辞，无奈厚明诚恳相邀，只好勉为其难，拉杂写成数言，姑为其出书一贺。

是为序。

陈鲁民

癸卯年夏月　勤思斋

目录

第一辑 心灵之约

003　人生若只如初见
006　读书,是思想和灵魂的旅行
008　宠辱不惊是一种内心繁华
011　功未至时见初心
014　失弓的境界
016　宽容・宽厚・宽阔
019　心无外溢,不移其守
022　莫让虚华累年华
025　寂寞如金
028　低头的皱纹
029　永远续写春天里的故事
031　真善美来自公与私的站队

第二辑 灵魂之问

037	我们该活在谁的眼里？
040	你刻上名字了吗？
043	幸福，是不动心吗？
046	小蓝是谁？
048	鲑鱼"固执"在哪里？
052	人生如何盘活自己？
057	法大还是情大？
060	如何做个能"赢"的人？
063	如何学好"齐国话"？
065	谁不讲礼仪？
068	其美多吉何以感动中国？

第三辑　思想之灯

- 077　惑，祸也
- 080　换伞的智慧
- 083　谈道德更要讲规则
- 086　多花三百两黄金的启示
- 089　移山的智慧
- 091　一块饼的约定
- 093　你可以不吃的！
- 095　寒山寺的"夜半钟声"
- 098　鸡尾酒的启示
- 100　"嫌货人"才是买货人
- 102　有种智慧叫"治未病"
- 105　杜鹃鸟的另一面
- 108　感觉只是感觉

第四辑 人生之悟

113　关注你印象不深的人
117　不妨泄泄气
120　不要既浪费茶叶又浪费时间
123　也谈"铁匠、木匠、瓦匠"
126　干事业莫"画鬼怪"
128　跌倒的，都是行走的人
130　从杨利伟"我没有看到长城"说起
132　其实我们都是"陀螺"
136　人生不可"独少一爱"
139　人生要有"三识"
142　一封追回的贺年卡
144　多些霜打的经历
146　吃苦是梦想与价值的桥梁
149　决胜功夫"快"始成

第五辑 处世之鉴

153　彼此成就才是最美的相处
155　功成名就之后
158　"想法"不妨少一点儿
162　舌头是好东西,也是坏东西
166　真相,是人心的一面镜子
169　真正的批评都是点亮优秀的灯
172　卑以自牧品自高
176　责不可失,位不可越
179　赞美也是"借"出来的
182　平台如水君如鱼
186　裁缝的工作辩证法
188　贴在地面行走

第六辑　美人之美

193	一语如金
196	文明是灵魂最美的风景
198	大音希声，真水无香
201	定制心灵的"套餐A"
203	正义，只需坚守无须解释
205	索取与给予
207	做一粒好种子
210	宽容是一种美
213	把痛苦和怨恨留在身后
215	嘲笑和刁难，带不走真实的灵魂
218	欣赏的力量
221	"最美司机"的一分十六秒

第七辑　名人之品

225　四个"静悄悄"
228　黄金易得，国宝无二
231　君子之争
234　钱锺书道歉
237　朱彝尊的"雅赚"
240　钱穆的"温情与敬意"
243　传统文化"卫道士"：辜鸿铭
246　一代报人成舍我
249　蔡元培：兼容并包、爱才不拘
252　闻一多：一心一口见勇毅
257　金庸捐款
259　文学孤勇者沈从文
262　绽放过真与爱的花，是一种至纯的美

第八辑 机智之辩

267	辩论应机，莫与为对
270	大学校长的妙语笑谈
272	以卑说卑
274	钟会敏言妙对
276	孔子的两种回答
278	卞壶三辩正礼法
281	庸芮智劝宣太后
283	刘墉的妙答
285	徐孺子机智归谬
287	秦宓辩天
290	陈元方的巧喻
292	新娘子的口才

第一辑

心灵之约

人生若只如初见

春风依旧，人生若只如初见。

如初见的不只是春风，还有曾经的自己。当需要回顾一下在人生路上走过的春夏秋冬，不禁会轻轻地问自己：什么最质朴无声？

沧海桑田，追古察今，一个人是渺小的，一个时代也是短暂的，受之父母的生命终将消亡，世间追逐的金钱来回转手，纷争自会偃旗息鼓，名利也会人走茶凉。多年以后的蓦然回首，四处飘散的愁绪，人去楼空的变幻，也许会想起楼兰古城在风沙中曾经的繁华，也许会忆起鼓角争鸣的历史硝烟，也许会感慨"人面不知何处去，桃花依旧笑春风"的过往，但一定不会遗憾在人生路上留下的脚印。当走过属于我们的青春时代，走过渐行渐远的人生故事，流淌的只是悄无声息的绿色记忆，恰如人生书写的一字一句，似雪花落地无声，却消融在奋斗的土壤里，如火花闪亮即逝，却绽放在前行的道路上。我一直以为，理想是一种质朴的情感，是滋养生命的养分，所以值得我们珍藏；追求是一种无声的责任，是期待成熟的风华，所以值得我们坚守。

什么最能承载价值？人活着，追求的是能有尊严地生存。有的人愿意在颂扬追捧中感受价值，有的人乐于在追名逐利中体验价值，有的人沉湎在职位攀升中品味价值，但我相信更多的人活在自己的精彩里的同时，会担当一份来自时代赋予自己的厚重责任。曾几何时，我们相约、相知、相守在光荣和梦想中，精神天空在相互鼓励和交流分享中更加充实和出彩，彼此感受那份理解和尊重、那份快乐和幸福。尽管现实需求和真实理想交织并存，但不难分清的是，功名利禄只是一时的，精神追求却是永恒的，这种追求就是思考人生、放眼世界、感悟未来，把这种追求放在燃放激情的体内，就能真切地感受到人生价值的温度。

什么最让人生无悔？不用猜测和解答，我始终认定的是热爱，是激情，是执着。人格，无不是在热爱中生辉；力量，无不是在激情中凝聚；事业，无不是在执着中成就。当有一天与真实灵魂相逢，自己的激情便有了新的去处，就开始了执手前行的约定：习惯于基层一线摸爬滚打，反复间不知是工作还是生活；习惯于每天夜深凝神静思，恍惚间不分是今朝还是昨夜；习惯于独自敲打思想火花，混沌间不论是节假还是午休。尝过酸甜苦辣才懂得人生的味道，有过疯狂痴迷才会有生命的色彩，当你对一个事物乐此不疲、不离不弃，就无悔这样的选择。

什么最具磅礴力量？是猛兽还是人类？是自然灾害还是核武器？显然都不是，可以说，只有思想能穿越时空，根植灵魂，也最彰显亘古不变的力量。所有的文化、文明都来自思想的积淀，文化是思想的载体，思想是文明的主宰,世界的战争与和平、矛盾与冲突、变革与发展，无不是世界文明的碰撞，根本在于思想的差异。所以，切不可小视思考的价值，当你心接神聚时代，或许已在为一个传统文明积蓄不可或缺的力量，而这些思想点滴一旦对接理想、融汇事业，便会迸发磅礴的力量。而今，我们应胸怀一种共识，光荣与使命既离不开责任担当，更离不开草根情怀，需要我们以纯粹的意志凝聚智慧，用豪情和实干开启新的梦想远征。

　　当你置身于脚下这块充盈奋斗基因的精神沃土，似乎触摸到了人生意义的边缘。尽管她不一定能给你带来什么，却值得我们每一个热爱她的人珍惜呵护，因为，她可以让我们找到一种精神皈依，达到一个价值高度。

读书，是思想和灵魂的旅行

在注重物质享受的今天，碎片化、快餐化的浏览引发的阅读危机折射的是大众的精神危机。因为，没有阅读，就没有心灵的成长，精神的发育。我们当然知道，读书并不能让自己功成名就，但却可以带着自己的思想和灵魂去旅行；读书或许带不来物质享受的满足感，但却承担着时代发展和民族复兴的厚重责任。

或许我们也常常身为低头一族去做机械刷屏的浅阅读，也会常常人云亦云，却很少质疑和思考，不免太过浮躁。但是，我们的精神空间绝不应完全被通俗戏谑的小品、无从考证的微信、博人一笑的段子构成的微文化占领，我们的时代不应趋同为一种小时代，一个人也不能盲目成为流行文化的奴隶。如果你的生活世界缺少阅读，就会缺乏深刻理性的见解，缺少对思想的敬畏和追随，也难有一种支持真理的力量。17世纪法国启蒙思想家帕斯卡尔曾说过这样一句话："人之伟大源于他拥有思想。"虽然我们并不一定能做到伟大，但完全可以通过读书去彰显智慧，充实自己，去探寻灵魂的诗和远方。

真正的思想者，会用读书来寻找灵魂。人的生命是有限的，所以我们有一个价值选择的问题，当你把生命的时光投放在读书学习上，就会发现这才是有意义的人生，才会绽放生命的精彩。那些功名的追求、物质的索取，尽管有生理心理的满足，终究你会发现那是有缺憾的归宿，唯有思想的拥有者目光清澈，头脑清醒，心静而神远，才是真正的拥有者。精神的成长、思想的成熟更是一种修行，毫无疑问，成为真正的思想者的过程是一段精神苦旅，这往往需要静心读书、学习思考这一独特的方式。读书思考是需要时间的，投入其中才会感受到时间的珍贵和短缺，尽管随着时间的流逝，年岁的增长，并不一定功成名就，但却是思想灵魂的涅槃，人生价值的释放，也会让你的生命更具思想的张力。

行走在求索追思的读书路上，你不免被耻笑迂腐痴傻、没有价值，他们哪里明白思想是唯一永恒的东西，思想的价值是任何物质所不能比拟的，精神的富有高于一切；读书的意义在于拥有思想，而思想正是行动的先导，是规律的钥匙，蕴含着世界观和方法论。一个人全部的尊严在于思想，无须太在意他人的言语评说，真正的读书人是永远的思想者，注定要孤独地旅行。

读书的终极之旅，是做真理的追梦人。一个人的思想有多远，就能走多远。读书是一个人最可贵的品质，这里面有志向，要远大；有眼光，要高远；有智慧，要远谋。要求我们在读书中，不仅要有思想的高度，更要有实践的力度，为理想和梦想而不懈奋斗。读之愈深，情之愈真，思之愈多，责之愈重，愈要把心中正能量分享于世，传之于众，激励于人，同时也锤炼精神信仰，激励共同成长进步。从这个意义上讲，因读书而充盈的思想犹如一盏明灯，照亮的不仅仅是迷茫的心灵，更是前行的路。

宠辱不惊是一种内心繁华

"人有悲欢离合，月有阴晴圆缺。"人的一生注定是悲喜交加、进退起伏的境遇和历程，如何保持得失不扰、波澜不惊的心态，不仅是人生的格局与境界，更是心灵的通透和自由。

《资治通鉴》曾记载，唐高宗时，以雍州长史卢承庆为司刑太常伯，对内外官吏进行考核。当时，考察官员有级别标准，先大体分成上中下，然后每一级再分成上中下，比如最好的是上上，差一点儿的是上中，然后是中中、中下、下下之类。有一个官员负责督运粮食，但遭遇大风而翻船失米，卢承庆的考核结论是："监运损粮，考中下。"那位运粮官听后没有流露出半点儿不高兴的神情，也没有解释，一言不发退下了。卢承庆欣赏他对待得失的淡然和雅量，就改写了结论："非力所及，考中中。"然而，那人仍然没有激动的神色，也没有一句客套的感谢话。后来，卢承庆调查发现，翻船并非监管不善，而是因为突然刮大风把船吹翻了，便把评价改为："宠辱不惊，考中上。"从中下到中中再到中上，三次不同的结论，不仅反映了卢承庆察人识才的眼光，也表现出这名运粮官宠辱不惊的不凡素质。

著名学者杨绛说过："我们曾如此渴望命运的波澜，到最后才发现，人生最曼妙的风景，竟是内心的淡定与从容。"接受考核的运粮官淡然面对卢承庆三改结论，并非其木讷迟钝使然，而是有着问心无愧的坦荡，清心寡欲的淡泊，处变不惊的睿智，始终保持着心灵自由自在，没有世俗的包袱和负累。这也给予我们有益的人生启示：身居尘世中，难免要面对诱惑的困扰、功利的考验、情感的冲击，如果贪名图利、患得患失，心灵就会不堪重负而失去自由。不妨多一些豁达淡然，少一些急功近利，多一些心静如水，少一些轻浮躁动，做一个灵魂丰盈、精神饱满、内心繁华的人。

北宋著名政治家范仲淹，是"庆历新政"的代表人物。他关心政治，忧国忧民，不图个人荣华富贵，从二十七岁进士及第到五十五岁主持新政，曾因直言敢为三次被贬：1029年，范仲淹因谏言太后还政，被贬；接着又在废郭皇后事情上再次被贬；1035年，范仲淹上《百官图》第三次被贬。虽经三起三落，他却百折不挠，从容处之，留下"心旷神怡，宠辱偕忘，把酒临风，其喜洋洋者矣"的洒脱，胸怀"先天下之忧而忧，后天下之乐而乐"的抱负，始终以满腔热忱报效国家。欧阳修曾颇为敬佩地评价范仲淹："公少有大节，于富贵、贫贱、毁誉、欢戚，不一动其心，而慨然有志于天下。"

《幽窗小记》中有句世人熟知的对联："宠辱不惊，看庭前花开花落；去留无意，望天上云卷云舒。"寥寥数语，道出了对待荣辱得失、进退起伏的应有态度。范仲淹这种不以物喜、不以己悲的人生态度，决定了他的精神世界不为功名利禄所束缚，也成就了他胸怀天下、志存高远的品格，所以他能精神充盈而富有，心灵独立而自由。追古及今，身处人间百态和世事沧桑，荣辱悲欢是常有之事，也要有得而不喜、失而不忧的心境和胸怀，凡事不乱于心，不困于惑，学会舍得与放下，保持心灵的自由自在，让自己在人生征程中轻装前行。

当代学界泰斗季羡林，是国际著名东方学大师、语言学家、文学家、国学家、佛学家、史学家、教育家和社会活动家。学识渊博的他，却拥有一个归于平静的内心："纵浪大化中，不喜亦不惧。应尽便须尽，无复独多虑。"2006年5月14日，北京大学举行"庆祝东方学学科建立六十周年、季羡林教授执教六十周年暨九十五华诞"大会。然而季羡林却没有出席会议。第二天，有人向他说起了这次会议的盛况，他感到非常惊讶，说："我就是一个普通的教授，搞这么大的场合干什么？小题大做，不值得。"由于在学术上的杰出成就和重大贡献，外界给予季羡林高度评价，但他却撰文三辞桂冠：国学大师、学界泰斗、国宝。2007年，季羡林借《病榻杂记》出版，厘清了什么叫国学、什么叫泰斗，并向天下人昭告：请从我头顶上把"国学大师""学界（术）泰斗""国宝"三项桂冠摘下，洗掉泡沫，还我一个自由自在身。其实在"文革"期间，季羡林也曾遭受打击，但他仍能泰然处之，他说他一生写作翻译的高潮，恰恰出现在此期间。原因并不神秘：他获得了余裕和时间……

弘一法师在《格言别录》中说："涵容是待人第一法，恬淡是养心第一法。"季羡林之所以能以"不喜亦不惧"的平常豁达之心对待一切，缘于他拥有宠辱不惊的境界。这种境界不诱于誉、不恐于诽，追求内心自由自在的超脱，对名誉地位淡然以对，对挫折困境等闲视之，视荣辱褒贬为身外之物，注重真实、务实、踏实，把心思精力落在真实处，把智慧才干用在事业中。将这种价值观融入血脉，必然能让灵魂充盈阳光、内心无比强大。

功未至时见初心

《十宗罪》有句经典语录："有些事不是看到了希望才去坚持，而是因为坚持才会看到希望。"一个人的人生追求，可能光彩照人，也可能悄无声息，而在功未至时的漫漫征途中，最能映照的是能否择一事、终一生的初心。

《墨子·兼爱》中载，儒家弟子巫马子曾质疑墨子说："子兼爱天下，未云利也；我不爱天下，未云贼也。功皆未至，子何独自是而非我哉？"意思是说，先生推崇兼爱天下，我没有看到有什么好处；我不爱天下，也没有发现有什么害处。既然爱不爱天下都没有什么收获和损失，先生为什么只认为自己正确，而认为我不正确呢？墨子淡然一笑，回答道："如果现在这里有个人在放火，一个人端着水将要浇灭它，另一个人拿着火苗，要让火烧得更旺，但都还没有各自实现做成，在这两个人之中，你认为哪个人是对的呢？"巫马子回答说："我认为那个端水的人想法是正确的，而那个拿火苗的人的想法是错误的。"墨子说："所以我也认为我兼爱天下的主张是正确的，而你不爱天下的想法是错误的。"墨子对巫马子的一番教诲，透露出令人深思的人生哲学命题，就是追求的是什么？什么值得我们去追求？怎样去追求？或许并不陌生却又不乏深刻的三句话，可以略作回答。

"勿以恶小而为之，勿以善小而不为。"巫马子认为单凭墨子和自己，爱与不爱天下功皆未至，造不成什么影响，因而质疑追求的价值和初心。可以说，人生追求的意义不在于功利高度而在于价值高度，不在于贡献大小而在于奉献多少。也许我们的力量微不足道，贡献也似杯水车薪，但要坚信：一滴水可以折射太阳的光辉，一朵花可以点缀春天的美丽，一盏灯可以照亮人生的道路。一把手术刀、一身白大褂，把两万多名病人一个一个驮过河的吴孟超说："倒在手术台上是我最大的幸福。"而扎根边疆贫困地区四十多年的"燃灯校长"张桂梅则说："豁出命改变她们的命，值！"……古人云："小善渐而大德生，小恶滋而大愆作。"无论何时，都要让自己成为正能量的主角，不必嫌弃自己位卑力单，也不能心怀小错小恶无大碍的侥幸。只要是有利于社会和人民的事，无须惊天动地，无须功成名就，也无须他人评判，只需义无反顾、不计得失地坚持下去，把一颗向上向善的初心转化为对事业的热爱和忠诚，于细微之处尽责任，于平凡之处显品质，就能放大正能量，为社会注入生机和活力，在点滴之功中成就人生价值和事业的含金量。

"人不为物累，心不为形役。"一个人的追求和奋斗都与其切身利益相关，但其动因不能为功名利禄所驱使，价值存在也不能以有无实际利益来判断。如果像巫马子一样以功利来衡量万事万物，我们内心不仅会被外物所裹挟，不免会心气浮躁，不安现状，思想上总是见异思迁，工作上琢磨跳槽换岗，也容易走向趋炎附势、贪名图利的利己主义怪圈。对有利可图的、能出名挂号的、可显山露水的事，就争着去、抢着上，而对有风险无保障、有难度缺回报、有压力要追责的事，则上推下卸、推诿扯皮。《管子下篇·心术下》中说："君子使物，不为物使。"说的是聪明的人懂得驾驭外物，而不被外界诱惑所左右。只有"心不动于微利之诱，目不眩于五色之惑"，视荣辱褒贬为身外之物，对名利地位淡然以对，对挫折困境等闲视之，就能淡泊名利、宠辱不惊，坚守住自己的"精神家园"。

"不忘初心，方得始终。"在墨子心里，"兼爱天下"是他矢志不渝的初心，哪怕是功未至时。而对初心的洞察检验，在于平淡无奇默默奋斗的功未至时，更在于遭遇艰难坎坷的功未至时。明代著名思想家王阳明说得好："越是艰难处，越是修心时。"越是艰苦环境、吃劲岗位，越是悲催惨淡、"至暗时刻"，越能磨砺初心。不忘初心，守着的是一份执着，更是一种信念。一生致力于"让人类摆脱饥荒，让天下人都吃饱饭"的袁隆平说："对事业的追求就是乐在苦中。"一腔爱，一洞画，一场文化苦旅，五十八年从青春年华到白发生的"敦煌女儿"樊锦诗说："我的心一直在敦煌，要去守护好敦煌，这就是我的命。"一个人、一匹马、一条路，在雪域高原跋涉二十六万公里，坚守"马班邮路"三十二年的深山信使王顺友常说："觉得自己这一辈子就是为了走邮路才来到人世上的。"要把初心化为人生前行的"根"和"魂"，化为奋斗之旅的精神"通行证"，守得住寂寞，经得起磨难，不管做什么事，都慎终如始、善始善终；无论跋涉到哪里，都不忘本来、持之以恒，就会坚定自己的人生选择和价值追求，保持一往无前的本真状态，用坚实的步履标注理想与未来。

失弓的境界

《孔子家语·好生》中记载:"楚王出游,亡弓,左右请求之。王曰:'止,楚王失弓,楚人得之,又何求之!'孔子闻之,惜乎其不大也,不曰人遗弓,人得之而已,何必楚也。"故事大意是,楚王打猎时丢失一张弓,但他阻止下属去寻找弓,他说:"我失弓,得弓的也是楚国人,何必去寻找弓呢?"楚王能有"王民合一"的境界,值得称赞。但孔子却认为楚王的境界尚不够大,他说:"失弓的是人,得弓的也是人,何必计较是不是楚国人呢?"在孔子的心目中,楚人与天下人一样,都是平等的"人",也道出了儒家"仁者爱人"的境界。

而老聃闻之曰:"去其'人'而可矣。"(《吕氏春秋·孟春纪·贵公》)老子听到孔子的说法后,说:"把人也去掉更好啊。"这就成了"失弓,得弓"。在老子看来,人与天地万物是一样的,都是造化和自然的平等产物。他用朴素的唯物辩证法揭示了得与失的关系,其"天人合一"的境界无疑又高了一层。

境界之高下,在于能否摒弃"物"的限制。楚王的境界在于摒弃了楚王与楚人的限制,孔子的境界在于摒弃了楚人与天下人的限制,而老子的境界在于摒弃了人与自然的限制,也让我们看到了不同境界带来的思想格局。漫画家丰子恺曾说："我以为人的生活可分三层,一是物质生活,二是精神生活,三是灵魂生活。"一个人要提升自己的境界,就要放大自己的格局,放下名利权欲等身外之物的困扰,尽力往"楼"上走:在精神信仰上登高,在道德修养上超越,在利益诉求上等闲,在大爱情怀上跨界,境界就会豁然为之一宽。

境界之高下,也在于能否除却"空"的困惑。针对楚王失弓,明代莲池大师在《竹窗随笔》中称,楚王固沧海之胸襟,而仲尼实乾坤之度量也,却还"不能忘情于弓"。这且不够,因为还"不能忘情于我",连求所谓"我"都不可得,又如何求"弓、人、楚"呢?这道出了佛家四大皆空的境界。应指出的是,境界是不可能脱离于社会而存在,它不仅仅是一种人生修养,也是一种改造主观世界和客观世界的精神力量。我们所说的境界是积极能动的境界,而非消极避世的境界,类似于四大皆空、看破红尘、与世无争、无所作为的思想和做法看似境界高,实则无益于社会的发展进步,也无益于人的健康成长。只有埋头苦干真抓实干,追求一种忘我的精神;舍我其谁勇于担当,涵养一种责任的操守;破解矛盾创新有为,砥砺一种发展的情怀,才不致陷于境界的虚空。

境界之高下,还在于能否破除"私"的羁绊。说到底,境界是一个人的心态问题,更是立场问题,有着鲜明的价值观属性。如果凡事淡公利己、私心居上,斤斤计较、毫厘必争,难免跌入俗境,思想也会自我矮化,停留在"功利境界";而心系百姓、克己奉公、胸怀大爱、造福人类,则境界堪称高矣。工作生活中也是如此,心中有国家,眼里有大局,胸怀有他人,跳出"小我"看问题,仰望星空干事业,思想和精神境界将为人钦佩。

宽容·宽厚·宽阔

法国19世纪的文学家雨果曾说过:"世界上最宽阔的是海洋,比海洋宽阔的是天空,比天空更宽阔的是人的胸怀。"宽阔是一种智慧,一种境界,有宽容的心态作人生积淀,方有宽厚待人处世的品德修养,才能具备豁达宽阔的胸襟气度。常为人所缺的宽容心态、宽厚品德、宽阔胸怀,往往会成为决定我们事业成功进步、人生前途命运的重要因素。有一句话说得好,心有多大,舞台就有多大。但也可以这样说——心有多宽,成功之路就有多宽。

清代张英在京城做官,有一次收到家里一封信,原来自己家和邻居为一堵墙发生争执。他很快回信:"千里家书只为墙,让他三尺又何妨。万里长城今犹在,不见当年秦始皇。"家里收到他的回信,就让出了三尺,邻居也让出了三尺,就成了今天著名的六尺巷。俗语云,忍一时,风平浪静,退一步,海阔天空;各自责,则天清地宁,各相责,则翻天覆地。宽容与礼让不仅成为中国古人的一种处世方法,也是当今人们在不失原则情况下的一种处世方法。海纳百川,有容乃大。宽容是一个人内心善意的表达,体现了一种宽以待人的包容情怀,一种与人为善的良好涵养。在开敞心扉时常怀谦恭,奉行礼让为先;在内心深处藏有善良,把周围邻里当成亲人,把身边朋友当成兄弟;在心灵之巅怀有高尚,不计较个人得失。

齐国有一名叫夷射的大臣,经常为齐王出谋划策,深得齐王厚爱。一次,齐王宴请他,由于他不胜酒力,喝得酩酊大醉,便起身到门外吹风。刚巧守门的是个曾受过刖刑(断足,古代的一种酷刑)的人,他向夷射恳求说:"若有剩酒,请赐我一杯!"夷射对守门人很是鄙视,便大声斥责道:"什么?到一边去!像你这样的囚犯还敢跟我要酒喝,真是大胆至极!"当守门人还想再恳求时,夷射已经离去,守门人非常气愤,也萌生了报复之心。这时,天刚好下了一阵小雨,门前积了一小摊水。第二天早晨,齐王出门时看到了这摊水,大为不悦,厉声问道:"是谁敢如此放肆,在这里便溺?""我不太清楚,但小的昨夜只看见大臣夷射一个人在这里站了好一会儿,再没看见其他人来过这里。"守门人诚惶诚恐地汇报说。齐王十分生气,便以欺君之罪,立即赐夷射毒酒而死。这则历史故事中有齐王的暴戾无常,有守门人的心胸狭隘,也有夷射的为人不宽厚。可以说让夷射丧命的并非看门的人,而是他自视清高、蔑视低微,缺乏宽厚待人的品格,从而使自身折戟沉沙。泰山不拒细壤,故能成其高;河海不择细流,故能就其深;王者不却众庶,故能明其德。这种宽厚的人生修养建立在宽容的心态之上,来自对普通人亲近的谦卑敬畏,来自"将相顶头堪走马,公侯肚里好撑船"的宽宏大量,来自比黄金更重要、比亲人更贴心的真诚信任,来自甘作嫁衣、甘为人梯的无私,来自大事讲原则、小事讲风格的淡泊风范。

古今中外,不乏胸怀宽广之人,蔺相如避廉颇之毁,楚庄王绝冠缨之嫌,季羡林守后生之袄……美国总统华盛顿还是一位上校时,曾率领部队驻守在弗吉尼亚州亚历山大市。在选举弗吉尼亚州议会的会员时，有一个名叫威廉·佩恩的人反对华盛顿所支持的候选人。同时，在关于选举问题的某一点上，华盛顿与佩恩形成了对抗。华盛顿出言不逊，冒犯了佩恩。佩恩一怒之下，将华盛顿一拳打倒在地。华盛顿的部下闻讯后，群情激愤，准备教训一下佩恩。华盛顿当场加以阻止，并劝说部下返回营地，一场干戈避免了。第二天一早，华盛顿派人送给佩恩一张便条，要求他尽快地赶到当地的一家小酒馆。佩恩怀着凶多吉少的心情赴约，他猜想华盛顿一定是要和他进行一场决斗，然而出乎意料，华盛顿在那里摆了丰盛的宴席。华盛顿见到佩恩后立即起来迎接，并笑着伸出手说："佩恩先生，犯错误乃人之常情，纠正错误是件光荣的事，我相信昨天是我不对，你已经在某种程度上得到了满足。如果你认为到此可以解决的话，那么请握住我的手，让我们交个朋友吧。"华盛顿的话语感动了佩恩。从此以后，佩恩成为一个热烈拥护华盛顿的人。可以说，华盛顿不仅深谙宽容的理性，且具有自省的勇气，更兼宽阔的胸怀。

　　一个人的宽阔胸怀可以化解矛盾，寻来柳暗花明，可以回避冲突，出现海阔天空。宽阔胸怀需要慈济天下，博爱四方，在以人为本中积蓄；需要承受委屈，忍辱负重，在求同存异中锤炼；需要放下身段、甘居下位，在谦虚谨慎中养成；需要化敌为友，冰释前嫌，在以德报怨中收获。

心无外溢，不移其守

  东京奥运会中国最小参赛选手全红婵，她在整套动作满分477分、实际获得466.2分的情况下斩获10米跳台项目的金牌，令全世界为之由衷赞叹。由于全红婵家庭条件不太好，她获得金牌后，各种赞助纷至沓来。有人给她家送来了房子、商铺和现金，但最后都被全红婵的父母拒绝了，没有要住房，也没有要商铺，更没有要好心人送来的现金，并称他们不能消费全红婵的荣誉。全红婵父母作为并不富裕的普通百姓，能在名利唾手可得之际，不为名利所动，不为收益所惑，不收受商家任何馈赠，保持清醒的头脑，实在难能可贵。

  欧阳修曾言："富贵不染其心，利害不移其守。"指的就是为人处世要经得起功名利禄的侵染，不改变自己的人生志向和追求。在物质至上、功成名就被不少人奉为圭臬的当下，如果按捺不住功利浮躁的心，往往会在追名逐利中淡忘初心、迷失自我、自移其守。

  "欲修其身者，先正其心。"心无外溢，更多体现在守心止惑的人格操守上。唐德宗时的宰相陆贽，清廉正派，对下不贪、对上不捧，连唐德宗都认为他"清慎太过"，暗地派人向他送密旨：

对别人的馈赠,一概拒绝,办事恐怕不太方便,要他重礼可以不收,但像马鞭、靴鞋一类的薄礼,收下亦无妨。然而,在陆贽看来,"利于小者,必害于大""贿道一开,辗转滋甚,鞭靴不已,必及衣裘;衣裘不已,必及币帛;币帛不已,必及车舆;车舆不已,必及金璧"。曾国藩也说:"人生之善止,可防危境出现,不因功名而贪欲,不因感极而求妄。"这也告诫我们,凡事只要心存杂念,私心外溢,迈出突破"零"的第一步,就会逐渐滑入泥潭不能自拔。

一个人要坚守志向,有所作为,就必须禁得住诱惑,舍得去欲望,放得下功利。《淮南子·道应训》载,令尹子佩曾盛情邀请楚庄王赴宴,楚庄王爽快地答应了。当子佩在强台设宴一切就绪时,却不见楚庄王驾临。第二天,子佩拜见楚庄王,询问不来赴宴的原因时,楚庄王对他说:"我听说你在强台摆下盛宴。强台这地方,向南可以看见料山,脚下正对着方皇之水,左面是长江,右边是淮河,到了那里,人就会快活得忘记了死的痛苦。像我这样德行浅薄的人,难以承受如此的快乐。我怕自己会沉迷于此,流连忘返,耽误治理国家的大事,所以改变初衷不去赴宴了。"楚庄王的高明之处在于,有着"不见可欲,使民心不乱"的自知之明,与其在纵情享乐中忘乎所以、贻误大事,不如与诱惑保持距离,主动隔绝欲望。

心无外溢,并非不食人间烟火,凡事心无所动,而是把理想和志向放在更崇高更有意义的价值追求上。切·格瓦拉作为一名阿根廷人,为了古巴的革命抛头颅洒热血,在古巴革命胜利后他本可以享受革命的成果,然而他却舍弃了已经很高的权力和官位,继续投身于解放全拉丁美洲的革命中。世界上永远不缺少追求财富、权力、地位的人,也不缺少精致的利己主义者,唯独像切·格瓦拉这样毫不为己、心无外溢的理想主义者少之又少。历史和现实一再证明,心无外溢才能不移其志。埋骨雨花台的烈士,74%受过高等教育;死难渣滓洞的英雄,70%出身富裕家庭。他们中有人放弃了"鸦飞不过的田产",有人背离了"自小熟悉的阶级",本应顺风顺水者偏向荆棘而行,本可锦衣玉食者不惜向死而生,终为世人所敬仰。

王阳明有诗云:"人人自有定盘针,万化根源总在心。"在人生上下求索的道路上,需要保持心无外溢、淡泊名利的定力和本色,不慕虚荣、不务虚功、不图虚名,"见素抱朴"而胸怀鸿鹄之志,"少私寡欲"而不失进取之心,方可拥有内心的宁静和境界的高远。

莫让虚华累年华

生活在都市的很多人喊着活得太累，工作压力大、生活负担重、人际交往复杂，总是为名利所累、为生活所迫、为情所困、为事业而迷茫，这是因为很多人放不下功利之心。功名利禄是一种虚华，如同我们内心的欲望枷锁，看得越重，枷锁也越重，也会让我们负累不堪。

袁隆平院士在接受采访时曾说："有个权威的评估机构评估说我的身价是一千零八亿元，要那么多钱做什么？那是个大包袱。""我不愿当官，'隆平高科'让我兼董事长，我嫌麻烦，不当。我不是做生意的人，又不懂经济，对股票也不感兴趣。我平生最大的兴趣在于杂交水稻研究，我不干行政职务就是为了潜心科研。"

爱因斯坦当年任教于美国普林斯顿大学，年薪为一万六千美元，他主动要求减至三千美元。人们大惑不解，他解释说："每件多余的财产，都是人生的绊脚石；唯有简单的生活，才能给我以创造的原动力！"

一个人的精力是有限的，在名利上趋之若鹜，就会在实务上裹足不前。袁隆平和爱因斯坦之所以把钱财当包袱当绊脚石，是因为他们视名利淡如水,看事业重如山。如果他们欲望膨胀,贪恋名利地位,必然为之所累,也不可能有造福人类的伟大成就。

在印度的热带丛林里,人们会用一种奇特的方法捕捉猴子:在一个固定的小木盒里面,装上猴子爱吃的果子,盒子上开一个小口,刚好让猴子的前爪能伸进去,猴子一旦抓住坚果,爪子就抽不出来了。人们之所以用这种方法能捉到猴子,是因为猴子有一种习性,那就是不肯放下已经到手的东西。猴子的不放手,最终成了它的致命负累。

牛顿在晚年时投资英国超级牛股——南海公司,一下子亏损了两万英镑,不仅把他毕生积攒的财富亏空殆尽,甚至还负债累累,为此他感慨地说:"虽然我能计算出天体的运行轨迹,但我却估计不出人们疯狂的程度。"其实这时,他已经陷入追求物质的疯狂,这也促使他去担任英国皇家铸币厂厂长,谋求高达五百英镑的年薪,并沉迷于炼金术和神学,以至于晚年他在科学上无所建树。

天下熙熙皆为利来,天下攘攘皆为利往。不少人为此一刻不停地追逐攀比,岂不知名利如浮云,荣华富贵无穷尽,只会给人生加载太多的沉重和负累。泰戈尔曾经说过:"当鸟儿的翅膀被系上黄金时,便无法在蓝天上自由展翅高飞。"而人的内心被诱惑和欲望填满,也不可能在事业上轻装上阵,有所作为。名利只会让人作茧自缚,束缚了本真,阻滞了对理想和事业的追求。

然而,人生鲜有不负累者。如庄子所说:"大块载我以形,劳我以生。"真正能做到与世无争、淡泊名利又谈何容易,所以苏轼被贬黄州,心灰意冷的他不免发出"长恨此身非我有,何时忘却营营"的感慨。

对此,《菜根谭》从解脱人生之欲的角度给出了回答:"人生只为欲字所累,便如马如牛,听人羁络;为鹰为犬,任物鞭笞。

若果一念清明,淡然无欲,天地也不能转动我,鬼神也不能役使我,况一切区区事物乎!"所谓"一念清明",便是以一颗宁静的心,看淡名利得失,让浮躁的心在面对纷繁的诱惑时可以沉静下来。

《道德经》中说"大道至简",其意并非提倡超脱和无为的消极避世,而是主张去除名利是非的虚华和负累,多做功利欲望的减法,放下自己的私心杂念,保持一份理想追求的清澈心智,把有限的精力用在"刀刃"上,用在正道上,方能攀上人生的高峰。如此,纵使人生之路有负累,也会走得轻盈而坚实。

寂寞如金

孤独寂寞，远离人间欢乐喧嚣，自然是无聊而痛苦的一件事，因此多少人不甘寂寞，喜欢抛头露面，希冀引起关注，似乎就有了价值存在。微信、微博等社交媒体之所以火热，也是因为人们想表达，想被关注，追求一种精神和心理的满足。然而，心灵的成长，事业的成就，往往离不开寂寞。一个人的寂寞一旦与奉献联系在一起，就会涵养金子一样的品格，弥足珍贵。

1935年，开国大将许光达在苏联学习期间，曾被党组织派往新疆调解军阀盛世才和马仲英之间的矛盾。他作为中国共产党的高级将领，通晓军事，精通俄语，又熟悉国际、国内形势，圆满完成了任务。当时，在苏联的马仲英为了感谢许光达，赠送了357.1克黄金作为其回国的路费。许光达极力推辞未果，便将黄金全数上交给共产国际经济管理委员会，并请求将黄金转交中国的救济会。许光达一生淡泊名利，对此事闭口不提。直到2006年，其子许延滨到俄罗斯查找父亲在苏联时期的资料，发现一张写于1937年5月、署名洛华（许光达俄文名字）上交黄金的字据，才让这段沉寂近七十年鲜为人知的往事公之于众。

"自修之道，莫难于养心；养心之难，又在慎独。"寂寞是自我完善的"慎独"必修课。越是在不为人知的境况下，越能彰显一个人的思想境界和品行修养。许光达面对黄金心无杂念、一心为公，七十年不事张扬、心中无我，面对私下馈赠和光阴蹉跎，用寂寞铭刻了大公无私的精神品格。

"共和国勋章"获得者张富清，在新中国成立前入伍，出生入死、保家卫国，先后参加了壶梯山、东马村、临皋、永丰等战役。每一次战斗，他都是突击队员，先后炸毁敌人四座碉堡，是董存瑞式的战斗英雄。在解放大西北战斗中立下了赫赫战功。战军特等功一次、军师团各一等功一次，被授予军、师"战斗英雄"。复员转业后，他主动到最艰苦的地方工作。六十多年来，他深藏功名、尘封功绩，坚守初心、不改本色，如果不是退役军人信息采集工作，他尘封六十三年的光荣岁月可能会一直埋藏下去。

"英雄无言，本色闪光。"从张富清身上，可以看到一个无名英雄甘于寂寞、淡泊名利的精神境界，这不仅需要经得起岁月的检验，更需要禁受住诱惑的考验。从不躺在功劳簿上睡大觉，从不抱怨长期扎根在偏远的山区，面对赫赫战功，张富清用寂寞书写了精彩人生。

"中国核潜艇之父"黄旭华，是中国第一代攻击型核潜艇和战略导弹核潜艇总设计师，他隐姓埋名三十年，母亲从六十三岁盼到九十三岁才见上他一面。已经六十二岁的黄旭华，双鬓也染上白发。这三十年间，他没有回过家，父亲到死都没有再见上他一面。结婚八年后，妻子与之结束两地分居，才知道丈夫是做什么的。父亲生气地退回黄旭华寄来的钱，拒收他的来信，姐姐也写信骂他"越大越不懂事"。直到2013年，他的事迹逐渐曝光，亲友们才得知原委。

黄旭华默默无闻，甘心做沉默在惊涛骇浪中的中流砥柱，当一辈子无名英雄。正如他所言:"参加核潜艇工作,我就像核潜艇一样,潜在水底下,我不希望出名。"面对亲人误解和核潜艇事业,黄旭华用寂寞诠释了无声惊雷的价值选择。

温州有个"兰小草",每年雷打不动捐款两万元,一直捐了十五年。"兰小草"是谁?这也让媒体和无数市民猜了十五年。2017年,"兰小草"因病去世,他的身世才被揭开,他就是一辈子没离开海岛的乡村医生王珏。2002年11月的一天,他将一封信和一个包裹寄给《温州日报》,信中写道:"这两万元是我们辛苦挣来的,捐给那些急需帮助的孤儿寡母……"还有个纸条:"希望用三十三年时间,每年捐献两万元'星雨心愿'善款,以报答国家社会的培养之恩,报答农民'粒粒皆辛苦'的养育之情……"他常对家人说,帮助别人不需要说,做了就好了。在妻儿耳边的最后一句话是:"一定要多做公益事……"

"事了拂衣去,深藏身与名。"尽管平凡,王珏却用默默的爱心传递温暖;尽管艰辛,王珏却用默默的坚守回报社会。被评为"温州改革开放三十年十大慈善人物"的王珏就如一株幽兰小草,默默无闻,却馨香人间。

大象无形,大音希声。震撼心灵的往往是无声的坚守,催人奋进的往往是默默的奉献。默默奉献自己金子般的人生,这样的人古今中外不胜枚举。正是他们,点亮了温暖人间的灯火,照亮了砥砺前行的道路。

低头的皱纹

不经意间照一下镜子，惊讶地发现自己额头的皱纹竟然如此之深，却是无法抚平了，只能感叹青春的消逝，岁月的无情。妻子在旁说道，那是你好低头罢了。是啊，自己确是有低头的习惯：习惯低头沉默，性格不事张扬；习惯低头行走，难得开敞心怀；习惯低头读书，任由思想徜徉。就这样，皱纹悄悄爬上额头，似人生的笔线，记录下道道沧桑。

自己不禁注意起来，提醒自己多抬头，少低头，不让皱纹霸道地占据自己的脸庞，可是依旧低头不止。我知道，人不能向困难低头，不能向权势低头，不能向邪恶低头——这种低头产生的不是皱纹，而是卑微。人需要仰头，翘首充满朝气自信，也需要抬头，放眼看清前行的路——当然也需要低头——抬头是停歇，低头是做事。

其实，大可不必惧怕皱纹，皱纹是成熟的符号，是不懈的奖励，是奋斗的标榜，已不应该令自己伤感。因为，习惯谦恭自谨的，需要低头；大凡上坡跋涉的，需要低头；埋头耕耘的，需要低头；期待厚积薄发的，需要低头。只是，必须知道皱纹不是低头郁闷生，而是低头奋斗起。我此刻需要理一理的是，自己有多少低头愁苦自卑的皱纹，有多少低头成就自信的皱纹。

永远续写春天里的故事

春风送暖,岁月流金。雷锋,这个平凡而伟大的名字,承载着几代人的集体记忆。雷锋身上所具有的强大的能量、大爱的胸怀、忘我的精神、进取的锐气,正是我们民族精神的生动写照,也让雷锋成为一个永远写在春天里的名字。雷锋精神映射着中国的时代气质,描绘出民族的精神图谱。

雷锋以短暂的一生谱写了壮美的人生诗篇,矗立起一座令人景仰的道德丰碑。向雷锋同志学习也成为一个永不褪色的时代主题。从"一不怕苦、二不怕死"的王杰,到"辛苦我一人,方便千万家"的"活雷锋"徐虎,再到"助人为乐、奉献社会"的"当代雷锋"的郭明义……点点星火,汇聚成炬,雷锋精神已经从个体的品格升华为一种精神符号,滋养着一代代中华儿女的心灵。六十年来,学雷锋活动在全国持续深入开展,以他的名字命名的志愿服务队、公共服务窗口、车间班组等数不胜数,一个个时代楷模、道德模范、"最美人物"、身边好人传棒接力,无数人在服务社会、助人为乐、爱岗敬业中把雷锋精神向新时代延续和传递,形成了一道道亮丽的风景线。

"雷锋精神,人人可学;奉献爱心,处处可为。积小善为大善,善莫大焉。"在这样一个文化多元、价值多元的时代，不论你是什么身份和职务，也无论什么岗位和境遇，都不应泯灭"以服务人民为最大幸福，以帮助他人为最大快乐"的初心，都应该像雷锋那样高擎理想和信仰的火炬照亮灵魂，"一心向着党，向着社会主义，向着共产主义"；像雷锋那样胸怀服务人民、助人为乐的奉献热忱，"把有限的生命，投入到无限的为人民服务之中去"；像雷锋那样干一行爱一行、专一行精一行，"在伟大的革命事业中做一个永不生锈的螺丝钉"；像雷锋那样永葆人民公仆的本色，"永远做群众的小学生，做人民的勤务员"，用实际行动践行新时代的雷锋精神。

"如果你是一滴水，你是否滋润了一寸土地？如果你是一线阳光，你是否照亮了一分黑暗？如果你是一颗粮食，你是否哺育了有用的生命？如果你是一颗最小的螺丝钉，你是否永远坚守在你生活的岗位上……"新时代的我们仍然需要不断叩问灵魂，用真诚的自觉、生动的实践回答好雷锋之问，做雷锋精神的"种子"，争当雷锋精神的传人，从自己做起、从身边做起，用实际行动让学雷锋活动融入日常，永远续写春天里的故事，为新时代伟大变革注入不竭精神动力。

真善美来自公与私的站队

"真善美,即人间理想。"日本学者黑田鹏信如是说。人世间,真善美不仅是每个人尊崇的品德修养,也是社会的一种价值追求。它往往来自对公与私的站队、对名与利的取舍,以此净化成长的心灵,照亮人生的感动。

有一次央视记者采访袁隆平,问了一个问题:"您让这种杂交水稻的技术免费与世界共享,为什么呢?"袁隆平乐呵呵地说:"这是个好事情啊,为什么不让呢?""全球有1亿6000万公顷稻田,如果一半,也就是8000万公顷(种上杂交水稻)。按照现在的情况,每公顷增产2吨,就可以增产1亿6000万吨稻谷,就可以多养活5亿人口。这是我的梦想!"

有人计算过这样一件事儿,假设袁隆平把杂交水稻的技术申请专利,每年向那些来学习和种植水稻的国家收专利费,这几十年下来就算不是世界首富,身家过百亿也是没有任何悬念的,但袁隆平却没有这样做。他一辈子和水稻打交道,不为名利钱财,像一粒造福人间的种子,无私奉献,不求回报。早在20世纪70年代,他就把自己研究小组付出巨大艰辛努力发现的"野败"育种成果毫无保留地分送给全国十八个研究单位,从而加快了协作攻关的步伐，使杂交水稻三系配套得以很快实现，也解决了亿万人的温饱问题。

镭的发现者、两次诺贝尔奖得主居里夫人一生忠于科学，淡泊金钱和荣誉，她把所得的奖金绝大部分用于科学实验及赠送给贫穷的学生和需要帮助的朋友。在她发现了天然元素镭后，没有去申请可以牟取巨额财富的专利权，却把研究结果、提纯的方法毫无保留地公之于众，分享给了世界。朋友为之惋惜，居里夫人这样说："为公众幸福工作的人，不论在哪个部门，都不能被国界所隔断，他们的劳动成果并不只属于一个国家，而是属于整个人类。"

袁隆平和居里夫人不怀私心，不计名利，不图回报，始终坦荡做人，坚定地站队于公，把分享成果和造福人类作为不二选择，彰显了一心为公的无疆大爱，无疑是真善美的化身。用臧克家的诗《有的人》中"有的人，他活着为了多数人更好地活"一句来形容袁隆平和居里夫人是最恰当不过了。相反，如果利字当头，私字藏心，见不得他人好，总想保持高人一等、胜人一筹的优越感，只会陷入自私自利的狭隘怪圈。

王戎是晋代竹林七贤之一，他官至尚书令，拥有大量田产，富甲一方，喜好积聚财物，不计其数。他经常自执算盘，昼夜计算，总嫌不足，自己还舍不得吃穿，时人谓王戎有"膏肓之疾"。王戎的家里种有数棵品种非常优良的李树，结出的李子香甜可口、风味独特，他准备把李子拿到市场上去卖高价钱，又怕别人得到这种李子的种子。为了独占这个李种，王戎让仆人用针将每一个上市卖的李核钻破，这样一来，别人即使拿着那些果核去种也不可能发芽了。"王戎钻李"的典故也由此传将开来，同时也"获讥于世"，让人耻笑。

现实中，类似"王戎钻李"的人并非少数，有的囤积急缺紧俏商品，只为卖上高价钱，无视公众利益；有的嫉贤妒能，贬人抬己，生怕他人超越自己，对"青出于蓝而胜于蓝"者刻意打压；有的淡忘公仆之心，谋一己之私，追名逐利，揽权守利，把"利想"当成理想、"钱途"当成前途，追求个人利益最大化……如此以私凌公之举，只会如苏洵所讲的"为一身谋则愚"，迷失自我的同时也丢掉了公德与良知。由此可见，自私是一面镜子，镜子里永远只看得到自己；而公心是一盏明灯，照亮了所有的人。

当然，在公与私的问题上，并不排斥合理的个人权益，但在涉及国家和人民利益的问题上，要做出正确的选择，自觉站在公的一边。古人说"独乐乐，不如众乐乐"，孙中山先生也提出"天下为公"的主张。衡量真善美的根本尺度是公、私二字，需要我们在心底对个人的私欲亮起红灯，讲大公无私、公私分明、先公后私、公而忘私，正所谓"公私一念间，荣辱两世界"。

"赠人玫瑰，手有余香。"人生的格局与境界在于走出"私"的束缚，走向"公"的怀抱，把人民和大爱装在心里，学会分享、给予和付出，超越狭隘、播撒善良，必然会收获真善美的高贵灵魂。

第二辑

灵魂之问

我们该活在谁的眼里？

《庄子·内篇·逍遥游第一》讲述了一个故事：北冥有大鱼，化作大鹏，要飞往万里外的南海，蝉和小斑鸠讥笑它说："我们用尽全力飞起来，碰到榆树和檀树就停止了，你何苦要飞九万里到南海去呢？"庄子给出的回应是："之二虫又何知？"主张一个有志向的人不能活在他人的眼光里，应"举世誉之而不加劝，举世非之而不加沮，定乎内外之分，辩乎荣辱之境"。说的是世上的人们都赞誉他，他不会因此越发努力，世上的人们都非难他，他也不会因此而更加沮丧。而是保持清醒自知，清楚地划定自身与物外的区别，辨别荣与辱的界限。应该说，庄子的言论不乏值得借鉴的现实意义。

我们该活在谁的眼里？这是很有意思的话题。想一想看，我们大多数人似乎活在周围的人的眼里。特别是在人人都是自媒体、人人都是社交电商的时代，刷存在感、晒成就感成为一种时代性格，自己的举手投足、外在表现，或是喜怒哀乐、进退得失，都会得到他人的看法和评说。在他人的评价面前，无论好还是坏，我们总是会轻易被影响，他人的评价左右着我们的心情，甚至会改变我们的决定，让本该属于自己的人生轨迹不经意间变了形、走了样。

　　活在他人的眼里，也就活在世俗的眼光里，就要把个人的苦乐和命运交给他人，接受外界的评判和约束，不免是一种负累。叔本华曾说过："人性一个最特别的弱点就是，在意别人如何看待自己。"然而，说不要活在他人眼里，其实是自欺欺人，不可能也做不到。之所以我们会更多地活在他人的眼里，是为了更好地生存的需要，我们的点滴进步需要他人的鼓励而有前行动力，我们的能力才干需要他人认可而有生存基础，我们的业绩成就需要他人认可而有价值存在，怎能不在意呢？

　　只是，生活是给自己过的，而不是让他人看的。太在乎他人的评价，追求他人眼里的正确和优秀，就会让自己活在无休止的角色扮演中而不能自拔。由此带给我们的只能是无尽的烦恼，甚至陷于迷失本真、虚浮功利的怪圈。在他人眼里，会有"见我双眼明"的欣赏，会有"羡慕妒忌恨"的嘲讽，也会有"狗眼看人低"的轻蔑，无须为不同目光而心生波澜。此时，宠辱不惊是应有的态度：欣赏的目光，让你受鼓舞；妒忌的目光，让你谦和；怀疑的目光，让你奋发；鄙夷的目光，让你成长。我们可以暂且活在他人的眼里，但却不可以使之成为归宿，更不可失去自我。在他人眼里，不妨当一位赶路的行者，客居而不久留，就像意大利诗人但丁说的："走自己的路，让别人说去吧。"不惑于声，不乱于心，不迎合他人，也不轻看自己，坚定地寻找灵魂的诗和远方。

　　也有的人，活在信仰之中。他们出于不同目的笃信神灵，将思想和精神与之融为一体，相信上天有眼，冥冥之中注视着你，监督着你，似乎在告诫一个人不可泯灭良知，要坦荡做人，多行善事，勿以恶小而为之。所谓"头顶三尺有神明，不畏人知畏己知"，与其谓之神，不如说是一种无形中的道德戒律，这也是康德所说的:"有两种东西,我对它们的思考越是深沉和持久,它们在我心灵中唤起的惊奇和敬畏就会日新月异,不断增长,这就是我头上的星空和心中的道德定律。"心怀敬畏,小心做人谨慎做事,也算得上是自省自律的人,不失为一种审慎的活法。

或许,我们应该更多地活在自己的眼里,因为这个世界,你不可能让所有人都满意你,都喜欢你。我们不必活成别人希望的样子,只要做好自己,无愧于心,最终会赢得他人尊重,赢得希望和未来。活在自己眼里,并不是做狭隘的自我,眼里只有自己,自私自利而从不顾及他人,而是要做真实的自己,让灵魂自由成长,精神独立绽放,忠于自己的内心,去做自己喜欢的事,欣赏自己每一次的进步,不断战胜自己、超越自我,活出属于自己的精彩,这才是一个人最好的活法。正如狄更斯所说:"选择好自己的路,不管别人的流言蜚语,最重要的是,做最好的自己。"

是的,与其迎合他人,不如强大自己。学会包容自己,滋养自己,成就自己,让我们眼里的自己足够明亮、足够纯粹,让自己成为一道最美的风景。

你刻上名字了吗？

中国的历史文化源远流长，一些巧夺天工、流传至今的艺术瑰宝令人赞叹，但考古中也发现这样一些信息，如在不列颠博物馆藏有一只汉代漆杯，其底部刻有六位不同工种工匠和七位监督人员的名字。浙江永嘉窖藏银器的"京溪供铺记""京溪供铺工夫""冯将士工夫"等铭刻中，至少可以看出三个店铺和九位工匠的名字。在举世瞩目的秦始皇陵，截至目前，考古专家在秦俑身上，发现了八十多位工匠的名字。专家在一把戈上也发现了吕不韦等一些人名，经过研究分析，历史学家认为这些看似普通的文字透露的是秦国军事工业的管理机密。吕不韦是当时秦国的丞相，是兵器生产的最高监管人，他的下面是工师，就是各兵工厂的厂长，监制这把戈的厂长叫"蕺"。在厂长的下边是丞，类似车间主任，这位主任的名字叫"义"。而亲手制作这把戈的工匠，叫"成"。专家由此推断，秦国的军工管理制度分为四级，从相邦、工师、丞到一个个工匠，层层负责，任何一个质量问题都可以通过兵器上刻的名字查到责任人。

应该说，中国古代自秦汉起上到"国之重器"的军事兵器，下到关系生产生活的器具，制作监管都相当严格。《吕氏春秋·孟冬纪》有"物勒工名,以考其诚。工有不当,必行其罪,以究其情"的文字记载,要求器物的制造者必须把自己的名字刻在上面,如有质量问题,必追究其罪责,并予以严惩。这也是为什么秦国能称为虎狼之师,扫六合而天下一统的一个重要原因。因此,与其说中国古代工匠刻下的是名字,不如说刻下的是责任。

令人忧虑的是,面对利益的诱惑,不少人价值取向偏移,心态趋向浮躁,社会责任感逐渐边缘化,谋私图利、攫取财富之心日益膨胀,而公平正义、诚信善良却在被蚕食、销蚀。比照数千年前秦汉"物勒工名,以考其诚"的传统,那些不同领域层出不穷、屡禁不止的假冒伪劣产品制造者、放行者、谋利者,刻下自己的名字了吗?同样,也要扪心自问:在我们每个人从事的工作中、履行的职责中,你刻下自己的名字了吗?

毫无疑问,假言假话,丧失的是信任;造假售假,谋害的是生命;假训假练,牺牲的是战斗力。要走向令人尊重的真实,就要排除功利私欲的非分之想,把极端认真、高度负责举过头顶,在责任和良知上刻上自己的名字。这一点,古今中外概莫能外。鲁国著名工匠梓庆"斋三日,而不敢怀庆赏爵禄,斋五日,不敢怀非誉巧拙"。梓庆在制作乐器鐻之前,把功劳、地位、金钱、非议、毁誉统统放下,只专心于工作的本分,从而才有"见者惊犹鬼神"的口碑。在只有八千万人口的德国,竟然拥有两千三百多个世界名牌,是什么原因造就了享誉世界的"德国制造"呢?除了精益求精的工匠精神外,更重要的是他们普遍以不贪"眼前利"、在乎"身后名"作为职业准则。而被称为"匠人之国"的日本,生产者工作做得好坏,直接关系着自身的人格荣辱和人生价值,质量不好的产品被他们看成是"匠人之耻"。相反,如果把幸福和财富获取建立在损害他人的利益之上,则是良知之耻了。等待他们的是诗人纪伯伦的预言：欺骗有时成功，但它往往自杀。

"人无信不立，国无信则衰。"无论是关系重大的工作，还是看似无碍的小事，态度和责任大于一切：我们是选择利欲熏心，还是坚定高度负责？是习惯敷衍应付，还是始终一丝不苟？当你选择前者，就是选择渎职和伤害；选择后者，就是选择责任和良知。让真善美激荡心灵，让假恶丑遁迹无形，需要全社会的共同努力。在深化改革转型的道路上，只有人人担责，人人尽责，培塑求真、认真、较真的品格，在责任和良知上郑重刻下我们的名字，努力做出无愧于时代、无愧于人民、无愧于历史的业绩，我们才可能拥有诚信天下的美好未来。

幸福，是不动心吗？

有一句话是：幸福，就是不动心。是啊，对于食人间烟火、有七情六欲的人来说，很难对世间万物不动心，当你一旦有了想法和欲望，也许就会陷入烦恼甚至灾难中不能自拔，也似乎印证了动心就是在远离幸福。正如老子"祸莫大于不知足，咎莫大于欲得"的告诫，范仲淹"不以物喜，不以己悲"的箴言，都道出了不动心的修身境界。

凡事不奢求，守得住寂寞，胸怀淡泊之心，能舍得也能放下，自会心安理得，生活清静，了无烦忧。"幸福，就是不动心"这看似颇有哲理的一句话，会让人有同感甚至欣赏，但深思细想一下，我却并不能完全赞同这种说法。

用"不动心"来达成幸福，其实源自古希腊时期与罗马时期斯多亚学派的主张，他们认为"美德就是幸福"，

只有顺应自然、服从命运，努力克服、摆脱、根除外界困扰，达到"不动心"的理想状态，才是幸福的。而怀疑派哲学家皮浪对幸福观提出"悬搁判断"，对一切保持沉默，不做判断，不为之动心，从而达到心灵的宁静。

中国古代先哲对幸福的认知流露于其政见主张中，如老子推

崇的"无为而治",孟子所说的"四十而不动心",庄子则认为"逍遥游"的绝对自由,才算是一种幸福。

及至现今,中外对幸福的意义和内涵依旧进行着时代的解读。2009年,英国举行过一次"谁是最幸福的人"的征文比赛,收到全世界一百多万篇来稿。最后,评委选出了四个"最幸福"的人:成功完成一例手术的外科医生;在沙滩垒城堡的儿童;给婴儿洗澡的母亲;与心爱的人走上红地毯的新人。2012年,中央电视台也曾进行过"你幸福吗?"的随机采访,尽管人们对幸福的理解各有差异,但更多的人倾向幸福来自努力工作、努力生活的美好体验。无疑,幸福属于有美好向往并为之追求的人,而非无所动心又无所责任的人。

当下,有的人以出世的心态、佛系的淡漠理解幸福,欣赏"心若不动,风又奈何",认为幸福就是不动心、无烦恼的清心寡欲,是不奋斗、无所求的心安理得。然而,人的理性、情感、意志不可能成为社会发展动力,消极避世的不动心,有悖于物质和意识的关系,这会成为懒政怠责、明哲保身、为官不为的生存诱因,更会是阿Q式冷漠、麻木与围观的看客心态的传世理由。

幸福,不仅是一种心态,也是一个人生动词。因为,幸福是奋斗出来的,奋斗是要动心的,更是要用心地去追求的。幸福更多时候来自对国家对社会、对亲情对他人的付出和责任。对国防不动心,何来百姓安宁?对工作不动心,何来为人民服务?对岗位不动心,何来工匠精神?对美食不动心,何来烹饪艺术?对财富不动心,何来劳动创造?

幸福或许只是人们追求的一种理想状态,但以不动心去谋求幸福是美丽的曲解。我们说不动心,是对奋斗过程中的异化不动心,声名功利等诱惑作为奋斗的附属物,是不可消除的客观存在,不能与对理想和价值追求不动心画等号或者混为一谈。

　　毋庸置疑，我们动心的是不懈追求的真善美，不动心的应是奋斗追求中衍生的假恶丑。奋斗追求的过程，也是正与误、真与假、美与丑相互较量、博弈的过程。正因为有奋斗，人生才变得有意义，幸福才能时时被感悟。

　　幸福，需要你有一点儿动心！

小蓝是谁？

公元 1728 年的元宵夜，清朝内阁办公室的小蓝正在顶班，忽然进来一位中年人，两个人一聊挺投缘，中年人问小蓝："你是什么官？"小蓝不好意思地说："不是官，小小工勤员，收发文件，抄抄写写而已。"又问："其他人呢？"小蓝回答："都回家看灯去了。"中年人很好奇："你不喜欢看灯吗？"小蓝说："当今皇上励精图治，听说晚上都不睡觉，万一有个急件，没人跑腿要误大事的！"中年人点头，又问小蓝将来有什么打算。小蓝说："假如能到船舶管理所工作就好了。我家孩子多，这样就是闹饥荒也饿不死。"中年人哈哈一笑，起身告辞。这个中年人正是雍正皇帝。第二天一早，雍正就问："哪个船舶管理所有空缺？"回答说广东南海县有。雍正说："让内阁的小蓝去吧。"大臣们面面相觑：小蓝是谁？

两百九十多年前的雍正皇帝给我们上了近距离接触了解、考察干部的生动一课。近距离识人用人是古时圣贤颇为推崇的一种理念。在庄子的用人观中就有"近使之而观其敬"的考察策略。三国时诸葛亮认为："夫知人性，莫难察焉。美恶既殊，情貌不一。有温良而为诈者，有外恭而内欺者，有外勇而内怯者，有尽力而不忠者。"因而诸葛亮主张知人需要"近距离"来获取真实情况。

选人用人如不能"近距离",是有历史教训的。《史记·廉颇蔺相如列传》记载了赵孝成王赵丹不听蔺相如劝告起用赵括为将,以致长平之战惨败的故事。自小熟读兵书的赵括,谈论兵法头头是道,即使是身为赵国名将的父亲赵奢也驳不倒他。但赵奢认为赵括夸夸其谈,坐而论道,并不能领兵作战。

即使是赵母在赵括受命为将后,也劝谏赵丹说:"父子异志,愿王勿遣。"原因是,赵奢为将时,所得到的赏赐全部分给士兵;平时住宿军中,不问及家事,与士卒同甘苦。而赵括刚做将军,就东向而朝,接受部下拜见,部属不敢仰视;赏赐的金帛全部拿回家中,打听到好的田地房屋就置买下来……

知子之深,察子之详,莫如父母。因为朝夕相处的"近距离",赵母对赵括的性情和缺陷看得很明白。而赵丹对近距离察识的赵括之母的意见置若罔闻,长平之战招致惨败就不足为奇了。

"不细观则不能明识。"历史的经验与教训告诉我们,一个人的思想品德、能力水平、作风素质、境界格局等方面,只有近距离地观察了解才能更真实更准确。这要求我们选人用人不能偏听轻信,停留在表面印象,应坚持深入底层和末端,做艰苦细致的考核考察,排除虚空假象和身边人蒙蔽,多渠道、多层次、多侧面识别人才。有时,甚至要立足特殊条件和场域去考察。

著名战地记者罗伯特·卡帕说过:"如果你照片拍得不够好,那是因为你靠得不够近。"同样,要发现一个真正的人才,有时也需要在艰巨的重大任务和直面危险处跟踪考察其真实素质。

可以说,唯近才能真,唯近才能实,近距离考察就是走近人民找干部,就是走近群众识人才,这样才能让更多的"小蓝"脱颖而出、人尽其才。

鲑鱼"固执"在哪里？

北美洲的中高纬度地区有一条河，水流湍急，因有高差而形成瀑布，生活在附近的动物主要有两种，一是陆上的棕熊，一是河中的鲑鱼。每年的春季，鲑鱼会长途逆流而上，拼命地要冲过瀑布到达上游，去繁衍新的生命。而此时，棕熊就在瀑布之上守候捕食鲑鱼。每年的秋季，鲑鱼再从上游返回下游，又要经历一次生死考验。每年这两个时段，大批的鲑鱼会葬身于棕熊之腹，即使这样，鲑鱼依然不屈不挠地往返着。有一年，因为洪水泛滥，鲑鱼无法飞跃瀑布，只好返回下游，而所有的雌鲑鱼都顺利产卵。也就是说，并非只有到上游才能生产，下游的环境同样适合繁衍新的生命。可是，第二年洪水退去，鲑鱼仍然固守着前辈们亘古不变的习性，继续它们的"瀑布之旅"，受益的当然是守候的棕熊了。为了繁衍生息，鲑鱼是"固执"的，而在循环往复的工作生活中，我们有的人，不也像鲑鱼一样"固执"吗？这种"固执"的背后，潜藏着一种无形的思想桎梏，需要大力破除。

囿于传统，不敢突破变革。传统内涵是多元的，有文化、有规则、有制度，也有经验和习惯性做法，但时代是发展变化的，需要全方位地审视既有的传统，而不能像欧洲"不拉马士兵"一样守着若干年。这些当时行之有效的"传统"不一定符合实际，一定程度上受到时代的制约，要适时完善变革。长期以来，有一些偏执之见，有的人认为传统是经过历史考验流传下来的，之所以成为传统有其不可置疑的合理性；有的人觉得突破传统是一种冒险，谁也不愿丧失既得利益而承担风险，满足于自身的安全稳定，自己负责分管的工作不求有功，但求无过。鲑鱼正是固守着祖祖辈辈遗传下来的传统而乐此不疲，未敢越雷池一步，付出的只能是生命的代价。不囿于传统，并非全盘否定传统，而是对优良传统和先进经验进行合理的继承和科学的发展，在继承中发展，在创新中继承。因此，要具备解放思想、与时俱进的精神和品质，要培养不拘传统、敢于创新的习惯，对传统既要吸取精华学习继承，又要勇于扬弃提炼升华，既要不断完善推陈出新，又要接轨时代求实创新，才是真正的弘扬。

囿于权威，不敢违背超越。权威既有职务上的，也有学术上的，还有宗教上的等。尊重权威本身是尊重知识、尊重能力，但一味盲从只会适得其反。有的轻信权威，认为领导、专家眼界宽、见识多，经历广、资历深，听领导、专家的不会错；有的敬畏权威，认为凡领导、专家所言皆为真知灼见，是"最高指示"，奉行"指到哪里打到哪里"；有的违心服从，对问题见怪不怪，怕得罪领导，怕冒犯权威，对领导的决策心中即使知道利害对错，也不敢指出，缺乏应有的责任感；有的自甘卑微，认为人微言轻而不敢发声，更不敢据理力争坚持真理。对权威要敬重但更要保持一份清醒，岁月蹉跎，历史可鉴，伽利略用两个铁球同时落地的求实精神，挑战学术权威亚里士多德。权威不是神话，更不可神化，需要理性对待，甚至需要勇于否定，正如伽利略所说，追求科学需要特殊的勇气。工作实践中要常设疑问，不盲目迷信权威，不附和一般常识，不固守既有定论，善于逆向思维，敢于打破常规，勇于独辟蹊径，拿出创新举措。

囿于书本，不敢置疑否定。囿于书本本质是本本主义、教条主义，它割裂理论与实践、主观与客观的具体的历史统一，一切不从实际出发，凡事不以实效检验，是古今成事之大害。本本主义、教条主义古已有之，但至今仍有不少人抱残守缺，浅薄者奉若神明，讲话多言必马列，文章常引经据典，甚至断章取义，误用实践，却不知追古察今以自警：赵括熟读各家兵书，但乐于纸上谈兵，长平之战中四十万兵马遭秦军坑杀；王明对马列理论倒背如流，但一味机械教条推行"左"倾教条主义，导致第五次反"围剿"失利。书本理论作为来源于实践的总结，是我们开展工作的指导和参考，但有其历史和时代的局限性，切不可被书本禁锢了思想灵魂，被教条捆住了前行手脚。而必须保持理论联系实际的思想作风，秉承怀疑一切、敢于否定的科学精神，坚守"实践是检验真理的唯一标准"的工作信条，始终注重用科学理论指导实践，在工作实践中丰富理论，始终把求真务实、开拓创新作为一种素质、一种追求、一种精神、一种品格来培养和塑造。

囿于多数，不敢独立自主。中国传统的集体主义模式一定程度上造就了从众心理，尊崇的少数服从多数原则也加深了认同多数的思维定式。绝大多数的人认为多数人的意见一般不会错，错了也是大家一起错，即使有了责任也是法不责众。究其思想根源，其实是怕动脑筋而甘为思想的"奴隶"，怕有异于人而成为众矢之的，缺乏主动思考的习惯，缺乏过硬的专业素质，缺乏坚持真理的勇气，从而随波逐流、盲目跟风，常表现为不思考、不自信、不独立。殊不知，真知并不为人多势众而改变方向，真理也往往掌握在少数人手里。身在集体与人共事,需有独立自主的思考能力，更呼唤力挽狂澜之精神。这要求我们在察觉到多数人违背常理不循规律时，要坚信自己的判断，坚定自己的选择，而不能人云亦云；在明知有误、"众人皆醉我独醒"时要力排众议，冷静规劝，而不能见怪不怪；在势单力薄、无力制止多数人不正确主张时，要及时报告，采取有效措施最大限度地减少损失，而不能消极纵容。

人生如何盘活自己？

古人云："梅须逊雪三分白，雪却输梅一段香。"每个人或多或少会在某方面存在一定的缺陷，有些甚至是先天性缺陷，后天再如何努力也难以改变，就算是名人也毫不例外，如拿破仑矮小、林肯丑陋、罗斯福小儿麻痹、陈景润不善言辞，这都足以成为痛苦自卑的源头，但他们拥有的却是极其辉煌自信的一生。

我们每个人也一样，基础可能有强有弱，能力也许有大有小，都或多或少有自己的短板，想短时间内项项比人强是困难的，那该如何发现自己潜在的优势和长处，全方位地盘活自己呢？

认识自己，学会扬长避短。盘活自己实际上是要清醒地认识自身的短板和不足，正确运用优势和强项。著名管理学家德鲁克博士曾在1999年的《哈佛商业评论》上发表观点：对于一个集体，需要克服的是"短板定理"；而对于个人，发挥自己的长处，比努力去补齐短板更为重要。

我们耳熟能详的"田忌赛马"故事，也是一个扬长避短用好自身优势的典型案例。齐国将军田忌经常与齐威王赛马，三局两胜制，每次田忌总是输给齐威王。孙膑发现田忌的三等马与齐威王的三等马相比，每次比赛都差了那么一点儿，于是他调整马的出场顺序：

上等马对齐威王的中等马,中等马对齐威王的下等马,下等马对齐威王的上等马,以一负两胜的结局帮助田忌赢得了赛马。

从中我们不难发现,自身固有资源难以改变的情况下只能盘活,必须扬长避短。扬长避短首先要知长察短,切实梳理自身的闪光点、相对强项、比较优势等,认识彼此的性格缺陷、专业差距、能力不足等,从而明确岗位中的注意事项,找到工作的开展之道;扬长避短关键是固长缩短,注重巩固自己的相对强项,努力形成自身优势,使自己至少有一方面是拔尖突出为人看重的;扬长避短最终要取长补短,实现自身素质的平衡发展。

完善自己,学会化劣为优。扬长避短固然重要,但当我们无长可扬,面对的只有短的困境,又怎么办呢?集盲聋于一身的海伦·凯勒用顽强的毅力克服生理缺陷所造成的精神痛苦,不仅学会了读书和说话,而且最终成为一个学识渊博,掌握英、法、德、拉丁、希腊五种文字的著名作家和教育家。二十一个平均年龄二十一岁的聋哑演员经过艰苦漫长的训练,将舞蹈《千手观音》演绎得天衣无缝,给人以视觉的享受与心灵的震撼。这也许会让我们得到长与短、优与劣相互转化的启示。

化劣为优,就不能怨天尤人,自我矮化,要树立"天生我材必有用"的自信,具有"敢教日月换新天"的决心,激发"誓与天公试比高"的斗志;化劣为优,就应该乐于奉献,艰苦奋斗,明白勤学苦练、埋头苦干是成长成才的良方,是素质变化的前奏,是出现奇迹的途径;化劣为优,就必须敢于创新,在实践中求作为、出真知,要有摸石头过河的勇气、反复攻难关的韧劲、创造条件干的智慧。

积淀自己,学会厚积薄发。苏东坡说过"博观而约取,厚积而薄发",对于天分并不突出的人而言,这句话尤其值得细细品味。

因为，它包含了催人奋进的励志情怀和人生哲理。它要求我们在勤奋博学中凝智慧，在岗位实践中积跬步，在工作点滴中筑根基，只要我们时刻准备展示，注重素质积淀，机遇终垂青，薄发堪有时。

甘于夯基固本。我们也许惊叹达·芬奇绘画的独特神韵，仰慕王羲之书法的技艺精湛，但更应知道达·芬奇是从学画鸡蛋入门的，王羲之洗砚的池塘被染成了黑色，可见卓越的成就必定是从基础做起。有一个青年画家，画出来的画总是很难卖出去。他看到大画家阿道夫·门采尔的画很受欢迎，便登门求教。他问门采尔："我画一幅画往往只用一天不到的时间，可为什么卖掉它却要等上一年？"门采尔沉思了一下，对他说："请倒过来试试。"青年人不解地问："倒过来？"门采尔说："对，倒过来！要是你花一年的时间去画，那么，只要一天时间就能卖掉它。"这则故事告诉我们，打牢基础才能有立足之地，不懈努力才可能一鸣惊人。

当前，不少人目睹他人暴富流金或功成名就，妒羡之余不免内心浮躁涌动，心态易起波澜，不愿固守难以显山露水的本职，不甘沉于总是清苦平凡的岗位，凡事急功近利，喜好舍本逐末，这在事业追求的道路上是极不可取的。

勤于积小积细。唐朝诗人李贺，七岁能赋诗，人们称他为"神童"。其实，他的成就除了天赋条件之外，主要得益于他平时的勤奋和积累。他每天吃过早饭，背上破旧的布囊，骑驴出门云游，观察生活。一旦有所得，他立即记在纸上，投入囊中。晚上回到家里，再选择、归类、整理。天长地久，他积累了大量的生活素材。他运用这些素材，加以创新，终于写出了不少为后人传诵的名篇佳作。

军事问题专家金一南曾在图书馆工作了十一年，他苦读苦学之余，下部队搜集资料，学计算机，学英语，开发"国防相关信息情报系统",该系统获得全军科技进步奖,为其成为杰出教授打下了坚实基础。

积小积细,就要做工作生活中的有心人,时时处处留心观察,将点滴事物的智慧闪现为我所用;就要当学习积累的小学生,善于把所学所感所思分类记录、整理提炼化为己有;就要像惜时如金的短跑运动员,把业余时间、节假日充分利用起来,多学习思考,多观察实践。

乐于笨鸟先飞。晚清时的曾国藩,幼时其天赋并不高。有一天,他在家中读书,一篇文章不知重复多少遍了,还没背下来。这时,他家来了一个贼,潜伏于屋檐下,想等他读完书睡觉之后下手偷东西。可是等啊等,就是不见他睡觉,曾国藩还是翻来覆去读那篇文章。贼人大怒,一跃而起,训斥曾国藩几句,将那篇文章背诵了一遍,扬长而去。曾国藩心想,这贼记忆力真好!听过几遍的文章都能背下来,可惜,没用在正道上,我天赋不高,更应以勤为径了。于是,他一生勤奋不息,虚心求教,博采众长,不因平庸而懈其志,终成位居"中兴名臣"之首的政治家。

在美国,有一个人在一年之中的每一天里,几乎都做着同一件事:天刚放亮,就伏在打字机前开始一天的写作。这个男人名叫斯蒂芬·金,一年之中,他只有三天时间是例外的,不写作:生日,圣诞节,美国独立日。斯蒂芬·金的经历十分坎坷,他曾经潦倒得连电话费都交不出,电话公司因此而掐断了他的电话线。但通过刻苦勤奋的不懈努力,他成了世界上著名的恐怖小说大师,整天稿约不断,可他每天仍然是在勤奋的创作中度过的。斯蒂芬·金的秘诀很简单,只有两个字:勤奋。勤奋给他带来的好处是,永不枯竭的灵感。

从中外两位名人身上不难悟出,勤不仅仅能补拙,更能催生卓越。要做自知之明的笨鸟，有以短为耻的自尊，有藏短自害的忧患，有不进则退的压力；勇做奋斗不息的笨鸟，笃定精卫填海的决心，培养愚公移山的坚韧品质，磨砺滴水穿石的意志；宁做勤字当头的笨鸟，不怕埋头加倍努力的苦，不恋外界精彩纷呈的惑，不缺凡事先做先干的早。

法大还是情大？

法大还是情大？毋庸置疑，在尊崇法治、依法治国的时代，很多人会认为是法大。当人性道德、公序良俗和法律法规相冲突的时候，我们到底是遵循人情还是坚定执行律法？在更加倡导开放包容、注重人文关怀的今天，遵循法律法规的同时，又不泯灭人性、违背道德和公序良俗，是一个文明社会的应有之义。

《宋史·列传卷五十二》中记载了北宋名臣张咏智断财产诉讼案的故事。有户人家的儿子与姐夫争讼家产，官司打至张咏处，女婿说岳父临终时，这儿子才三岁，所以自己受命掌管资产；而且有遗嘱，叫他日后将十分之三的财产分给那儿子，其余十分之七归女婿。张咏看了遗嘱，拿酒洒在地上，说："你岳父，是个聪明的人，因儿子年幼所以托付给你。如果将七分给儿子，那儿子就会死在你手里了。"于是立即命令将财产的十分之七分给儿子，余十分之三留给女婿，这一结果"人皆服其明断"。

张咏其实面对的是一个情与法的断案选择，他并没有看重有凭有据的遗嘱这个法理，而是从人之常情去推断判案，尽管张咏看似主持了公道，有其可取之处，但细究起来也缺乏令人信服的理据，从今日的法规制度上看是难言严谨的，硬生生地判决也容易犯错生误。因为并不能排除其岳父遗嘱属真实意愿,想必这位姐夫是愤愤然的,张咏断案之举不免有硬伤,可谓是赢了人心输了法理。

美国的陪审团制度,海选的陪审员是排除法律专业人士的,其组成完全是普通的民众,他们在听取案件的陈述和辩论之后,做出的判决大多数依照个人的主观意愿,其中最为显著的特点就是看是否有罪,就是看其行为是否符合陪审团成员认为的罪无可赦。一些够得上违法,但却不违背公序良俗的案件,往往会被判定无罪。这正是人情大于律法的体现。

那么,有没有既照顾法理又顾及人情的做法呢?回答是肯定的。冯梦龙所著的《智囊》中就记载了这么一则清官巧断家务事的案例。故事讲的是胡霆桂在南宋理宗开庆年间任铅山主簿,当时私家酿酒是被严令禁止的,违犯轻者要受鞭笞之刑,重者有牢狱之灾。有一个妇人因与婆婆有嫌隙,便控告婆婆私自酿酒,胡霆桂听后诘问她:"你对婆婆孝顺吗?"她说:"孝顺。"胡霆桂说:"既然孝顺,那就代替你婆婆受罚吧。"然后按照私酿的法令来责打她。此事传开之后,官府的政令变得畅行无阻,铅山县因而得到大治。

媳妇状告婆婆,且有事实依据。于法,应当按律严肃处置;于情,一旦纵容媳妇检举婆婆,可能告密揭发之风将盛行,势必破坏人伦常理,造成比处罚婆婆更大的危害。胡霆桂以孝顺为名,杖责教育了妇人,既维护了律法的权威,又维护了伦理秩序,实现了法律与道德的兼顾、法与情的交融,哪怕是今日也是非常睿智高明的做法。

法理与伦理,人情与律法,往往会是一对矛盾和冲突。情与法的冲突不在于二者自身的属性,法的制定应符合人的权益,人之情理也不可践踏于有强制力的法之上。在实际生活和百姓的心中，不悖公序良俗、不违公平正义的律法才能深入人心、行之有效、走得更远。律法并不是冷冰冰的条条框框，而应是循人性、讲情理、有温度的约束，完全可以执行得让人心悦诚服，受到人格精神上的洗礼和净化。而作为一个社会人，不亵渎律法，不违背良知，不漠视真理，才不会黯淡人性的光辉，丢失真善美的灵魂。

如何做个能"赢"的人?

人人皆有上进之心,都希望谋求先人一步的胜赢之道。而实现这一愿望要悟透一个"赢"字,才能真正赢在生活里,赢在工作上,赢在事业中。

"亡"字当头——危机意识常保持。《诗经·邶风·柏舟》中有"耿耿不寐,如有隐忧"的忧患意识,"亡羊补牢,羡鱼结网"也道出了趋利避害的现实清醒,有了危机意识,才能看到差距,意识到不足,心怀忧虑。这要求我们任何时候,都要常怀忧患意识,对"牵一发而动全身"的关键事务要如履薄冰,对"不是中心胜是中心"的安全工作要如临深渊,对"东方不亮西方亮"的问题隐患要如坐针毡,对"明修栈道、暗度陈仓"的竞争对手要如遇大敌。任何时候都要保持清醒头脑,不可盲目乐观,始终补短板、打基础;都要保持"战备"常态,不可时紧时松,始终绷直弦、拉满弓;要保持敏锐眼光,不可闭目塞听,始终找问题、查隐患;要保持尚学习惯,不可虚度时日,始终知形势、开心智。

"口"字居中——主动沟通是关键。社会学家杰克·韦尔奇认为:"沟通比权力更重要。"之所以要重视沟通,是因为沟通是一种尊重,能拉近心理距离,增进彼此信任;沟通也是一种智慧,多求同兼能存异，凝聚最大共识；沟通更是一种力量，可整合团队优长，实现厚积薄发。作为管理者，本身拥有较为强势的话语权，但并不意味着可以身份高低定调子，良言"充耳不闻"，滥用"一锤定音"，只做"重要指示"。沟通协调是必不可少的基本素质，也是干成事、干大事的必备条件，要多开凝聚人心的"金口"，切不能清高自闭，也不能恃权凌人，更不能欺上瞒下。沟通需要主动，任务来临及时协商，敏感事务反复酝酿，难题矛盾现场协调。沟通需要全面，既要对上多汇报，又要对下多倾听，既要搭档多商量，又要平级多征询。

"月"字立足——时间观念莫淡化。屈原曾感叹"日月忽其不淹兮，春与秋其代序"。太阳与月亮不停地更替，春天与秋天相互为序。人世间"光阴似箭，日月如梭"，在商场，时间就是金钱，在战场，时间意味胜负，有无时间观念是实现"赢"的重要内容。有的人，不到最后几分钟不到场，似乎不这样不能体现身份地位；讲话没有四大点三小点不能尽兴，似乎不这样不能体现水平；对基层关心关注的事不到领导来不解决，似乎不这样不能体现政绩。如此这般，时间成了工作中拿捏把玩的工具。用好时间既体现工作效率，又体现思想作风，应把时间视为广大群众的有限生命，无聊烦琐占用是一种侵害；应把时间作为工作机制高效运转的衡量指标，用之越短越少越快越是能力素质；应把时间当成稍纵即逝的服务资源，倾心用在为基层和群众的帮困解难上。

"贝"字藏心——循规蹈矩强作风。"贝"字本义是货币、财物，在"赢"字中意思可解为取财有道，衍生为遵规守纪、依法办事，保持认真严谨的工作作风。这是一个人立身做人的根本素质，理应在"赢"的中心位置。要有慎行律己的"贝"之硬度，不越人性的底线，不触超越自身职权的红线，不碰法纪的高压线，着力写好两个字,一撇一捺,老老实实做"人";两横一竖,踏踏实实"干"事。要有执纪公允的人情观,不为亲情所累,不为私情所诱,不为人情所陷,做到讲感情、有真情、重民情,奉守情不越法、不越轨、不越纪、不越德。要有严谨务实的作风,贯彻上级决策要"老实",不搞上有政策下有对策;完成工作任务要"求实",不搞表面文章;为民服务解难要"落实",不搞空头承诺。

"凡"字护身——平常心态不可少。"宠辱不惊,去留无意"可以说是淡看人生沉浮的最高境界。每个人都会面临发展的瓶颈,如果缺乏平常心态,就会忽临坎坷心有不平,遭遇挫折猝不及防,不免会长吁短叹,怨天尤人。而此时正是知长短、见城府、察品行之时,有无成熟的素养可见一斑。不妨进退之间常知足,自觉服从组织的安排,常想入职前和现在的身份,常思家乡人和自己的待遇;不妨走留面前常放眼,单位是所大学校,终有毕业的那一天,有了岗位的洗礼,时时处处是舞台,关键在于保持一颗为事业搏击的进取心,走出去海阔天空,留下来敬业作为;不妨挫折临身常聚力,无论是进退去留,还是身心病痛,也不论是失责犯错,抑或意外灾难,都要明白一帆风顺成就不了钢筋铁骨,明白失意不可失志,有失才能有得的道理。遇挫弥坚,偏向虎山行,而不怨天尤人,泄气自馁;以挫折为柄,以失败为火,以困难为油,燃烧照亮前行的路。

如何学好"齐国话"?

《孟子·滕文公下》中记载了孟子与宋国的一名大臣戴不胜的一番对话。在这个故事中,戴不胜想向齐王推荐一位叫薛居州的贤德之人,因为他认为只要齐王身边有薛居州这样的人来辅佐,齐王就不会被小人的逸言所迷惑了。对此孟子却有不同的看法。

孟子开门见山地对戴不胜说:"您希望齐王贤明吗?让我来明白地告诉您。"他首先打了一个比喻,"如果一位楚国的大夫,希望他的儿子去学齐国话,他是请一位楚国的老师还是请一位齐国的老师来教好呢?"如此简单的问题,戴不胜听后想都没想一下,直接作答:"当然是请齐国的老师来教为好。"

孟子继续说:"如果这位齐国老师来楚国教学,但其周围全是说楚国话的人。在这种环境和干扰下,学齐国话的人,就是每天用鞭子打他逼他,要求他说齐国话,想说好是不可能的。如果把学齐国话的人送到齐国的热闹街市生活几年,同样用鞭子打他逼他,要求他说好楚国话,那也是不可能的。"戴不胜点头称是。

孟子开始转入正题:"您向齐王推荐薛居州,认为他是个贤人。假如齐王身边的人,不管年龄大小还是地位高低都是像薛居州那样的贤人,那么齐王就没有机会接触奸诈小人了,又和谁去做坏事呢？但是如果齐王身边都是一些搬弄是非的小人，那齐王又和谁去做好事呢？单凭一个薛居州是不可能对齐王产生什么大的影响的。"

戴不胜听后不由得被孟子这番话所折服。

尽管孟子并未提出辅佐齐王的解决之道，但其一番话依然有着现实启示和意义。环境影响人，也容易改变人。所谓"近朱者赤，近墨者黑"。现实生活中，和谁在一起很重要，甚至能改变你的成长轨迹，决定你的人生成败。和积极向上的人在一起，必然充满阳光而追求进步；和消极偏颇的人长久相处，则可能变得颓废平庸。因此，选择生存环境和共事的人至关重要，"禽择良木而栖，人择君子而处"是人生应有之义。

然而，更多时候我们对工作生活环境、周围的人和事无法选择，处于不尽人如意的境遇是常态，甚至有难以回避的恶劣境况。俗话说，一杯清水因一滴污水而浑浊，一杯污水不因一滴清水的存在而清澈。一个人所处的环境，并不是某个外在因素就能轻易改变的，相反环境对人有着潜移默化的作用。当然，并不是说环境恶劣，就可以俯首认命、同流合污，而是要洁身自好，做到出淤泥而不染，始终保持思想清醒和人格纯洁。

对领导者和管理者而言，应明晰选人用人将直接影响一个地方、一个单位的政治生态和干事创业环境，认清"用得正人，为善者皆劝；误用恶人，不善者竞进"的道理。防止唯亲唯近，青睐溜须拍马、别有用心的人；要注重选贤举能，以崇高追求影响人，用共同事业凝聚人，靠团结奋斗成就人，让"吃苦者吃香、优秀者优先、有为者有位"，真正创造风清气正、河清海晏的良好氛围。

谁不讲礼仪？

近来读《韩诗外传》，有则颇有意思的故事——《孟子欲休妻》，大致内容如下：孟子的妻子独自一人在屋里，伸开两腿坐着。孟子进屋看见妻子这个样子，就向母亲说："这个妇人不讲礼仪，请准许我把她休了。"孟母说："什么原因？"孟子说了一个字——"踞"：意即"她伸开两腿坐着"。孟母问："你怎么知道的？"孟子说："我亲眼看见的。"孟母说："这是你不讲礼仪，不是你妻子不讲礼仪。《礼》上不是这样说吗？将要进门的时候，必须先问屋里谁在里面；将要进入厅堂的时候，必须先高声传扬，让屋里面的人知道；将进屋的时候，必须眼往下看。《礼》这样讲，为的是不让人没准备。现在你到妻子私下休息的地方去，进屋没有声响，这是你不讲礼仪，而不是你的妻子不讲礼仪。"孟子听后意识到自己错了，再也不敢说休妻的事了。

孟子是先秦儒家继承孔子"道统"的代表人物，并被尊称为"亚圣"，自然非常讲究礼仪。所谓坐有坐相，站有站相。古人唯一正规的坐姿是跪坐，臀部搁在脚跟上，跪坐是对对方表示尊重的坐姿，也叫正坐。而孟子妻的"踞"，意思是坐姿随意，伸开两腿，是一种不拘礼节的坐相，这在家中独自一人的时候，也无可厚非。

-065-

但这样的坐姿在孟子看来，不是一个有品行的女子应该有的坐相。好在孟母识大体、明事理，以《礼》中"将入门，问孰存；将上堂，声必扬；将入户，视必下。不掩人不备也"教诲孟子，还孟子妻一个清白。

其实，在我们的工作生活中，类似"孟子欲休妻"的思维和做法不乏其例。如在权利保障上，存在"只许州官放火，不许百姓点灯"的霸道，有的身居高位、玩弄权势者自己可以为所欲为、胡作非为，却严格要求或限制他人有正当的权利。如在处世态度上，有着"五十步笑百步"的浅薄，看别人的毛病很清楚，自己的缺陷却不觉察，其实并不比别人好多少。如在管理教育中，可见"手电筒只照他人，不照自己"的虚伪，有的人台上道貌岸然、一本正经，声色俱厉地提出高标准、严要求，颐指气使地说教，自身却不干不净，打铁自身不硬。又如，在履职执法中，心怀"管天管地管空气"的任性；在家庭生活中，潜藏"这么做都是为你好"的狭隘。有的父母私下翻阅孩子的日记和手机，看似关心孩子的成长，实则不尊重孩子的隐私……这些做法无异于加深自己的负面形象，只会人为制造矛盾和对立，失去彼此的尊重和信任，无助于问题的解决。

解决"孟子欲休妻"中的问题，就是要解决好知行合一的品德修养问题。这种知行合一，首先是对人对己的态度统一，所谓"爱人者，人恒爱之，敬人者，人恒敬之"。尊重是一种美德，人和人之间，或是行业与行业之间，不应有高低贵贱之分或心生俯视他人的优越感，尊重别人，也是尊重自己。这种知行合一，在于对人对己的标准统一，如果推行双重标准，严人不严己，对他人提不切实际、有违人性的要求，就不免其身不正、其令不行，只会适得其反。这种知行合一，也在于对人对己的言行统一，如果台上台下不一样，人前人后变了样，说的做的走了样，那么取悦得了自己，却取信不了他人。

　　孟子毕竟是圣人，贤母教诲之下懂得自省自责，未成的"休妻"或许成就了他的伟大。而平凡的我们，更应汲取其中智慧，做一个知行合一的人。

其美多吉何以感动中国？

其美多吉，是中国邮政集团四川省甘孜县分公司邮车驾驶员、驾押组组长，承担着川藏邮路甘孜到德格段的邮运任务。他三十年如一日，驾驶邮车在平均海拔三千五百米的雪线邮路上，往返于甘孜与德格之间六千多次，行程一百四十多万公里，相当于绕赤道三十五圈，也相当于两次往返地球和月球。他用青春和热血书写忠诚，用责任和大爱践行使命，创造守护着藏区人民的美好生活。先后荣获"感动交通十大年度人物""感动中国2018年度人物"，被中央宣传部授予"时代楷模"称号。2018年，康定一德格邮路被交通运输部命名为"其美多吉雪线邮路"，这也是邮路首次以个人名字命名。人们不禁会问，其美多吉缘何有如此精神动力？又何以感动中国？

缘于三十年传递温暖的雪线穿越

其美多吉出生在甘孜州德格县龚垭乡。小时候，藏区能见到的，只有绿色的军车和邮车，其美多吉梦想长大以后也能开上车。十八岁那年，他花一元钱买了一本《汽车修理与构造》，开始学习修车，后来还学会了开车。1989年，德格县邮电局购买了第一辆邮车并在全县公开招聘驾驶员，其美多吉如愿被选中，从此开始了三十年的邮运生涯。

1999年，其美多吉从德格县邮电局调到甘孜邮车站，开始跑甘孜到德格的邮路，这是雪线邮路上海拔最高、路况最差的路段，也是目前全国唯一一条不通火车的一级干线邮路。这条平均海拔三千五百米以上的路全程往返一千二百零八公里，被称为雪线邮路。大半年时间都被冰雪覆盖，夏天经常有塌方、泥石流；冬天山上气温最低时有零下三四十摄氏度，积雪有半米多深，就算挂了防滑链，车辆也随时可能滑下悬崖。

特别是雀儿山路段，一年三分之二以上的时间被冰雪覆盖，路窄、雪厚、弯急，最窄处不足四米，仅容一辆大车缓慢通行。一面是碎石悬挂、一面是万丈深渊，是一条距离死神最近的路。沿途大大小小十几座山，二百零九公里的路程即使没有意外也要开上八个小时。

常年跑这条路的邮车驾驶员基本都有过被大雪围困的经历，又冷又饿，寒风像刀刮在脸上，手脚冻得没有知觉，衣服被冻成了冰块。2000年，他和同事邓珠曾在山上遭遇雪崩。虽然道班就在徒步可达的地方，但为了保护邮件安全，他们死守邮车，用加水桶和铁铲一点一点地铲雪，不到一公里的距离走了两天两夜。

面对如此高风险的邮路，其美多吉有其安全行车的独家经验：过细检查车辆，加上过硬的驾驶技术，沉着冷静的胆魄，他驾驶的邮车从未发生过一次责任事故。

每当寒冬来临，往日川流不息的运输车辆都不见了，他却要孤单地行驶在这条路上。天地间，除了天上飞的老鹰，就是地下跑的邮车。每逢春节，人们在阖家团圆，他们却开着邮车，离家越来越远……

只要有邮件，邮车就得上路；只要有人在，邮件就要送达。每个月，其美多吉都要开着邮车穿越雀儿山二十多次。邮车载着一封封邮件、一份份报纸、一个个印着"中国邮政"的快递包裹，即使是在行车困难的藏族村寨，手机信号难以覆盖的深山牧区，他从未放弃过投递。

正是感受到自己的沉甸甸的责任，党的十九大召开二十天后，他郑重地向党支部递交了入党申请书："我想成为党组织的一员，为人民服务。"

三十年的雪线穿越，是掏心见胆的忠诚之旅。其美多吉以迎难而上的担当、战天斗地的勇毅书写忠诚，雪线邮路满载信党跟党走的赤诚，川藏线上抛洒倾心为民的情怀。三十年的雪线穿越，是栉风沐雨的奉献之旅。其美多吉与孤独寂寞做伴，与严寒冰雪相搏，与危险艰难为伍，驾驶邮车青春无悔地穿越人生的风雪。三十年的雪线穿越，是雪中送暖的温情之旅。一路艰辛一车温暖，邮件虽小，却承载博大的关爱；报刊虽薄，却可见深沉的情感；包裹虽轻，却凝聚厚重的幸福。

缘于生死撼不动的人生选择

有一首歌这样唱道："一双粗糙的大手，刻满人生酸甜苦辣，世上只有雪山崩塌，绝没有自己倒下的汉子，如果草原需要大山，站起的一定是你，憨憨的阿爸……"在其美多吉小儿子扎西泽翁的心里，阿爸就是这座大山，就是这个站起来的汉子，就是他心中的英雄。

驾车行驶在雪域高原的凶险，其美多吉再清楚不过。鬼招手、燕子窝、老虎嘴、陡石门……一个个地名带着凶险，每一次换挡加速转向，都是在与死神博弈。中途的雀儿山更是许多司机的噩梦，交通事故频发。当地人说，"车过雀儿山，如闯鬼门关"。二十一年前，同事吕幸福在翻越海拔五千零五十米的雀儿山垭口后，突发高原性肺气肿，三十六岁的生命永远地留在了雀儿山。即便如此，其美多吉也从未离开过心爱的邮车、挚爱的邮路。

其美多吉在驾驶途中也曾多次遭遇狼群。有一次，八匹狼在邮车周围来回走动，但在深山长大的他并不惧怕，因为他知道狼群只要不饿是不会攻击邮车的。冷静和勇毅让他化险为夷。

2011年7月的一天，同样是甘孜县邮政公司投递员的大儿子，在即将结婚前突发心肌梗死，永远地离开了他们，而在邮路上的其美多吉只能强忍悲痛继续穿行。

其美多吉至今头部还留有一块钛合金骨骼，右脸有一道明显的刀疤，那是他无比坚毅和执着追求的印证。2012年7月的一天，他驾驶邮车途经318国道雅安市天全县境内，路边突然冒出十二个歹徒，手里挥舞着砍刀、铁棒，将邮车团团围住。为保护邮车邮件，他身中十七刀，肋骨被打断四根，头盖骨被掀掉一块，左脚左手静脉被砍断……在进行了八个小时的手术后，他才转危为安。随后，他坐了三个月的轮椅，又做了大小六次手术，然而，由于肌腱断裂，左手难以合拢，肌腱重度粘连，复原的概率几乎为零——别说是开车，生活都难以自理。

但其美多吉不甘心就此离开心爱的邮车，夫妇俩四处求医问药，终于遇到了一位老医生，教给他一套常人难以忍受的"破坏性康复疗法"——先强制弄断僵硬的组织，再让它重新愈合。康复过程痛得钻心，每一次其美多吉都会痛得满身大汗。通过两个月的咬牙坚持，左手竟然奇迹般地康复了。虽然领导和亲朋都反

-071-

对他重回邮车，但其美多吉知道，只有重返雪线邮路，才能找回丢失的灵魂。整整三十年，一个人的邮路尽管孤独寂寞、危难重重，但这是他视为重于生命的路，从未后悔过。

为什么其美多吉见闻险阻牺牲依然无怨无悔？这缘于他对邮运事业的深深挚爱，"一往无前直面生死，越遇艰险越向前"的壮志豪情顶天立地。为什么其美多吉痛失爱子亲人依然含泪继续前行？这缘于他深入骨髓的价值追求，和大山较劲、与风雪抗争的坚毅品格感天动地。为什么其美多吉蒙受生死劫难依然重返雪线邮路？这缘于他奋斗到底的人生选择，"一不怕苦、二不怕死"的铮铮铁骨傲立雪域高原。

缘于救险帮难的助民责任

"别人有困难，我们一定要帮。"这是一代代雪线邮路人传承下来的"老规矩"。而对于其美多吉这个从小就热心肠的康巴汉子而言，与人为善、竭力相帮，更是他不变的人生信条。

雪山之巅，他常常救助帮难，疏导车辆，调解摩擦：哪里发生了交通事故，他就是现场交通员；哪里有了争执摩擦，他就是义务调解员。

在其美多吉的车上，常备氧气瓶、防滑链、铁锹、红景天等。在风雪封山、进退无路的危难关头，挽救过上百位陌生人的生命。他向外地来的司机传授经验，教他们安装防滑链，有时干脆爬上驾驶室，帮他们开过危险路段，甚至在一天之内帮助二十多辆军车驶离险境。2010年6月的一天，快到雀儿山垭口时，其美多吉看到一个骑行的驴友躺在路边的石头上，嘴唇发紫，昏迷不醒。情急之下，他用最快的速度把他送到了德格县医院，救下了驴友宝贵的生命。每当遇到暴风雪、泥石流等险情，路上的司机都会不约而同地找地方停下来等邮车，跟着邮车辙痕小心翼翼地开过去。因为他们知道，跟着邮车走，就能安全穿越险境。在人们的心目中，那抹流动的邮政绿，就是黑夜里的光，就是困顿中的希望。

在其美多吉看来，开邮车不仅是一份工作，还是一份责任。因为邮车贴近人民，开向百姓，直接服务于群众。因为在他的邮车上，装的是孩子们的高考通知书，装的是党报党刊和机要文件，装的是堆积如山的电商包裹，承载着乡亲们的期盼和希望。

三十年里，不少人劝技术精湛的其美多吉跑运输挣大钱，单位也曾两次想将他调整到管理岗位，但他都婉言谢绝。2015年，小儿子在甘孜县邮政公司从事车辆调度工作，爷儿俩成了邮运战线上的父子兵。

三十年来，其美多吉只在家里过了五个除夕。他没有在运邮途中吃过一顿正餐。两个孩子出生时，他都在运邮路上。他对工作的要求非常严格，有一次交接邮件时同事忘了清点，其美多吉没有放过，让同事将两百多件邮件重新点数。

如今，其美多吉所在的班组，以他最为年长，最小的驾驶员仅有二十五岁，他们年复一年地奔波在雪线邮路之上。2018年，其美多吉带领班组安全行驶六十二点四九万公里，向西藏运送邮件四十一万件，运送省内邮件三十七万件，机要通信更是年年质量全红。

随着邮政设施不断完善、电子商务快速发展，藏区群众网购日益普及，邮政业双向流通主渠道作用逐渐凸显，已经成为工业品下乡和农产品进城的重要通道。五吨载量的邮车升级为十二吨载量的这个变化生动诠释了雪线邮路的时代变迁——从一条民生的幸福路，成了一条百姓的致富路。

其美多吉践行"人民邮政为人民"的精神,既是邮路畅通、邮件安全的守护者,也是路上行者生命的护佑者,更成为藏区百姓幸福的传递者。他坚守"传邮万里、国脉所系"的使命,帮难救险不退缩,利益诱惑不动心,抛家舍亲不叫苦,始终用车轮丈量无限忠诚。他胸怀"情系万家、信达天下"的大爱,堪称"雪线邮路的幸福使者",把雪线邮路暖成了一条各民族互帮互助的温情路、团结路、和谐路。

第三辑

思想之灯

惑，祸也

《聂小倩》是蒲松龄小说集《聊斋志异》中的一篇，女鬼聂小倩"以黄金一锭置褥上"诱惑宁采臣，宁采臣却将黄金扔到庭外的台阶上，说："不义之财，脏了我的口袋！"聂小倩羞惭而退并心怀敬佩，后据实相告："金锭非金也，乃罗刹鬼骨，留之能截取人心肝。"这黄金之惑是不是令人惊出一身冷汗？聂小倩所言可谓一语道破：惑，祸也。

人生在世会遭遇形形色色的诱惑，如果定力不足，把持不住，一念之间，这些诱惑则成祸端。惑之所以成祸，在于身心迷乱不能自持，神魂颠倒不能自守，需要审慎以警醒。诱惑不一定时时有之，却挥之不去，关键是怎么面对它。

俭朴的晏婴接待使臣，两人连饭都吃不饱。齐景公赏赐千金，晏婴没有心安理得地接受，而是再三推辞，并说了这样一番话："进取于君，退得罪于士，身死而财迁于他人，是为宰藏也，智者不为也。夫十总之布，一豆之食，足于中，免矣。"意思是，取得君主赏赐不能与士人共享而得罪他们，死后财物就会转为他人所有，这是为家臣蓄积财物，聪明的人是不会这样做的。有衣穿，有饭吃，心里满足就可以免于祸患。

相较于晏婴婉拒赏赐的态度，楚国子文的做法则令人惊讶。《国语·楚语下》中记载："成王每出子文之禄，必逃，王止而后复。人谓子文曰：'人生求富，而子逃之，何也？'对曰：'夫从政者，以庇民也。民多旷者，而我取富焉，是勤民以自封也，死无日矣。我逃死，非逃富也。'"意思是，楚成王时常要给令尹子文一些赏赐。一到这时候，他就逃走，等成王不赏赐他了再回来。有人对他说："人生谁不求富，你为什么逃富呢？"子文说："从政是为了庇护百姓，很多百姓还那么穷，我去求富，那就是劳役人民让自己富有，那不是找死吗？我逃的是死，不是逃富。"

子文和晏婴在数千年前对赏赐之财的诱惑有如此认知，他们被称为先哲亦当之无愧。应该说，因外界诱惑而心动是人之常情，因为食人间烟火，自有七情六欲，诱惑往往会满足一个人内心需要和利益诉求，难免心中会起波澜。但需分清的是，身外之惑是触发人进步还是使人沉沦，即使是符合常情公序也要审慎。纵观历史，不良之惑是居多的，其结局也是必然的。甚至有的诱惑也如同毒品令人不能自拔，是万万不可尝试和触碰的。

从晏婴到子文，或拒之，或逃之，都将自己置于诱惑之外，因为他们知道，诱惑非凡心能轻拒，远离诱惑，就是远离祸患。大多数人并不能清醒地认识隐藏于诱惑背后的祸害。拒绝诱惑不是一劳永逸的事，而是一生一世的修行。

"高飞之鸟，亡于贪食；深潭之鱼，死于香饵。"当一个人身处物欲横流、急功近利又充满诱惑的环境之中，随时可能陷入"人见利而不见害，鱼见食而不见钩"的泥淖，也随时可能被糖衣炮弹击倒，始终保持灵魂的纯洁和内心的平静显得尤为重要。拒绝诱惑是每个人的必修课，也是必答题。修之不善，答之不正，从公仆到贪官有时是一念之差，从明星到罪犯往往是一步之遥，从富豪到贫民或许是一夜之间。

"明者远见于未萌，智者避危于无形；祸因多藏于隐微，而发于人之所忽。"一次次诱惑，就是一次次考验，也可能是一个个祸端。诱惑往往是前进道路上的绊脚石，老子说："知足不辱，知止不殆，可以长久。"毋庸置疑，当我们知足知止，懂得约束自律，始终保持心灵的纯洁与宁静，面对诱惑，不因金钱而驻足，不因名利而浮躁，不因权位而涉险，不因亲情而越轨，就会有足够的定力从容拒绝诱惑、远离祸患。

换伞的智慧

人生中总有一些意想不到的事突如其来,当意外降临的时候,能否保持足够的冷静,是我们处理问题的关键。那时你会发现,"人生最曼妙的风景,竟是内心的淡定与从容"。

有一位商人,为躲避战乱,把积攒不菲的钱财都置换成了银票,并藏在一把特制的雨伞伞柄中。商人在归途中因疲乏在凉亭边打了个盹,没想到睡醒之后雨伞不见了。商人毕竟经商数十余载,面对突如其来的变故,他很快冷静了下来。他发现包裹完好无损,断定十有八九是过路的行人顺手牵羊把雨伞拿走了,此人应该就在附近居住。于是他决定在此住下,购置了修理雨伞的工具,干起了修伞的营生。但数月过去了,他也没有等来自己的伞。

商人发现,很多人雨伞坏了之后都会选择买一把新伞。深思熟虑之后,商人打着"旧伞换新伞"的招牌继续营业。一时间,来他摊位上换伞的人络绎不绝。不久,一个年轻男子拿着一把伞来换伞,商人发现正是自己丢失的那把伞,立即给那人换了一把新伞,事后发现银票分文不少,当日他收拾好行李后便悄然离去。这则故事或许是杜撰的,但却给人值得回味的深刻启示。

晚清政治家、两任帝师的翁同龢有一副对联:每临大事有静气,不信今时无古贤。这说的就是一个人身处绝境时，如果能够举重若轻，始终镇定自若，那么必能经历大事担当大任。历史也表明，静气十足的人，往往能临危不惧，处变不惊，遇事泰然处之。诸葛亮在街亭失守时，司马懿大军直逼西城，诸葛亮无兵御敌，他临危不乱大开城门，城楼抚琴应对，一出精彩的空城计诠释了诸葛亮以静制变的智慧。

东京奥运会上的女子十米气步枪预赛中，中国选手杨倩仅排名第六，决赛时直到最后一枪才完成逆转。赛后，杨倩接受采访时表示："我自己也没有想那样多，尽力做好自己，稳定自己的情绪。"正是关键时刻的心无旁骛怀静气，帮助杨倩实现了逆转传奇，成就了冠军荣耀。《大学》中说："定而后能静，静而后能安，安而后能虑，虑而后能得。"丢失重金的商人也是一样，正因为内心有着足够的静气，保持遇事不乱的定力，才能顶住压力和困难，从容应对挑战，化危为机走出困境。

苏洵在《心术》中写道："泰山崩于前而色不变，麋鹿兴于左而目不瞬，然后可以制利害，可以待敌。"然而，如果遇事只是不慌不忙，对突如其来的变故却束手无策、解难无招，控制不了利害因素，对付不了敌人，就成了反应迟钝的麻木。古今成大事者，不仅在于遇事不乱、处变不惊，更重要的是不气馁、不认命，相信办法总比困难多，积极寻找解决问题的方法。

南宋绍兴十年（1140年）七月，杭州城最繁华的街市失火，一位刘姓富商苦心经营大半生的店铺在火灾中毁于一旦。但他并未因此沮丧崩溃，而是冷静地想到街市将来必然重建，就必然需要建材，于是立即开始采购大量木材、毛竹、砖瓦等建材。没过多久，朝廷颁旨重建杭州城，凡经销建材者一律免税。一时间，杭州城大兴土木，建材供不应求，价格陡涨。刘姓商人将采购的建材出售，所获利润远超过了被火灾焚毁的财产。正如《管晏列传》中所言："因祸而为福，转败而为功。"

无论是失窃商人的换伞智慧，还是杭州富商的转败为功，都告诉我们一个不变的道理：人生路上，大事难事常经历，逆境困境常遭遇，可贵的是永不放弃的意志，永不服输的韧劲，苦难和挑战面前不轻易说"不"，多一些"办法总比困难多"的信心，多一些"旧伞换新伞"的智慧，就能闯过"危"的山重水复，迎来"机"的柳暗花明。

谈道德更要讲规则

当一个人做了力所能及的好事,是不留其名婉谢感恩馈赠,还是留其名并欣然接受呢?相信大多数人会出于道德形象的考量而选择前者。因为,乐善好施、不图回报早已是中华民族的优良文化传统,融入了我们的血脉。然而,这个问题早在春秋时期,孔子便为我们做出了不同解答。

《了凡四训》中记载:"鲁国之法,鲁人有赎人臣妾于诸侯,皆受金于府。子贡赎人而不受金,孔子闻而恶之,曰:'赐失之矣。夫圣人举事,可以移风易俗,而教道可施于百姓,非独适己之行也。今鲁国富者寡而贫者众,受金则为不廉,何以相则乎?自今以后,不复赎人于诸侯矣。'子路拯人于溺,其人谢之以牛,子路受之。孔子喜曰:'自今鲁国多拯人于溺矣。'"

这里面讲述了截然不同的两个故事。一则是"子贡拒金"。鲁国有一条法律,如果看到鲁国人在国外沦为奴隶,能够把他们赎回来恢复自由,就可以从国家获得补偿和奖励。孔子的弟子子贡,是一个很有钱的商人,他从国外赎回不少鲁国人,但却拒绝了国家的补偿奖励。孔子听说却给了他差评。他说:"子贡,你错了!向国家领取补偿金,不会损害你的品行;但不领取补偿金,鲁国就没有人再去赎回自己落难的同胞了。"另一则是"子路受牛"。说的是子路曾救起一名溺水者,那人感谢他送了一头牛,子路收下了。孔子高兴地说:"鲁国人从此一定会勇于救落水者了。"

对视仁义礼为生命的孔子来说,推崇人们做好事并取得报酬,似乎令人有些不解。甚至在思想解放、观念开放的今天,孔子的这种思想也并非人人认同。但孔子颇有远见的睿智做法不仅对后世影响深远,也彰显其思想之伟大。正如《了凡四训》中所提出的:"人之为善,不论现行而论流弊;不论一时,而论久远;不论一身,而论天下。"

春秋时期著名政治家、思想家管仲曾说过:"有道之君,行治修制,先民服也。"意思是,善于治国理政的人,懂得通过制定有效的制度来管理国家,从而达到众民皆服的目的。

在社会关系领域,法治一定程度上体现为对规则和制度的遵守。孔子批评子贡而赞赏子路,正是基于对规则的尊重,对一种长久且利民制度的期盼。

"子贡拒金"与"子路受牛"也折射出一个舆论导向和价值选择问题,即是致力打造公平正义的社会机制,还是刻意营造"精神至上"的环境氛围?特别是在人们报效国家、建功社会、服务民生、勇于奉献、辛勤付出时,比如见义勇为、救死扶伤,也如从军报国、慈善捐助等,如果一味拔高其精神境界和道德风范,而不给予他们物质回报和权益保障,不免伤人又伤心、流血又流泪,袖手旁观、人人为己的冷漠就会成为时代的面孔。如此,片面单纯的教育与引导,只能导致空中楼阁般的"高言伪议",让人敬而远之。

马克思曾指出,"人们奋斗所争取的一切,都同他们的利益有关","'思想'一旦离开'利益',就一定会使自己出丑"。恩格斯认为,"利益是思想的基础,利益决定思想"。这告诫我们,合理的权益保障和必要的物质激励,是对人心向善的呵护,也是弘扬主旋律激发正能量的不竭动力。必须重视和贯彻物质利益原则,实现精神与物质并重,追求崇高与追求公平同步。

多花三百两黄金的启示

在人生道路和事业追求中，面对机遇挑战，面对灾害隐患，是守成回避少一点儿麻烦，还是主动奉献多一些付出，是事关价值取向的重要问题，需要有一个正确的认识和态度。

《智囊》里有一则故事，有一个东海人钱翁，从小户人家到发财致富，想在城里选一个居所安家。有朋友告诉他一个消息说："有一处住房，地理位置、房屋设计等都非常理想，许多买家已出价七百两黄金，就要出售了，您赶快去看看吧！"钱翁看了房子后，竟然用一千两黄金将房子买了下来。他的亲朋好友都埋怨他说："这间房子已经定好了七百两黄金的价格，你却突然再加三百两黄金，这不是白白让人家获利更多吗？"

钱翁笑着回答道："这当中的道理你们就不明白了。我们是小户人家，房主如果把房子卖给了我，必定会得罪其他买家，若不多花点儿钱，他拿什么话去堵住众人嘴巴？况且那些想得而又没得到的人必定还会来争。我用一千两黄金买下出价七百两黄金的房子，房主的愿望既得到了满足，其他人对这座房子也觉得无利可图了。再说这处房子从此就是我钱氏的世代家业，我也没有什么隐患了。"不久后，其他房产多因卖家售价太低而争要补贴，有的卖主又转手赎回,往往造成诉讼,打起了官司,唯独钱氏的房子住得十分安稳,从来没有纠纷。故事令人思考,从中可以品味出一些有益的启示。

奉献付出就是抢抓机遇。七百两黄金的房子之所以迟迟没有出售,必定是为众买家所看中、条件禀赋优越的房屋,卖家追求更高的利润,但大多数买家考虑的是以最优惠的价格交易,于是纠结在讨价还价的口舌之中。然而一个好的商品俨然一个机不可失的资源,抢得先机优先拥有才是最需要做的事。否则,当有一个不差钱的富商看中此屋时,机遇就可能永远消逝了。因此,钱翁毫不犹豫地千金买下,抢下交易权,抢的是资源和机遇,无疑是颇有眼光的决断。《周书》曰:"将欲取之,必姑与之。"在我们的人生和事业追求中,资源和机遇是有限的,只有甘于多吃苦、多投入、多付出,才能获得先人一步的机缘,胜人一筹的胜算,如果吝于付出和积累,只会丧失获取成功的先机。

奉献付出就是防患未然。钱翁一个令人点赞的先见之明就是看到了"欲未餍者,争端未息"的后患,如果他和大多数买家一样用七百金以他法购得房屋,看似得了便宜,实则之后的纠纷不可避免,可谓得不偿失。现实工作中,也时时处处充满了这样的案例。灾害防御学有个十分之一法则,即一百元的防灾投入,可避免一千元的经济损失。正如防汛救灾工作中,有"宁可十防九空,不可失防万一""宁可事前听骂声、不可事后听哭声"的说法,看似耗费了大量人力物力财力,但算账要算大账,灾害无情,但凡失防一次,将给社会和群众带来难以弥补的损失和创伤。"花钱买平安""花小钱省大钱"也是以付出防患未然的长远智慧。

奉献付出就是宽阔胸襟。可以说,钱翁之所以能从小户人家发财致富,离不开他这种与人为善、换位思考的处世态度。他多花钱既是为卖主考虑,能堵住众多买家的嘴,平息房屋价格高低之争和日后纠纷诉讼之苦;又站在众多买家立场考虑问题,这一千两黄金的高价先购天经地义,其他人再去竞争也无利可图了,心态自然平衡下来。而钱翁虽多花了三百两黄金,但收获的不仅仅是心仪的住所、日后的安宁,更收获的是不为物役、舍小谋大的心胸和境界。

移山的智慧

有人找到一位自称会移山大法的大师，想让他当众表演一下。大师答应了，他先在山前坐了一会儿，然后起身跑到山的另一面，接着宣布移山成功。看着满脸疑惑的众人，大师微笑着说："世上并无移山大法，唯一的办法就是：山不过来，我就过去。""山不过来，我就过去"，这种移山的智慧是工作生活中值得学习借鉴的，也是我们不少人所缺乏的，需要悉心领悟、得其章法。

改变不了现实境遇，不妨主动适应。每个人身处工作场所，都必须面对暂且固定的岗位、领导、人际关系和环境等客观条件，有些事物是我们无法选择的，也是无力改变的，就如我们不少人入职之初，面对理想与现实的落差，陷入利益诱惑与无私奉献的纠结，心怀自由与纪律的困惑，处于多元价值观与人生观的碰撞，都容易让他们思想困惑、心态失衡、信仰动摇。是哀叹怀才不遇还是自信天生我材必有用？是朝秦暮楚、心猿意马还是坚守寂寞、厚积薄发？是选择放弃、自甘沉沦还是光芒重现、才尽其用？如果缺乏移山的智慧，就很难迈过心中的坎。不妨去适应吧，因为适应是人人必须面对的人生课题，也是必须具备的能力素质。只有主动适应，才会深刻体会适者生存的真正内涵；只有全面适应，才会有效拓宽独立自主的发展空间；只有融合适应，才会逐步具备创新图变的内在潜力。

解决不了矛盾困难，不妨规避绕行。工作生活中不可避免遭遇各种矛盾困难，有时就像一座不可撼动的大山横在面前，令人左右为难。如果不自量力、一意孤行地硬碰硬，不仅虚耗精力，更会无功而返。我们要清醒地认识到，并非任何矛盾都能逐一化解，也并非任何困难都能得以克服，有时规避绕行也不失一种好的方法，正如进攻战术不能只懂得强攻，也要学会迂回。懂得规避绕行，不仅是一种智慧，有时也是穿越阻力的捷径。正是基于这一考虑，在思想解放、观念更新中，要容纳曲线思维、回避战略在工作中的地位空间，并充分运用；在工作筹划、方案设计中，要充分考虑可能遇到的各种矛盾困难，区分哪些是可以克服的，哪些是不可抗拒的，并提前预判；在工作实践、具体落实中，遇到挫折阻力几经努力不能奏效时，应评估既有思路、方法的可行性，并尽快调整和改变。

战胜不了竞争对手，不妨化敌为友。挑战、竞争已成为当今时代和社会的常态，我们不免面临不同方面的竞争。如果处理不好彼此之间的竞争关系，只能制造相互对立、结下不解嫌怨、形成潜在威胁。其实有竞争有对手并非坏事，因为这样无形中让我们有了进取向上的动力，但若在竞争中屡次败北，则应重新审视自我，与对手差距是否太大，此时应将改进完善自我作为上策，而最有效的方法就是以敌为师，向对手学。采取宽容友善、以德报怨的态度，不难赢得对手的尊敬和信任；抱着自甘下位、交流学习的姿态，可以知彼知己，取长补短；秉持搁置争议、求同存异的真诚，必然换来携手合作、共进共赢。

一块饼的约定

《百喻经》全称《百句譬喻经》,传说是古天竺僧伽斯那撰,南朝萧齐天竺三藏法师求那毗地译。书中故事短小生动,设喻巧妙,"除去教诫,独留寓言",是一部通俗又不失深刻的文学经典。

《百喻经》卷四记载了一则夫妻吃饼的故事,读后令人回味。曾有一对夫妇,家有三块饼。两人各吃了一块,剩下一块,于是夫妻俩约定道:"若是谁说话了,谁就不能吃这块饼了。"之后,为了这一块饼的缘故,各自忍住不说话。过了一会儿,一名盗贼潜入,家中所有财物都落入贼手,夫妻俩因为有约在先都不作声。盗贼见他们一言不发,愈发胆大,就在其丈夫的面前调戏起他的妻子来。而丈夫看见了依然不说话。妻子忍不住大喊有贼,对丈夫叫道:"你这愚痴的人,怎么为了一块饼,任凭盗贼胡作非为也没反应?"丈夫却拍手笑道:"哈!蠢婢子,我赢定了这块饼,没你的份儿了!"人们听了此事,无不嗤笑。

这名丈夫令妻子愤怒、让众人嘲笑,在于他因小失大的错误估计,分不清一块饼与家中财物孰大孰小,分不清一块饼与妻子安危孰重孰轻,一味守着谁先说话谁输的约定,显然他为人处世的格局颇为狭隘,也很卑微,无异于目光短浅的井底之蛙,这种捡了芝麻而丢了西瓜的做法必定输得彻底。

也许有人说，这位丈夫遵守的是既定规则，不因外界影响而中止履约，亦有其可取之处。固然，我们不能漠视规则和契约精神，一定的规则和制度是规范社会秩序和人们言行的重要依据，但其存在建立在普遍而稳定的条件之上，在特殊情况下，不能成为束缚科学和常识、影响生存和发展的思想"茧房"。况且这是夫妻俩纯属玩笑的约定，执守思维僵化的自我束缚百害而无一益，正如著名的泓水之战中宋襄公讲究"仁义礼法"，坚持遵循"君子不重伤（不攻击已经受伤的人），不禽二毛（不俘虏年老的人），不鼓不成列（敌军没有列好阵，不能进攻）"的交战规则，要待楚兵渡河列阵好后再战，结果宋军大败，宋襄公也受了伤。

"所当乘者势也，不可失者时也。"这位丈夫无视变局和危机，不观形势、不察时变、不谋新局，任由盗贼逐步升级加害的麻木在现实中也很常见，需要引以为戒。"明者因时而变，知者随事而制。"一个睿智明理的人，必然能准确识变、科学应变，也会因势而谋、顺势而为、乘势而上，才能化危为机、有所作为。

思想家帕斯卡尔说："人类的全部尊严在于思想；真正能囚禁人类的，是思想的牢笼。"一块饼的约定，告诫我们为人处世抑或干事业，不可因小失大，不能无视变局，更不能思想僵化。凡事不迂腐、不偏执、不拘泥，而应通情达理、实事求是。从这个意义上讲，就可以理解孟子为什么说"大人者，言不必信，行不必果，惟义所在"了。

你可以不吃的！

妻子做了一顿丰盛的晚餐，给我盛了满满一碗饭，我感觉有点儿多，但还是吃完了，餐后我感到有点儿撑得慌，于是抱怨她给我盛得太多。妻子说："你可以不吃的！吃不下可以先盛出些，或者留在碗里呀。"一句话让我若有所悟。是呀，没有人强迫我一定要吃那么多或者吃完呀，吃不吃、吃多少完全在于自己，而不在他人。推及人生和社会，像我这样盛多少吃多少，习惯活在设计好的格局中而不知改变的人何尝又是少数？

中国父母喜欢问放学的孩子"作业做完了吗""认真听了吗"，其实不如对孩子说"你今天问问题了吗""今天问好的问题了吗"，让孩子主动思考、敢于质疑。我们习惯对网上传的、他人说的信以为真，喜欢人云亦云、你讲我听、有令必从，缺少做人做事的主心骨；或是碍于情面，惧于权威，囿于传统，限于学识，缺乏说不的勇气和习惯。即使明知有错、对自己不利，也心存敬畏，不敢较真，不敢反对，而因循守旧、墨守成规，活在条条框框里，活在他人设置好的条件里，久而久之则思想固化、行为机械，依赖性也渐成气候，也为受人摆布、思想愚弄和精神奴役提供了机会。

自古以来，无论是大禹治水、愚公移山的故事，还是后羿射日、精卫矢志填海的传奇，都诠释了不认命、不服输的抗争精神。反观现实，这一可贵传统正呈现弱化式微的迹象："多一事不如少一事"已成为不少人明哲保身的处世哲学，以安于现状、与世无争来逃避。固然，我们有很多事不由自主，或人微言轻，或势单力薄，但学会自主依然是一种勇气。

如此看来，要感谢妻子"你可以不吃的"这句话，我们无疑要做自己的主，当自己的家。这需要有怀疑一切的鉴别力，善于洞察，敢于说不。当然，怀疑一切不等于否定一切，而是要对与自己利害关联的事物合法性、合理性、真实性进行判别，而非随波逐流、一味盲从；要有独立自主的决策力，前途命运虽非一己之力能决定，但须坚定"我的事我做主"，把发展的自主权、事业的选择权、奋斗的话语权掌握在自己手里，自主决定自己的发展方向、人生目标和生活方式，不为外力所屈服，不为权势所胁迫，不为功利所诱惑，不为杂音所左右；要有敢于抗争的执行力，拒绝强加的人生"条款"，纠正有害的发展"设定"，不忍气吞声，不听之任之，敢于维护公平正义和人格尊严。

寒山寺的"夜半钟声"

暮春四月，来到苏州干部学院易地见学，由于住地离知名的寒山寺不远，傍晚散步就想着去看看寒山寺的夜景。趁着夜色，信步枫桥，寂静的寒山寺游客不多，只见铁岭关的城墙上切换着"月落乌啼霜满天，江枫渔火对愁眠。姑苏城外寒山寺，夜半钟声到客船"的字幕，似乎感受到当年张继身处乱世、羁旅他乡的失落境遇。如今寺在人非，如果寒山寺能定时敲响一下钟声，兴许会更能增添历史的韵味，勾起今人的遥远记忆。

敲钟，是佛门寺院报时警世的信号，"晓击则破长夜，警睡眠；暮击则觉昏衢、疏冥昧"。静夜听之，声张庄严，宏伟悠扬，有令人振聋发聩、澄思涤虑的感觉。继张继之后，宋代米芾也有诗证实这醒悟人心的百八杵，早就成为寒山寺的寺规了："龟山高耸接云楼，撞月钟声吼铁牛。一百八声俱听彻，夜行犹自不知休。"唐韵古钟，尤为来寒山寺的游客所憧憬。由于城市发展，如今寒山寺周边有了很多居民，寒山寺也早就改变了半夜敲钟的习惯，全年只有除夕夜才敲钟一百零八下。

只是，张继《枫桥夜泊》这首千古流传的绝唱，还成为中国古典文学文化史上的"公案"。缘由是宋代的文坛领袖欧阳修曾在

《六一诗话》中说:"诗人贪求好句而理有不通,亦语病也。如……唐人有云:'姑苏城外寒山寺,夜半钟声到客船。'说者亦云句则佳矣,其如三更不是打钟时!"认为是张继为了写出好词佳句而虚构的情景。这可能是在欧阳修所处的宋代,大部分寺庙已经没有半夜敲钟的习惯。

对此,同时代的苏州本地诗人叶梦得在《石林诗话》中就予以反驳:"张继此诗,欧公尝病其半夜非打钟时,盖未尝至吴中。今吴中寺,实夜半打钟也。"认为欧阳修并没到苏州吴中实地调查研究,自然不知夜半钟声的实际存在。

北宋进士彭乘还亲自去苏州住宿调查夜半钟声真假。他在《续墨客挥犀》中提到:"欧公诗话有讥唐人'夜半钟声到客船'之句云:'半夜非钟鸣'。时或以谓人之始死者,则必鸣钟,多至数百千下,不复有昼夜之拘,俗号'无常钟',意疑诗人偶闻此耳。余后过姑苏,宿一院,夜半偶闻钟声,因问寺僧,皆曰:'固有分夜钟,曷足怪乎?'寻闻他寺皆然。始知半夜钟唯姑苏有之,诗人信不缪也。"

因此,北宋的范温在《潜溪诗眼》中总结说:"欧公以'夜半钟声到客船'为语病。《南史》载'齐武帝景阳楼有三更五更钟'。丘仲孚读书以中宵钟为限。阮景仲为吴兴守,禁半夜钟。至唐诗人如于鹄、白乐天、温庭筠尤多言之,今佛宫一夜鸣铃,俗谓之定夜钟。不知唐人所谓半夜钟者,景阳三更钟耶?今之定夜钟邪?然于义皆无害,文忠偶不考耳。"他考证认为吴中地区的寺院,确有半夜鸣钟的习俗,谓之"定夜钟"。即每天晚上11点40分,开始打钟,用二十分钟时间,均匀敲一百零八下,最后一下即合午夜。而宋阮景仲担任吴兴太守时,曾经禁止夜半敲钟,可见夜半钟声由来已久。

事实上,除了唐代诗人笔下多有"半夜钟"之说:如白居易的"新秋松影下，半夜钟声后"，于鹄的"定知别后宫中伴，应听到山半夜钟"，温庭筠诗云："悠然旅思频回首，无复松窗半夜钟。"之后各朝亦有提及，如南宋诗人陆游赴夔州通判任，夜宿枫桥，乃吟咏道："七年不到枫桥寺，客枕依然半夜钟。"清代诗人王士禛，曾舟泊枫桥，感叹："十年旧约江南梦，独听寒山半夜钟。"

"知者非真知也，力行而后知之真"。古人因一句"夜半钟声"而历经几个朝代八百年的接续考证，或追根溯源，或实地访查，或多方核实，值得今人学习参考。欧阳修未经调查研究而轻言夜半无钟声，自然有违今日的"没有调查，没有发言权"。只有说话办事去除了主观臆断、自以为是，凡事莫想当然，不停留于表面、不拘泥于本本、不偏执于主观，做到亲知广知深知，才可能获得符合客观规律的真知。

如今，苏州也有个"寒山闻钟"的网络论坛，市民发帖、访问，相关部门关注、处理并回帖，已经成为政府部门畅通诉求表达、践行网上群众路线，察民情、知民意、解民忧的重要平台，可谓是寒山寺"夜半钟声"求真务实的时代回响。

鸡尾酒的启示

有个不少人比较熟悉的故事,讲的是在一个国际酒文化节上,中国人、俄国人、法国人、德国人、意大利人等都早有准备,拿出了代表本国特色的好酒争相夸耀。只有美国人在一旁笑而不语。宴会一开始,中国人随着二胡和古筝的伴奏,首先拿出古色古香、包装精致的茅台酒,打开瓶盖,香气四溢,众人都为之称道。接着俄国人拿出伏特加,法国人拿出大香槟,德国人取出了威士忌,意大利人也亮出了葡萄酒……最后,大家都把目光投向美国人,只见美国人不慌不忙地站起来,把各国的美酒分别倒了一点儿在一只酒杯里,并将它们调和在一起,然后自信地举起酒杯说:"这叫鸡尾酒,它体现了我们美国民族的精神——博采众长,综合创造……"的确,这酒既有茅台的醇,又有伏特加的烈;既有葡萄酒的酸甜,又有威士忌的后劲,可谓别有一番滋味。

这则故事也许是虚构的,但颇令人回味。它也启示我们,没有特色并不可怕,千万不要没有想法,有了想法,无中能生有,无也即是有。这种想法其实就是立足现有资源、择己所需重新组合、形成新生事物的过程,既创新又创造,往往更胜一筹。

其实,美国鸡尾酒里蕴含的道理在中国并不鲜见,孙子曰"知彼知己",鲁迅称之为"拿来主义",如今提倡创新驱动发展战略,我们也会说要"为我所用"。它散落在世间角落、你我眉宇之间,是人生的智慧学。

学习思考如此。徜徉信息时代,面对海量信息,似乎什么内容都有人涉及,让人茫然无从下手,不知学些什么、做些什么。例如,文章重在组合故事相近、寓意关联、言语一致、文理递进的信息文字,只要思想、观点是自己的,不必计较自己胸无成竹、没有术业专攻,因为众多的知识信息皆是为我所用的素材而已,奇思妙想加素材达意的文字组合,也不失为一篇有见解的佳作。

为人成事如此。昔刘邦并无雄才大略,但他善用各种人才。他说,运筹帷幄之中,决胜于千里之外,我不如张良;治理国家,安抚百姓,保证作战物资源源不断,我不如萧何;统率百万大军,攻必克,战必胜,我不如韩信,但我能用好他们这些人才,所以我能得天下。尽管刘邦被人称为泗水亭长,甚至被讥为无赖,却并不妨碍刘邦成为一代名主。为人处世需要豁达包容,结交各类才俊,以"三人行必有我师"为座右铭滋养人生,实现内心强大。成就事业同样需要为我所用的胸怀,盘活资源的智慧,把握大势的远见,预先卜知的洞察力,集思广益的整合力,以此追求成功的可能性。

用人育人亦如此。面对来自五湖四海、不同岗位、素质各异的人,如何行师长之责,让每人不枉其岗并建功立业?让新手与骨干携手、干部与群众互促、领导与部属交流、学历高者与低学历的互教、先进典型与后进人员结对等,最大限度地盘活自身资源,使彼此取长补短,互助互学,更可以让每个人找到展示自己的舞台。当然,不仅仅是管理者、教育者要学会发现不同人的不同优长,也要让每个人有自己的思考,学会主动博采众长、取长补短。

"嫌货人"才是买货人

电视上曾有一档综艺节目,组织了一次网络评选,评选哪位艺人是最不受观众欢迎的。一位女艺人不幸"夺冠",成绩一经公布,她崩溃大哭,主持人及其他艺人怎么哄劝都止不住她伤心的哭声,场面一时间尴尬无比。

一位年长的男艺人突然说:"嫌货才是买货人。你看上街买菜的阿姨在菜摊前对老板一阵挑挑拣拣,'老板你这菜不新鲜啊,你看有虫子咬过的痕迹,这菜怎么还带着泥?你给我称两斤'。如果对这些货品没有兴趣,她们才不会停下来跟老板讨价还价呢。同样,网友如果不关注你,他们才懒得投你一票。"说得那位女艺人破涕为笑,现场的气氛才缓和下来。

有句俚语说:"嫌货才是买货人。"意思是说,嫌产品不好的客户才是真正的内行,才是对产品有购买意愿的人。因为,如果一个客户对产品一点儿挑剔都没有,那么这个客户很可能没有购买的欲望。

"嫌货人"无疑是爱批评和提意见的人,我们常常会对他们心存芥蒂,认为是那种爱挑刺、毛病多的人,往往不受领导和同事们待见。其实,这不正是有问题意识,对人对事有责任心的表现吗？经常提一些意见和建议的人，才是真正把单位作为家来看、把你当成家人待的人。能无所顾忌地去批评一个人、批评一件事，既是对被批评对象的高度信任和寄予期待，也彰显了"嫌货人"光明磊落的坦荡胸怀和真诚待人的可贵品质。他们如同你的亲人一样，都是自己人生中的"买货人"，为你的点滴进步而欣喜，为你的小错小失而失落，永远站在为你好的立场关注、呵护着你。嫌货是一种责任，是一种关心，更是一种情谊。

这样的"嫌货人"，是值得我们敬重的。"爱之深、责之切"的"嫌货人"，充满主人翁责任感，因为对单位对工作或是对一个人有太多向上向好的期望，所以才会有更高标准的苛求；"鸡蛋里挑骨头"的"嫌货人"，追求至善至美，眼里容不得一点儿沙子，有着强烈的问题意识；"凡事总往坏处想"的"嫌货人"，他们充满忧患意识，底线思维强，会把困难估计得很足，把矛盾考虑得很多，把隐患分析得很全。我们也有责任呵护这样的"嫌货人"，因为他们往往不够圆滑，不讨人喜欢，也容易得罪人。他们不会左右摇摆，却是忠诚事业、立场坚定的人；不会溜须拍马、曲意逢迎，却是敢于担当、刚正不阿的人；不会是非不分、真伪不辨，却是追求真理、实事求是的人，为他们撑腰鼓劲，何尝不是为我们的事业加油呢？

更多时候，我们需要扮演一下"嫌货人"的角色，也需要尊重和感谢我们人生和事业中的"嫌货人"。

有种智慧叫"治未病"

春秋战国时期，有个名医叫扁鹊。一天扁鹊拜见魏文王，魏文王问扁鹊说："你们家兄弟仨人，都精于医术，到底哪一位最好呢？"扁鹊答道："长兄最好，仲兄次之，我最差。"文王再问："那么为什么你最出名呢？"扁鹊答道："我长兄治病，是治病于病发作之前（治未病），由于一般人不知道他事先能铲除病因，所以他的名气无法传出去，只有我们家的人才知道。我仲兄治病，是治病于病情初起之时（治欲病）。一般人以为他只能治轻微的小病，所以他的名气只及于本乡里。而我治病，是治病于病情严重之时（治已病），一般人看到我在经脉上穿针管来放血、在皮肤上敷药等大手术，所以以为我的医术高明，名气因此响遍全国。"文王说："你说得有道理。"这就是"治未病"的典故由来。相较而言，"治已病"不如"治欲病"，而"治欲病"又逊于"治未病"。"治未病"的理念，就是要牢固确立"安全第一，预防为主"的观念，立足于早发现、早防范、早纠治，牢牢把握安全预防的主动权，将各种安全隐患察之于未形，防患于未然。

海尔集团有一种"问题管理"法，就是提早发现自己的不足并予以迅速解决。因此，海尔的生存理念就是这十二个字：永远战战兢兢，永远如履薄冰。对于"问题管理"，海尔集团的CEO张瑞敏声称，海尔注重问题管理而非危机管理模式，就是把企业可能出现的任何危机问题消灭在萌芽阶段。孟子说"生于忧患，死于安乐"，海尔的"问题管理"所传递的忧患意识，正是"治未病"的智慧所在。因为，忧患意识是敬业精神的源头，能增强危机感，激发坐立不安、如履薄冰的工作压力，才会产生"治未病"的动力。

被中央军委授予"基层安全保卫工作模范连"的原步兵第三十四旅五连在长期工作形成的"三听六看"：公共场所听议论，讨论会上听发言，个别谈心听反映；饭堂看饭量，床上看睡相，劳动看干劲，训练看情绪，接受任务看态度，收到来信看变化。实践证明，这"三听六看"可以有效地防范化解战士随时出现的矛盾和问题，也让五连保持了长期的稳定。"三听六看"其实就是关注细节，体现了抓安全工作"治未病"的管理智慧。善于以小见大，透过现象发现潜在的问题苗头，把关注细节掌握实情作为一种习惯，把经常检查发现问题作为一种责任，才能找到藏于细节背后的那个"魔鬼"——隐患，才能把各种事故苗头消灭在萌芽状态。

河豚肉质细腻，味道极佳，但是这种鱼的味道虽美，毒性却极强，处理稍有不慎就有可能致人死亡。河豚的加工程序十分严格，一名上岗的河豚厨师至少要接受两年严格培训，考试合格后才能领取执照，开张营业。实际操作中，每条河豚加工去毒需经过三十道工序，一个熟练的厨师要花二十分钟才能完成。可见，要去除河豚之毒，离不开一道道严格的工序、严谨的"治未病"操作。从这一点来说，各项安全规定和制度就像一道道严格的工序，需要有严格遵守的责任。有一句话说得好，我们不缺少素质好的工作骨干，缺少的是严谨落实的责任心；不缺少各类规章和

—103—

管理制度，缺少的是严格认真的常态执行。不折不扣地遵章守制、落实责任，才能达到除害消患"治未病"的目的。

5·12汶川大地震，有一所学校九十多位教师、两千两百名学生在震后第一时间全部冲到操场，用了1分36秒，全校师生无一伤亡……这位校长从1997年起，多次将学校一栋没有验收的教学楼加固；2005年起，每学期在全校组织一次紧急疏散演习。他就是绵阳安县桑枣中学校长叶志平，在汶川地震后被称为"史上最牛校长"。叶校长规定每周二学校各班级要对学生进行安全教育。除了搞紧急疏散演练外，他还经常在教学楼中人流量最大的时候，看学生的疏散情况，查看老师是否在各层的楼梯拐弯处。地震那天，老师和学生们就是按照平时的训练秩序，用练熟的方式进行安全疏散。正所谓"有备无患"，叶校长抓教育、搞演练、固危房，地震之害被化解在"治未病"之中。"治未病"离不开积极有效的预防行动，必须不断地强化安全意识，内化于心，外化于行，养成自觉，形成习惯，加强经常性的教育引导和针对性的应急演练，才能遇乱不惊，应对有序，最大限度地减少损失和伤害。

杜鹃鸟的另一面

在中国古老的传说中，流传着"望帝春心托杜鹃"的故事。古代蜀国有个名叫杜宇的人，当了皇帝以后称为"望帝"，并让位于治水有功的鳖灵归隐西山，死后魂化杜鹃，其啼声凄苦悲切，"夜啼达旦，血渍草木"，留下了"杜鹃啼血"的美丽传说和"德垂揖让"的千古佳话。杜鹃鸟因常常发出"布谷、布谷"之声给人们报春，所以被称为"布谷鸟"，在民间也被喻为吉祥鸟、幸福鸟，无疑，杜鹃鸟在中国文化中是一个美好又富有情感的象征。

传说"杜鹃啼血"的杜鹃鸟，指的是俗称布谷鸟的四声杜鹃。因为这种杜鹃口腔上皮和舌部都为红色，古人误以为它啼得满嘴流血。而杜鹃啼鸣时，正是杜鹃花盛开之际，而杜鹃花因其色殷红似杜鹃啼血染成，所以也取名"杜鹃"。在春夏之际，杜鹃鸟会彻夜不停地啼叫，犹如凄凉哀怨的悲鸣，常激起人们的多种情思，引发许多关于"杜鹃啼血""啼血深怨"的传说和诗篇。"杜鹃花与鸟，怨艳两何赊。疑是口中血，滴成枝上花。""杜鹃花发杜鹃啼，似血如朱一抹齐。应是留春留不住，夜深风露也寒凄。"无论是杜鹃鸟还是杜鹃花，在文学上都被赋予了哀怨思念、羁旅乡愁的文化意蕴。

然而,在西方人们对杜鹃鸟的看法却褒贬不一,杜鹃(cuckoo)除了用作鸟名,还用来指疯狂、狂热,"疯疯癫癫的人",傻事、丑事之类,"a cuckoo nest"也被喻为破坏别人家庭的人。古希腊喜剧大师阿里斯托芬曾写过一个杜鹃建造空中之城的故事——"云雾中的杜鹃国"(Cloud—cuckoo Land),指的是不切实际的狂想空想。20世纪70年代,美国有一部反映社会病态的电影《飞越疯人院》,就是将社会视为杜鹃巢穴,把它和疯人院等同起来。但西方人似乎也爱听杜鹃声,所以波兰有《小杜鹃》歌。在英国,杜鹃作为春天的信使在英国人心目中占有特殊的地位,英国人"每个人都要留心倾听杜鹃的第一声啼鸣"。西欧各国还有一种杜鹃钟,每到一点钟会有一只杜鹃跳出来报时,作"克谷"之声,正好与杜鹃的英国名称"Cuckoo"发音相同,十分有趣。

之所以杜鹃鸟会被西方冠以"破坏别人家庭"的寓意,大概是它有着巢寄孵卵的"鸠占鹊巢"繁殖行为。大杜鹃是现有巢寄生鸟类中最典型的一种鸟,它自己不会做窝,也不孵卵,平均每年产蛋2~10个,它可把卵寄生在125种其他鸟类的巢中,让这些鸟替自己精心孵化后代。剑桥大学鸟类学家珍妮弗·约克和尼古拉斯·戴维斯开展的研究显示,大杜鹃在大苇莺巢中产卵后不久,便会模仿食雀鹰的叫声。因为食雀鹰是大苇莺的天敌,大苇莺听后便不敢轻易返回巢中,因此大杜鹃可以停留更长时间,增加占巢换卵的成功率。而当大苇莺飞回来时,却丝毫没有意识到大杜鹃已在巢中留下了自己的卵。

大杜鹃在繁殖期通常寻找与孵化期和育雏期相似、雏鸟食性基本相同、卵形与颜色易仿的雀形目鸟类巢穴。大杜鹃借巢时通常会先吃掉或扔掉寄生巢里的一颗蛋,趁宿主鸟离巢外出时快速寄生产卵。误以为是自己亲骨肉的宿主鸟会悉心孵化大杜鹃卵。

由于大杜鹃卵孵化期较短，当其顺利破壳而出后，冷酷的大杜鹃雏鸟却会把同巢的其他卵拱在背上，一个个拱出巢外，人们心中的吉祥鸟竟是如此忘恩负义。

当然，并非所有的杜鹃像大杜鹃一样占巢产卵。全世界共有140多种杜鹃鸟，其中有90种左右的杜鹃鸟是会自己做窝自己产蛋自己照顾孩子的，尤其是分布在美洲大陆上的杜鹃鸟基本都是负责任的父母。而且杜鹃以昆虫为食，是著名的森林益鸟，像松毛虫、毒蛾等，其他鸟类都不敢吃，对杜鹃来说却是美味佳肴。值得一说的是，寄生型的杜鹃鸟，大多是一夫多妻制的，一只雄杜鹃要同时照顾这么多妻子和孩子，做多个窝就成为费时费力的苦差事了，也许就动了占巢孵卵的心思吧。

任何事物都有两面性，有时我们往往被表面现象所迷惑，而隐藏的另一面或许才是事物的真相。

感觉只是感觉

在我们的生活中，市场上的黑猪肉一般比白猪肉贵上好几倍，甚至有些部位的肉售价高达上百元一斤。商家在宣传时也给黑猪肉打上了"营养价值高""健康安全""肉质鲜美"等各类标签。那么，黑猪肉就一定比白猪肉营养价值高吗？

一家食品营养研究所曾对生态散养的黑猪肉和规模化养殖的白猪肉做了对比分析实验，发现白猪肉中各种氨基酸的含量都比黑猪肉高，并且计算了氨基酸评分，发现白猪肉的得分更高，比例更符合人体的营养需求，也就是说白猪肉的营养成分其实更高。分析其原因，黑猪是散养的，在外面还吃一些草，运动量大，饥一顿饱一顿，可以说处于营养不良状态，而白猪定时投喂吃的配合饲料，是精准营养配方。但为什么黑猪肉比白猪肉吃起来香呢？研究人员用气相色谱质谱联用仪，检测两种猪肉中的挥发性风味物质，发现黑猪肉中风味物质的种类和含量，如谷氨酸、天冬氨酸、苯丙氨酸、丙氨酸、甘氨酸和酪氨酸等风味氨基酸，以及不饱和脂肪酸等，都高于白猪肉，因此肉味更鲜美，吃起来也更香。相较而言，黑猪生长速度比白猪慢，风味物质在黑猪体内能得到更长时间的累积。

科普了黑猪白猪肉的营养成分,大概会出乎很多人的意料,颠覆不少人的认知,但事实往往是这样:感觉并非想象,感觉也不一定是对的。感觉好的,并不等于是真正有利于我们。人们常有这样的思维定式,眼见为实,耳听为虚。应该说,认识事物是复杂的,甚至要经过曲折才能探明真相。特别是在这个有图有真相、似乎什么都能看见的时代,我们看到的兴许都是别人想让我们看到的。因为一切信息都被资本、算法、各种无形的手操控着。因此,永远不要轻易相信别人传递过来的事实,永远不要丧失自己的判断力。哪怕符合自己的想法和判断,也不能轻易去认同,因为事情的真相往往是相反的。

《道德经》有言:"大音希声,大象无形,道隐无名。"真相往往隐藏在感觉背后。感觉只是感觉,它只代表着一种感性认识,而不能代替由实践而来的真知。然而,有的人盲目相信传统和流行的说法,鲜有质疑,并以此成为感觉。如多数人认为斗牛容易受红色刺激,其实斗牛对颜色分辨能力不敏锐,在斗牛场上,真正激怒斗牛的并不是旗子的颜色,而是斗牛士挥舞旗子的动作。有的人推崇跟随内心和直觉,认为这样才不会委屈自己。这听起来很美好,说的时候也很时尚和潇洒,其实隐藏着诸多不确定的危机。正如男女婚恋中,所谓有眼缘有感觉,被对方身上的某种特质所吸引而心动。但婚姻毕竟不能完全靠感觉,更需要了解彼此内在的性格品质。也有的人"自我感觉良好",对自己估计过高、盲目陶醉,疏于发现自身缺点和潜在问题,一旦遭遇挫折和挑战方如梦初醒。"追随我心"也好,"自我感觉良好"也罢,其实都是做了感觉的奴隶,排斥客观细致的调查研究和实践,难免会抱守不准确不完全的片面认知。正因为缺少主动质疑的求真求新魄力,思维很容易为人左右,出现人云亦云、随大流的从众心理。一个人内心理性的声音越强大，不凭感觉行事，不受好恶左右，就不会感情用事，而是笃信有根有据的事实和真相，这是判别一个人成熟与否的标志。

英国哲学家维特根斯坦有句名言："一个人可以不相信自己的感觉，但是不能不相信他自己的信念。"这个信念，应是学会质疑、追求真理的精神。注重探究事物的原委，不唯上，不唯众，不唯书，只唯实，才能看懂事物的底层逻辑，体悟到事物的本质。人生路上，不能跟着感觉走、跟着经验走，更不能跟着忽悠走，而要跟着事实走，跟着科学走，跟着规律走，上下求索之，才不会在生活的大海上迷航，最终沐浴真理的光芒。

第四辑

人生之悟

关注你印象不深的人

《资治通鉴》中记载,汉文帝有一次视察上林苑的老虎园,上林尉前来拜见,文帝就向他询问上林苑的动物情况。没想到文帝"十余问,尉左右视,尽不能对"。汉文帝很生气。旁边一个啬夫(管理人员)自告奋勇地站出来,回答汉文帝的问题"口对响应,无穷者",可谓口齿伶俐,夸夸而谈。文帝听了很满意,就打算撤掉这个上林尉,改用这个啬夫。他刚想下令,却被大臣张释之劝住了。张迂回地问道,陛下觉得绛侯周勃这个人怎么样啊?文帝说,那还用问,堪称长者。张释之又问,那东阳侯张相如呢?文帝说,也是长者,此二人都是汉初重臣,但是都有些木讷,不怎么会说话。于是张释之说道,既然如此,那绛侯周勃、东阳侯张相如都曾经有些事情说不清楚,哪里有这个啬夫这么伶牙俐齿呢?

能让汉文帝印象深刻、感觉不错的啬夫,固然有其独特可取之处,业务不可谓不熟悉,对其重用也无可厚非。但张释之劝诫的用意并非在此,而在于后来他对汉文帝说的几句话:"今陛下以啬夫口辩而超迁之,臣恐天下随风靡靡,争为口辩而无其实。且下之化上,疾于景响,举错不可不审也!"意思是如果这位啬夫因善于辞令而破格升官,恐怕天下人争相效仿,都去练习口辩之术而无真才实能。上行下效，如影随声，用人导向不可不审慎啊！

现实工作生活中也不乏让你印象深刻的另类"啬夫"，看似能说会道、令人满意，实则工于钻营，把个人升迁和利益作为根本追求，投机才是其本来面目，是需要和张释之一样擦亮慧眼保持头脑清醒的。

印象不深的人，不排除是平庸的人，逃避责任的人，却也不乏少说多干、埋头苦干、真抓实干的人。他们往往不事张扬、不善言谈，但却是有素质有度量的人；可能平淡无奇、木讷迟钝，但会是忠诚有定力的人。这样让人印象不深的人，正如"那些心系群众、埋头苦干、不拉关系、不走门子的老实人、正派人"，是需要特别关注的人。

关注你印象不深的人，就要拓宽选人用人视野，坚持任人唯贤，打破以印象取人的思维定式。以印象取人虽符合心理学的首因效应，但正是这种希望给人留好的第一印象的初衷，很容易演化成刻意的内在掩饰，如同为短缺的素质"美颜"，需要排除识人用人的眼界虚光，防止看人看事的表面化和错觉。

重视离你较远的人。亲朋好友或身边人、老乡老部下知根知底，有着心理近距离的情感渊源，一定程度上是可以信赖的对象。但也有着无形的弊端，如听好话、奉承话是常人之所好，而说这些话的人多是离你近的人，能够当面恭维你的人。"近水楼台"的身边人总是"先得月"，离你较远的人自然难以"混个脸熟"，少去了几分亲近感。不少事实印证的是，亲近更需重远。那些离你较远又不喜露脸的人，往往是自力更生、独立奋斗的人，缺乏资源却能成就自己的品质本身就该值得重视。古今贤者，往往远世俗近高洁，远功利近真理，耐得住寂寞，经得起诱惑，在远中陶冶情操、修炼内功，在远中胸怀大志、挥斥方遒。诸葛亮需要远赴茅庐三顾，陶渊明眷念田园归隐山林，钱锺书淡泊名利谢绝一切采访，无不是远离浮躁喧嚣、静守才德清高。这也应予人以启示，于人于事，切不可因为离你较远而漠视疏远。在识人用人的问题上，如果只依赖小圈子、倚重身边人，只能说是目光短浅了。

重视不善言谈的人。人的精力是有限的，如若喜好夸夸其谈的口舌之功，热衷于迎来送往和投人所好，用在事业上的功夫就不可能那么充盈。不媚权贵、不善交往、不善言谈的人往往被认为是情商不高、不谙世事，不善言谈不排除性格有缺陷，但也可能是心无旁骛，把心思精力在工作和本职上放得更多更重。陈景润讲课交流能力不佳，当老师却讲不好课，但并不会掩盖他卓越的数学才能。可以说，"实事求是，不尚空谈"不仅是一个人可贵的作风品质，也是选人用人的一个重要标准。

重视低调沉稳的人。当领导都偏好表态坚决、落实迅速的人，但这其中也不乏浑身媚骨、投上所好之辈，百般迎合、曲意奉承是其不懈追求。如为引起上级注意，盲目又迅疾地搞所谓的形象工程、政绩工程，而往往不顾民意、不管实际、不计后果。领导说句话就是最高指示，就马上在你能耳闻目睹之处宣传造势，千方百计让你对他印象深刻，这无异于一种精神贿赂，其最终目的也不言而喻。领导又多喜欢处事高调、工作泼辣的人，然而这些人中有的看似工作能力突出、敢抓敢管，却也容易唯我独尊，漠视民主、牟取私利。其实，喜欢在领导和公众面前频频表现和露脸的人，刻意在上级面前"晃来晃去"的人，倒是需要警惕的人。正所谓"路遥知马力，日久见人心"。

当然，光重视还是不够的，要突出沉心实干的用人导向，强化全面培养的帮带责任。选人用人不可偏于重亲唯近，也不可简单察言观色，以个人主观感受判断是非，而在于看人是否德才兼备。同时,"人无完人,金无足赤"虽是现实,但不可抱守成规,既要用人之长,也要主动弥弱补短。在崇尚实干的基础上,对适合关键岗位和担任领导骨干的人,更要加强针对性的培训培养,不善言谈则重点攻关表达,不喜沟通则指导完善性格,真正帮助实现素质全面、能力无死角。

不妨泄泄气

几个青年来到沙漠探险,他们的汽车在沙漠行驶途中陷入沙里,怎样才能把陷入沙里的汽车开出来呢?他们又是推又是垫东西,想尽了办法车却仍然寸步难行。就在大家一筹莫展的时候,一个小伙子说,把轮胎的气放掉试试!大家不以为然,认为放了气汽车更开不动了,小伙子坚持自己的主张,说服了众人,放了气的汽车果然从深陷的沙坑中开了出来。原来,轮胎泄掉气后,与沙面的接触面积增大,对沙面的压强就随之减少,汽车就更容易从陷入的沙子里开出来。

其实人生何尝不是如此。泄气,本是遭遇挫折失败的无奈之举,也是矢志进取的人不愿拥有的心态。在工作生活中,有的人自恃有关系靠山、有一技之长,多有盛气凌人之势;有的人目标追求不切实际,眼高手低、好高骛远,流露心高气傲之态;有的人面对利益得失、荣辱恩宠,经不起挫折打击,常怀牢骚等,都是心中不正之气使然。一个人的精神状态总有两股气在发生作用,一股是正气,是以勇气、朝气、锐气充盈,益事业而强身心,要弘扬鼓舞;一股是邪气,多以傲气、怨气、怒气占据,损人心魄而伤精神,要敞怀多泄。

泄傲气以取长补短。在现实工作生活中,也许我们有的人身居要职或权力岗位,有的人有担任要职的经历,有的人有大都市人、名校高学历的优越,还有的人会有高人一筹的技能等,由此滋生出官气、霸气、娇气、贵族气,所以有了恃才傲物的自命清高,目空一切的不屑一顾,鹤立鸡群的唯我独尊,都是傲气使然,是不可取的。人当有傲骨而不可有傲气,傲气重必自伤。仲永自满有才陷平庸之伤,关羽自骄有兵败华容道之害,庞涓自傲有命丧马陵之果,马谡自负有失街亭之痛……历史和现实警示我们,傲气是成长进步的绊脚石,也是建功岗位的拦路虎。要实现成长进步愿望,成就建功理想,就要泄一泄内心中的傲气。泄傲气需要谦卑自谨,不甩脸色,不摆架子,做人低调一点儿,少一点儿怠慢不屑,多一些尊重恭敬,保持平等的心态、平常的心情、平和的心境;泄傲气需要直面现实,正确估量自身能力,不好高骛远,甘于放下身段从小事做起,不眼高手低;泄傲气需要心态归零,无论是荣誉多大、权位多重、素质多强、学历多高、资历多深,都应学当工作学习的"新兵",重置能力素质的起点,在事业的征途中孜孜以求。

泄怨气以厚积薄发。著名诗人艾青曾把抱怨嫉妒比喻为"心灵上的肿瘤",英国文学家莎士比亚也说"善妒者必惹忧愁"。林黛玉薄命情爱幽怨,周瑜亡身嫉贤妒能,盛唐成于虚怀若谷,弥勒传世源自大肚能容……自古以来不少成败得失都系于一个"怨"字。其实,不顺心不如意是人生常情,无论打理"柴米油盐酱醋茶",还是从事"三教九流七十二行",常遇到如鲠在喉的郁闷之事……严新高的标准,短平快的要求,比争考的压力,也已成为当今社会的常态,各种压力之下我们可能会常生郁闷之怨,但须明白身处顺境时不可得意忘形,陷于逆境时不可埋怨气馁;懂得人活着就是活一种精神,活一个心情,活一生幸福的道理。不妨常怀平和大度之胸襟，淡泊名利之心态，把挫折困难当作锤炼磨砺，把不公不平当作前行动力。"牢骚太盛防肠断，风物长宜放眼量"，牢骚怨气泄之不仅有益身心，也有助事业，如果把怨气化为开明豁达的大气，化为蓬勃向上的朝气，化为精业强能的底气，你将会成为内心无比强大、机遇特别垂青的人。

泄怒气以凝心聚力。怒气往往会是上不封顶、下不达底的魔鬼，正如元代杨显之的《潇湘雨》中所说："只落的嗔嗔忿忿，伤心切齿，怒气冲天。"历史上有吴三桂冲冠一怒为红颜的狭隘，也有张飞暴虐无常为部属所害的悲剧，皆是横眉竖目、疾言厉色为一己之私的怒气惹的祸。怒气多的人往往眼里揉不进沙子，受不了一丝一毫的"窝囊气"，对部属的失误差错要么气急败坏训斥责怪，要么暴跳如雷大发雷霆；对同事的无意冒犯要么横眉冷眼恶语相向，要么不依不饶怀恨在心；对他人的冲撞得罪要么火气冲天耿耿于怀，要么刀兵相见极端报复，更甚者"怒从心头起，恶向胆边生"，放纵冲动魔鬼以身试法。喜怒无常，通常是致命的弱点，但凡从愤怒开始，往往会以耻辱结束，也解决不了已发生的问题，只能是对社会百害而无一益。其实无端怒气既是人格涵养缺失的表现，也是工作能力缺陷的反映，不能以性格脾气不好为遮掩，也不能以追求完美为借口，随意点燃无名怒火。可见，怒气可泄不可长，应把宠辱不惊作为我们的处世本色，恪守"忍一时风平浪静，让三分海阔天空"的宽容，应有林则徐常悬"制怒"横匾自警，对待不平且当鞭策，修炼身心；遇有祸灾查因寻误，重在化解；面对责难有则改之，无则加勉，切实做到他人言语冒犯不失风度，误解蒙羞不缺理智；下属工作失误不少帮带，严厉批评不吝关爱；领导呵责痛斥不抵触顶撞，遭遇成见不私下叫骂，将无名之火变为互助热情，将心中怒气转为奋进激情。

不要既浪费茶叶又浪费时间

著名主持人白岩松在一次演讲中说:"我最讨厌有事没事来我办公室坐坐,闲聊联络感情,或者怎么样的人,既浪费茶叶又浪费时间。我非常尊重那些从不主动找我,却在自己的岗位上把事情做好的人。"这不由得让想起"奔竞"这个词来,何为"奔竞",这缘于宋代一则故事。

宋真宗曾经把外放到地方上去补缺的郎官的名字告诉宰相,称赞这位郎官的才干和德行很好,指示宰相等他任满回朝时升任为监司。到那郎官任满回朝,宋真宗又谈起了他。于是宰相写好了奏章,准备第二天呈给皇上。晚上宰相回到家里,那位郎官来拜见他。而当第二天宰相把那郎官的名字荐奏给宋真宗时,真宗却一声不吭,表示不同意。原来,宋真宗之所以变卦,是因为郎官拜见宰相的事已被密探侦查上报了。于是宋真宗在位期间,那郎官始终没有再被任用。史书载"真宗恶人奔竞如此"(宋真宗非常厌恶臣子为名利而奔走钻营),认为这样的人不可提拔重用,哪怕是才干非常出众。

在古代帝王说一不二的用人环境下,可贵的是宋真实能坚持选人用人以德为先的原则,将官员的品行置顶,并且在发现用人失察后能够及时修正原先的主张。现实中一些人为官位、利益"奔竞"者并不在少数，他们热衷于"找靠山"，喜欢"套近乎"，习惯去"抬轿子"，常来点儿"小意思"，搞感情投资，个人依附，或察言观色、投其所好，或溜须拍马、谄媚奉迎，见利伸手，谋的是一己之私、图的是个人功利。

"奔竞"者的危害是显而易见的，唐代李林甫与宫中宦官、妃嫔交情深厚，对玄宗的举动了如指掌，每逢奏对都能符合玄宗的意旨，深得赏识。"口有蜜，腹有剑"的"奔竞"者李林甫最终担任宰相十九年，独揽朝政，以致安史之乱让盛唐走向衰败。法国有句谚语："为歌功颂德烧的香，熏黑了偶像。"

防范"奔竞"者，不"既浪费茶叶又浪费时间"，风气很重要，而作为以上率下、成风化人的领导起着关键作用。以《老残游记》而闻名遐迩的刘鹗，虽揭露官场腐败现象俨然一身正气，但也曾是一个"奔竞"者。光绪二十一年（1895年），在总理各国事务衙门任职的刘鹗为了达到承包我国第一条铁路卢汉铁路工程的目的，除了屡次在督办处递说帖，还携带五万两银子到京城，一路打点"奔竞"，同时托人以数十幅珍贵字画行贿时任军机大臣、户部尚书翁同龢。而翁同龢没有"既浪费茶叶又浪费时间"，不为同乡之谊所动，不为字画之贵所惑，不仅没有准其所请，而且把他的行贿劣迹写入日记："刘鹗者，镇江同乡，屡次在督办处递说帖，携银五万，至京打点，营干办铁路，昨竟敢托人以字画数十件饴余。记之以为邪蒿之据。"

"天下熙熙皆为利来，天下攘攘皆为利往。"凡有利益关联处，一些别有用心的、心怀企图的人，总琢磨着用"奔竞"的手段，打招呼、拉关系、走门子，靠不正当手段晋升越位，以牟取个人私利。这需要我们瞪大眼睛，像翁同龢一样不"既浪费茶叶又浪费时间",狠刹歪风邪气,让投机钻营的"奔竞"者没有市场。

与"奔竞"相反的,是那些立足岗位默默无闻、真抓实干又不善亲近领导的人。这些干部平日里多半埋头干事、不会来事,只琢磨事、不琢磨人,是一种难能可贵的不贴靠、不巴结,是一种好的品质。

事业是干出来的,而不是"奔竞"出来的,不要让人"既浪费茶叶又浪费时间"。就像白岩松所说的,"最好的,就是专业能力的不断提升,成为不可替代的人,谁都不会不用你"。也需要用"大公""大义""大我"的标尺选好人用对人,让吃苦头的人有奔头,肯埋头的人能出头,不让他们受冷落、被歧视,更不能让窥伺权力和利益的"奔竞"者得便宜、受重用。

也谈"铁匠、木匠、瓦匠"

乍一看,不少人会觉得老调重弹,做人做事自然要当敢作敢为的"铁匠",不当"睁一只眼、闭一只眼"的"木匠",更不可学"和稀泥",当"和事佬"的"瓦匠"。然而,这些针对作风建设上问题的形象比喻,与具有工匠精神的"铁匠、木匠、瓦匠"并非一码事。

"铁匠"无疑是要敢于较真碰硬,敢于担当,打铁必须自身硬。但要具有工匠精神,不仅要学"铁匠"正人先正己的品格和敢于碰硬的工作作风,更重要的是学习"铁匠"的精到功夫——把握火候,学会趁热打铁。

谈及"木匠",有人会想到是"睁一只眼、闭一只眼",对矛盾和问题视而不见,而想不到那是木匠在精准作业,忘却了木匠的绝活在于"木直中绳",这何尝不是一种敬业的工匠精神呢?在中国,许多赞誉是给作为能工巧匠的木匠的,世间遗存至今的中国古代建筑,有多少木质结构的精品巨作,或巧夺天工,或独具匠心,或浑然天成,令人赞叹不已,岂是"睁一只眼、闭一只眼"的作风懈怠所能造就的?可见木匠是中国自古以来引以为豪的传统职业,其工匠精神也值得后世传承和彰扬。

再如"瓦匠",如果被解读为擅长"和稀泥""抹光墙",要么当老好人,要么做表面文章,这也不免有所偏颇。真正理解一个好瓦匠的本事在于精准调配。殊不知当瓦匠是个地地道道的技术活,不善调和,拿捏不准沙水石之间比例,不免沙多了易开裂,水多了难成形,直接影响大厦之根基,工程之质量,房屋之美观。不"和稀泥"何来坚固之基?不"抹光墙"哪有平整美观?

应该鼓励企业开展个性化定制、柔性化生产,培育精益求精的工匠精神。工匠精神是指工匠对自己的产品精雕细琢、精益求精的精神理念,当然也是包括铁匠、木匠、瓦匠等古往今来技工人员的职业准则。而铁匠、木匠、瓦匠等各有其长,其职业追求都是工匠精神不可或缺的组成部分。

中央电视台推出的《大国工匠》节目中,有人能在牛皮纸一样薄的钢板上焊接而不出现一丝漏点,有人能把密封精度控制到头发丝直径的五十分之一……比如中国航天科技集团一院火箭总装厂高级技师高凤林,他给火箭焊"心脏",是发动机焊接第一人。零点一六毫米,是火箭发动机上一个焊点的宽度。零点一秒,是完成焊接允许的时间误差。他们何尝不是承载强国梦想的现代"铁匠、木匠、瓦匠"?

当前,并非我们炉火纯青、精业胜人的"工匠"多了,精了,强了,而是与世界"工匠"仍有着相当的差距。如为什么从保温杯到马桶盖,从感冒药到电饭煲,海外屡现国人抢购潮?相比西方有的国家,之所以能崛起立国,如人们熟知的瑞士手表、奔驰、西门子、松下、尼康等德日为数众多的百年企业,与拥有一批一丝不苟、精益求精的"铁匠、木匠、瓦匠"分不开。

工匠精神与浮躁功利是对立相斥的,不妨自查自问:挑肥拣瘦、贪图安逸、这山望着那山高的心态有没有?不务正业,唯利是图,把主要精力放在"第二职业"上的现象多不多？粗枝大叶，做不了慢工细活，不求"过得硬"但求"过得去"的思想有没有？滥竽充数，不懂不学，"占着位子混薪水"的问题多不多？这些既不爱岗，更不敬业的表现不可能容纳工匠的基因。匠心筑梦，凭的是传承和钻研，靠的是专注与磨砺。务必少一些浮躁私心，多一些精业匠心；少一些投机取巧，多一些脚踏实地；少一些急功近利，多一些执着专注，真正把心思精力专注于勤业精业上。

改革强国的时代号角呼唤现代"工匠"，期待更多涌现一大批善抓机遇的"铁匠"、专注求精的"木匠"、精准组合的"瓦匠"。这需要锻造各条战线"唯手熟尔"的"工匠"，让出众的企业精英、创业人才、管理骨干领跑先行，让更多的劳动模范、行业专家、技术能手施展才干，在改革创新的时代潮头昂首傲立。

干事业莫"画鬼怪"

《韩非子·外储说左上》有一则"画鬼魅易"的故事。春秋时期，齐王请一位画家为他作画，在作画前齐王问他："画什么最难？"这位画家答道："狗、马最难画。"齐王又问："画什么最容易？"他说："画鬼怪最容易。"齐王哈哈一笑，好奇地追问原因。画家从容作答："狗、马是人们所熟悉的，早晚都出现在大家面前，不能随意虚构，不能光画得像就可以，所以难画；鬼怪是无形的，不会出现在人们面前，谁也没见过它们，所以容易画。"

"画鬼怪最容易"，揭示了一个浅显又令人思考的道理：功自实，毁自虚。如果没有具体的客观标准，就会容易使人弄虚作假、投机取巧。凭空想象最省力，因为它不受任何规则条件制约，可以自以为是，胡编乱造。而真实具体的事物想混淆视听却不易，特别是关系人民群众切身利益的幸福指数来自现实感受，要接受客观实际的衡量和检验，来不得半点儿虚假。

历史上，战国赵括"纸上谈兵"、两晋学士"虚谈废务"的历史教训言犹在耳；现实中，"矿山刷绿漆"虚假绿化、"巨型关公像"盲目造景的荒唐做法时有上演。明末清初思想家王夫之说："虚与实之分，祸与福之纽也。"实受益，虚招祸，是一个深刻又朴实的道理。一个人做事,要使之有价值,就应不做虚幻无用的事,不做既糊弄他人又欺骗自己的事,也就是古人所言"不受虚言,不听浮术,不采华名,不兴伪事"。由此可见,凡事必先立规矩有标准,对那些不着边际、缺乏规范的事物应不慕虚荣,不务虚功,不图虚名,因为到头来只会虚空一场。

"奋斗创造历史,实干成就未来。"无论是推动乡村振兴,还是促进共同富裕,伟大梦想不是谈出来、喊出来的,而是拼出来、干出来的。新时代新征程,要坚持踔厉奋发、笃行不怠,一切工作都要往实里做,不做取宠、作秀、讨巧的伪事,杜绝飘浮虚假、追名逐利的投机,扫除巧言令色、舌生莲花的做派,自觉置身于可监督可评判的"聚光灯"下,接受历史、实践和群众的检验,切实以真抓和实干的作为不负历史、不负时代、不负人民。

跌倒的，都是行走的人

"即使跌倒，也别忘记微笑。"作家温斯顿·格鲁姆在《阿甘正传》中这样写道。人生路上，总有跌倒的时候。跌倒并不可怕，重要的是能微笑着爬起来，抖落灰尘继续前行。

在第25届奥斯卡颁奖典礼上，刚刚获奖的最佳女主角奖得主雪莉·布思正准备上台领奖时，也许是因为太兴奋了，被自己的晚礼服长裙绊了脚，摔倒在舞台边上。当时全场静默，因为还从来没有人在这样全球直播的盛大晚会上跌倒过。女演员迅速地起身，真挚而感慨地说："为了走到这个位置，实现我的梦想，我这一路走得艰辛、坎坷，付出了很多代价，包括有时跌跌撞撞。"一句"跌跌撞撞"，道出了艺术追求的坎坷，也道出了奋斗人生的真谛。

发明家爱迪生有一次一边散步一边思考，由于想得入神，一路上跌倒了五六次。他的一位同事见了大笑不止。爱迪生回应道："你笑什么？你知道跌倒的是什么人吗？跌倒的，都是行走的人！"

雪莉·布思和爱迪生在跌倒时能说出这样富有哲理的话，并不仅仅是因为他们能机智应变，而是与他们矢志进取、饱受磨难常"跌倒"的人生经历有关。雪莉·布思在百老汇摸爬滚打近十年，经历无数次冷落和坎坷之后，才等到了她人生中第一个重要角色；

爱迪生为了发明灯泡，经过六千多次实验的失败和挫折才终于成功。如同雪莉·布思和爱迪生一样，我们所遭遇的跌倒，更多来自并非一帆风顺的人生之路上。但凡我们跌倒了爬起来、看清路、迈稳步，做一个坚定虔诚的行者，就不会在成长之路上困顿彷徨，在岗位事业上止步不前。

"有时失去是一种拥有，有时跌倒是一种站起。""跌倒"是具有两面性的，对待"跌倒"的认知不同，呈现的是截然不同的人生态度，有的人稍遇挫折、失足"跌倒"，就会意志消沉、颓废、沮丧，一蹶不振，失去前进的动力和目标，这自然是不可取的。"跌倒"的时候，别人看的是笑话，而自己要看到的是财富。因为"跌倒"催生智慧和勇毅，赋予机遇和成熟，成功属于那些在一次次的"跌倒"、失败和挫折后，却仍不放弃坚守理想的人。

"一蓑烟雨任平生"的苏轼可谓宦海浮沉，屡次在政治和仕途上"跌倒"，三遭贬谪，一生奔走潦倒，第一次是四十五岁那年因"乌台诗案"而被贬至黄州，一住四年。在五十九岁时因政见立场第二次被贬往惠州，六十二岁时又第三次贬至儋州，到六十五岁才遇赦北归，且一家死去九口人。但苏轼将苦难化为才思，将信念转为功业，贬谪之旅蜕变为艺术之路，他的绝世才华正是在屡遭贬逐的"跌倒"逆境中成就的。正如苏轼去世前自题画像所说："问汝平生功业，黄州、惠州、儋州。"

18世纪著名的英国剧作家奥利弗·哥德史密斯说："我们最值得自豪的不在于从不跌倒，而在于每次跌倒之后都爬起来。"行走在成长成才的道路上，生理意义上的跌倒并不可怕，可怕的是精神意志上的跌倒，那样只会陷于人生的困境，失去前行的动力。真正行走的人是无畏于跌倒的，跌倒的，都是行走的人。因为，正是跌倒，磨砺了我们的坚强品格；正是跌倒，成就了我们的人生精彩。

从杨利伟"我没有看到长城"说起

航天英雄杨利伟撰写的《太空一日》，被选入人教版七年级下册语文课本后，曾引起社会广泛关注和热议。随着神舟十三号成功发射、三名航天员顺利进入太空站并展开工作，《太空一日》再次成为网上谈论的热点，深受网民追捧。

其中，让网民颇为关注的一个问题是，宇航员能否在太空一睹万里长城风采。此前，"中国的万里长城是太空中能够用肉眼看到的地球上唯一的人工建筑"的说法广为流传。这个唯一，已经成为中国人引以为荣的骄傲与自豪，有人还以此赞叹中华文明的独特、神奇与伟大。然而，在《太空一日》"我看到了什么"一节中，杨利伟直截了当地说："我没有看到长城。"杨利伟在那次太空飞行中很想验证这个说法，并多次仔细地寻找长城，但终究没有看到。后来神舟六号和神舟七号上天时，他还叮嘱执行任务的航天员们再仔细看看，但他们同样没有看到长城。杨利伟无疑是一个值得敬佩的人，作为中国太空第一人，他既有敢于探索、不怕牺牲的勇气，又有实事求是、敢说真话的勇气。

事实上，在太空看到长城本身是经不起推敲的，因为，长城的平均宽度不到十米，据计算，如果在月球上看长城，就相当于在两千六百多米远的地方看一根头发丝，如果不借助现代化的观测仪器，肉眼是很难分辨的。

《荀子·儒效》中说"闻之不若见之，见之不若知之，知之不若行之。学至于行之而止矣。行之，明也"，强调的是实践才能出真知。宋代科学家沈括在读唐代诗人白居易所写《大林寺桃花》时，看到"人间四月芳菲尽，山寺桃花始盛开"一句，不禁诧异：既然四月芳菲尽了，怎么又桃花始盛开呢？白居易写出这样自相矛盾的句子，可谓"智者千虑，必有一失"呀！在一年初夏四月，他到一座山上考察，居然亲眼见到了白居易诗中的奇景——山下众花凋谢，山顶上却是桃花红艳，这才领悟到海拔对季节的影响：由于山上气温低，春季的到来要晚于山下。

"知者非真知也，力行而后知之真"，清初思想家王夫之《四书训义》中的这句话是说：对事物仅仅知道，并不算真正了解，只有亲身去经历才能知道它的真实。事实也的确如此，如果囿于文本、限于言传、浮于表面，只凭传统说法或主观臆断，很难得出正确的结论。

进入信息网络时代，信息量呈现几何级别的增长，信息量增长的速度远比人类理解的速度要快，其中子虚乌有、以讹传讹的信息比比皆是，并不鲜见。如果偏听偏信、不辨真伪、人云亦云，就容易被误导和愚弄。古人说"知行合一""格物致知"，早就道出了获取真知的途径：既要注重理论联系实际、学用结合，又要善于从实践中发现规律认识事物。越是信息发达，越要发扬科学精神，保持实事求是的态度，擦亮善于发现的慧眼，不信谣，不传讹、身体力行、深入调查、仔细求证，才能去伪存真、洞察真相，获得客观性、真理性认知。

其实我们都是"陀螺"

中国有个最早的娱乐项目——陀螺,也作陀罗,闽南语称作"干乐",英文称之为"spinning top",日本语中以"独乐"表示,称为"KOMA"。旋转是陀螺的生命主题,也是为人青睐之处,其实我们都是陀螺,要么静静地躺下不为人知,要么置身旋转舞台炫其精彩。

陀螺需要抽打,人需要摔打,甘于磨砺的思想准备不可少。"一只陀螺只有不停地抽打才能保持高速旋转,一支军队只有不断地摔打才能永远立于不败之地",这是话剧《陀螺山一号》中的一句台词。一个人也是这样,陀螺经抽打才显现其精彩,人经摔打才展现其风采。这告诉我们,一个人要成就自己,磨砺是一种必经的心灵挑战,也是一种必要的精神体验,应该充分做好吃苦磨砺、摔打锻炼的思想准备。

军人是艰苦的代名词,军旅生涯无不以艰苦为伴。新兵有脱胎换骨之苦,老兵有埋头奉献之苦,干部有抛家离子之苦,领导有带兵管理之苦。平心而论,谁都向往人生和事业平坦、安然,都不希望自己的生活和工作中遇到困难,遭受挫折。但一个人要想有所作为,就必须有抗压御苦的强大内心。雏鹰不经历悬崖上的生死考验怎能展翅高飞？花蕾不经历风吹雨打的摧残怎能竞相绽放？柳条不经历寒冬的肃杀怎能抽出新芽？军人不经历严格的训练怎能英勇善战？

毫无疑问，只有经历过地狱般的磨炼，才能有征服天堂的力量；只有流过血的手指，才能有百步穿杨的绝响，只有经受了血与火的洗礼，才能有敢打必胜的意志和坚强。要想拥有成长的广阔天空，必须树立鹰击长空的远大志向，摒弃安于现状的知足，打破坐井观天的狭隘，赢取任凭驰骋的空间。

一个人，应以苦为乐，自觉适应艰苦的环境和条件，保持爱岗敬业的奉献情怀；学会善借外力，在承担各种工作和任务中摔打自己，锻造全面过硬的能力素质；不断洗礼意志，在急难险重活动中接受挑战，激发敢于亮剑的精神士气。

陀螺先天不稳，人有先天不足。陀螺只有一个支点，决定了它先天不稳的特性；人尽管有两条腿，从小也需要咿呀学语、蹒跚学步，且金无足赤，人无完人，人不可避免地或多或少存在一些缺陷。

古人云："人非生而知之者，孰能无惑？"在学识专业上，并不是天生就会，都有一个从束手无策到熟能生巧的过程。特别是知识膨胀、信息爆炸的当前，信息时代的发展加速素质沉底，职责岗位的要求挑战能力大小，新情难题的迭起检视知识内存，每一个人都会面临知识匮乏、能力不足、专业短缺的素质恐慌，需要有主动作为的学习救赎。

人可悲之处在于意识不到危险，预测不到困境，察觉不到不足。不足制造困境，困境招来危险，因此必须有素质不足的自知之明。在学习的认识上，不满足既有所学，不抵触新生事物，不沉湎传统经验，要有"亏则虚脱乏力，空则如芒在背"的惶恐，要有"一天不学习，吃饭都不香"的习惯，要有"不患人不知，惟患学不至"的深入，要有"活用老、学到老、用到老"的坚守，用学习的不懈和创新在日新月异的时代洪流中傲立潮头。

干工作贵在发自内心的自觉，这种自觉更在于对弥补自身不足的深刻认识和热切渴望。工作生活中，可贵的是"不须扬鞭自奋蹄"。无论你是"笨鸟"还是"菜鸟"并不可怕，可怕的是没有先飞的觉悟，只有先知缺陷的敏感才有弥补的盼望，只有先知努力的好处才有追赶的劲头。

梅兰芳为了弥补口吃的缺陷，坚持每天早上含沙练唱，终成一代戏剧名家；童第周正视最后一名的差距，与"路灯"常相伴苦读，创始中国实验胚胎学；爱迪生无惧被学校开除的嘲讽，以实验室为家，成为举世闻名的"发明大王"。而自恃和迷信天赋而不勤奋耕耘之人，其结果，要么是"仲永之伤"的昙花一现，要么是"江郎才尽"的过早泯灭。我们不一定都是那么笨拙，也不一定要有出人头地的理想，但立足自身条件最大限度地追求成功是应有的选择。不妨把自身的缺点放大一些，把软肋的弊害看重一点儿，把每天的玩乐搁置一下，努力实现先知——先飞——先进的跨越。

陀螺不打不转，人不进则退，进取有为的精神状态最给力。陀螺不抽打，倒下会是唯一答案；人不进取，落后将是必然结果。我们要在事业上有所作为，就必须善于自我加压鼓劲，借助工作任务持续给力，不断设立目标前行。

学习进取是素质上的跨越，是能力上的升级，必须要有深入一线、勇挑重担、创新图变的动力作支撑。俗话说，"吃得苦中苦，方为人上人""吃苦头才能尝甜头，肯埋头才能有出头"。军事五项队的队员们流血流汗，在所不惜。据粗略统计，通往金牌的路上，练越野要跑八万多公里,练高障要从二层楼高的五米绳梯上纵身跳下七千余次,练投弹要投无柄手榴弹六十二万次,练障碍游泳要在障碍重重的泳道里游八千公里。如果说"出于蓝"指的是在学习吃苦,而"胜于蓝"则指的是创新能力。那么,"青能胜于蓝",起于不满足不认输的内心躁动,止于精益求精的追求。

有人曾经问球王贝利:"你踢得最好的球是哪一个?"他回答:"下一个。""下一个"正代表了求新求变的超越。实现超越,就要坚持定位高远、次第推进、跨越发展的顶层设计,就要具有放下身段、虚心求教、集思广益的学习精神,就要始终保持不满足、不懈怠、不示弱的竞争状态。而创新是质的跨越,不仅是萧规曹随的继承,也是披荆斩棘的开拓,当然,创新不能脱离现实需求,有时解决矛盾和改良现状也不失为一种创新。比如,为解决养猪场猪吃到带有竹牙签的残羹剩饭而受伤的问题,韩国人发明了用土豆淀粉制作的牙签。

这启示我们,创新既要有怀疑一切的求异思维,又要有迂回曲折的逆向思考;既要有摸石头过河的探索尝试,又要有异想天开的联想拓展;既要有化整为零的微观分解,又要有科学组合的结构优化。

陀螺不抽打会歪倒,人不提醒易"跌倒",置身监督的纪律约束很重要。陀螺旋转是其正常状态,维持这种状态就应适时抽打,而不能任其降速歪斜。一个人亦如此,时间长了,固有惰性和自我放松也会滋生,也需要像陀螺一样有根纪律之鞭时时对其进行抽打约束。

其实我们都是陀螺,不妨借以鉴己,好自为之。

人生不可"独少一爱"

战国时的齐宣王尽管并非圣主明君,但也光大了"稷下学宫",有营造"百家争鸣"之功。他"致千里之奇士,总百家之伟说",对天下各派文人、学士,如淳于髡、田骈、接子、慎子、环渊等七十六人,都赐给府宅,官拜上大夫,不担任官职而让他们自由议论。而儒家大师孟轲更是长住稷下三十多年,集百家大成的荀况,十五岁就来齐国,是稷下学宫中资格最老的一位导师,曾三为祭酒,充任学官最高领导。如果说齐宣王有所建树,则应有受稷下名士的劝谏诤言之影响。

一日,齐宣王对名士淳于髡说:"先生谈一谈寡人喜欢的是什么?"淳于髡说:"古代王者所喜欢的有四,而大王喜欢的有三,独少一爱。"齐宣王十分奇怪,禁不住问道:"这话怎么说呢?"淳于髡说:"古代王者爱马,大王也爱马。古代王者爱美味,大王也爱美味。古代王者好美色,大王也好美色。古代的王者尊崇有才德的人,而大王却不尊崇才德之士。"

齐宣王听后,摇摇头说:"国中根本就没有杰出的才德之士,否则我也会尊崇他们。怎么能说我不尊崇有才德的人呢?"淳于髡说:"古时有骅骝等好马,可是现在没有,大王就不惜花费重金,从所有的马中去挑选,可见大王真的喜欢马。古时有豹象等动物的肠肚或嫩脆可口的肉,可是现在没有,大王就命令手下人不辞辛苦从众多美味中去挑选,可见大王真的爱好美食。古时有毛嫱、西施那样的美女,可是现在没有,大王就从当今天下的众多美女中去挑选,可见大王真的喜欢美女。至于才德之士,大王就一定要等到有尧舜禹汤时代的贤德之士出现,然后才去尊崇他们、喜欢他们吗?那么如果禹汤时代的贤德之士知道,会觉得大王不是真心喜爱人才,也不会喜欢大王的。"齐宣王听后默然不语。

其实,和齐宣王这样"独少一爱"的人并不鲜见。有的人心有旁骛,把副业当主业,让个人喜好占据主导,心思精力偏移了方向,本应专攻精练的本职工作却并不上心;有的企业唯利是图,热衷"多栖发展""越界求利",搞多元化经营,冲淡甚至荒废了自身的主业,丢了老本行不说,也丧失了发展后劲;也有的盲目崇洋媚外,把国外视作天堂,看到的都是祖国的阴暗面,独少一颗爱国之心;还有的偏爱酒品、烧烤、蛋糕、外卖等,而对有益健康的五谷杂粮难以下咽。凡此种种,"独少一爱"的弊端是显而易见的,可谓既危害身心也贻误事业。

淳于髡针砭齐宣王"独少一爱",也值得我们反思。人间的诱惑无处不在,外面的世界也很精彩,但保持定力、守正笃实更为重要。在立身做人和工作生活中,不可"独少一爱",要视爱国为最高的道德,对家园以及民族和文化充满归属感、认同感,无论祖国贫富强弱,都应胸怀报国之志,穷尽强国之力,不妄自菲薄,不卑躬屈膝,始终保持民族自尊心和民族自信心。干事创业不可"独少一爱",要不为功利所惑,不为短浅所误,多一点儿争先创优的动机,少一点儿左顾右盼的投机;多一点儿执着专注的匠心,少一点儿玩物丧志的分心,做到聚精会神干事业,一心一意谋发展。

为人处世不可"独少一爱",做事一阵子,做人一辈子,应摒弃追名逐利、敬权畏势、贪财好色的功利世俗,胸怀宠辱不惊、得失不变、成败不收的境界,常有看人长处、记人好处、帮人难处的自觉,信守淡泊寡欲、与人为善的正心修身之道。

健康身心不可"独少一爱",合理膳食、均衡营养是健康的应有之义,如若偏好香辣油腻,动辄大鱼大肉,一味凭喜好大快朵颐,不免日久积患成疾。应谨记"粗茶淡饭守健康,青菜萝卜保平安",坚持"五谷为养",科学饮食,适量运动,让健康一生常驻。

人生要有"三识"

"志向因其远大而成理想，初心因其不变而聚伟力。"志向可谓不变的初心，也是有德有才、有知有行、有胆有识的有机统一。一个人胸怀志向，离不开干事创业所必需的学识、见识和胆识。

学识，顾名思义是学习加知识，学习不是为了装点门面，知识也不是为了故弄玄虚，而是有着实事求是、求真务实的价值追求；也不是光宗耀祖、衣锦还乡的狭隘格局，而是爱国报国、服务人民的博大境界。学以立志，志当存高远，这种高远在于"以天下为己任"。从"先天下之忧而忧"的忧患到"留取丹心照汗青"的壮烈，从"为中华之崛起而读书"的抱负到"敢教日月换新天"的豪迈，都贯穿立志报国的崇高。

学识决定认识的深度、思想的高度，理论上成熟，才有信仰上的坚定，才会有初心的不变。当今时代是信息爆炸、数据裂变、知识倍增的时代，知识的"淘汰率"越来越快，"保鲜期"越来越短。不注重学习、不善于学习、不坚持学习，就会出现知识老化、思想僵化、能力退化的问题，就会出现眼界不宽、思路不活、办法不多的困境。学识是一个人开展工作、奉献社会、成就自我的前提和基础。要把终身学习作为一种工作方式、一种生活态度，把知识作为重要的战略资源，使自身知识水平与使命任务、职责要求、群众期待相适应。

"胸有凌云志，无高不可攀。"英国诗人、剧作家罗伯特·勃朗宁说："雄心壮志是茫茫黑夜中的北斗星。"但这种凌云壮志不是凭空产生的，而是建立在深耕实践、涉猎宽广的见识之上。见识是指认识问题、分析问题和解决问题的能力，这种能力从哪里来？从实践中来。如果说学识是"读万卷书"，那么见识就是"行万里路"。

一个见识短浅的人，不可能是一个眼界开阔、思维活跃、创新意识涌动的人。一个人如果没有见识，学识再多、本事再大，也往往会由于自以为是、刚愎自用而陷入个人主义的泥潭，最终难成大器。见识的最终目的，是为了有更宽的视野和思路，更高的目标和追求，让工作筹划充分体现时代性、把握规律性、富有创造性，也才能有胸怀凌云的壮志。做一个有见识的人，就要有深入基层的亲身体验、多岗跨界的主动锻炼、大事难事的摔打历练、调查研究的经验总结，等等。

毫无疑问，优柔寡断容易错失机遇，遇事不决常会降低效率，谨小慎微导致裹足不前。当然，有胆识不是要逞匹夫之勇，不是铤而走险，而是要有大智大勇。完璧归赵不惧汤镬的蔺相如，单刀赴会义薄云天的关云长，一计空城智退魏军的诸葛亮……都是对有胆有识的最佳诠释。

成就胆识，要有敢闯敢试的担当。"为官避事平生耻"，勇于担当是一个人应有的胆识和魄力。"因循守旧没有出路，畏缩不前坐失良机。"对时代、对历史的责任担当尤其需要有敢为人先的胆识，努力培塑甘冒风险、直面挑战的胸襟，释放不拘条框、敢破常规的勇气，深刻把握事物发展的客观规律，准确判断制约工作、需要突破的主要矛盾和关键环节，大胆地试，大胆地闯，而不能采取回避、躲闪、推脱、"打太极"，要彻底扫除守成观念、畏难情绪、懒惰思想和粗放思维，敢于做别人没有做过的事，敢于走前人没有走过的路。

　　成就胆识，要有克难攻坚的锐气。"志，气之帅也。"崇高的志向可以化为迎难而上、真抓实干的锐气。在啃硬骨头、涉险滩的改革攻坚中，既要有以"压倒一切困难"的大无畏，又要有"办法总比困难多"的"一招鲜"；既要有"事到万难须放胆"的精气神，又要有打通"最后一公里"的"撒手锏"；既要有"谋业舍我其谁"的责任感，又要有"功成不必在我"的高境界，以钉钉子精神创造出经得起实践、群众和历史检验的业绩。

一封追回的贺年卡

在我的办公桌抽屉里，始终放着一封贺年卡，当我拉开抽屉看见它时，就会提醒自己要认真做事，这也是我有意这样做的。这是一张寄出又被追回的贺年卡，说起这个离奇的经历，也让自己对严谨做事、精细求实的工匠精神颇有感触。

还是几年前的春节前夕，自己想着给老领导寄张贺年卡以示敬意，于是顺手写了一张，然而却鬼使神差地把领导名字里的"根"写成了"恨"，觉得写得不满意，又重新写了一张，仍然错写成了"恨"，就这样交由收发室寄出了。事隔不久，当自己偶尔看一眼先前写过的贺年卡时，发现错误时着实吃了一惊。毕竟对方是领导，发现我这"马大哈"的错误会怎么看我呢？这原本贺年的祝福也成了不敬，自己赶忙打电话给收发室，却告知信件已被邮递员取走。急切之下，辗转联系到所在区的邮政局领导，请他帮忙查问一下是哪个邮递员分管我们的信件收发，几经周折，才查明当事邮递员正在其他处收取邮件，尚未将贺年卡从本地发走。最终，邮递员在数百封邮件中找到了我那封写错的贺年卡，这也让我长出了一口气，庆幸没有最终铸错成尴尬。思来想去，我决定将这封写错又追回的贺年卡保留下来，始终伴随我、警示我。

一封追回的贺年卡，让自己教训深刻，至今记忆犹新，一字之差折射自己工匠精神的缺失，若是在关系重大的工作领域，又会造成多大的损失呢？所谓"差之毫厘，谬以千里"，沁阳写成泌阳的一撇之误，令冯玉祥错失中原大战整个战机；抗战期间国民党一战区报告情况，称"已派五军增援"，却不知是"五个军"还是"第五军"。这些看似微小的错误其实危害不小，不仅缺乏极端负责的敬业之心，也缺失谨小慎微的精业之功，更缺少查漏补缺的勤业之风。而有的错误如同覆水难收，又有几个能像我收回贺年卡这般侥幸？

　　在日趋浮躁和热衷追功逐利的时下，"差不多""马大哈"、粗疏错漏、滥竽充数等马虎之风是与工匠精神格格不入的。工匠精神是蕴含精细、精准、精致的一丝不苟，也是守常、守长、守本的久久为功，来不得半点儿的马虎草率，也容不下抄近路走捷径的投机之举，否则只能是白费工夫，或是遗憾有加。

　　追回了贺年卡，能否追回工匠精神？是心怀侥幸疏漏依旧，还是幡然自省精雕细琢，需要我们做出自己的选择。不妨时常扪心自问，在工作筹划时有无进行深入细致的调研？在落实工作中有无打造垂范示人的标准？在检查把关上有无铁面无私的挑剔？真正让自己在心灵拷问中具有真严实的工匠情怀。

　　静静地躺在抽屉里的贺年卡，其实是埋藏心底的一张工匠精神名片，教我精益求精、催我奋进！

多些霜打的经历

正值霜降入冬时节，天气转凉，人们会感受到阵阵寒意。但也会对此时的蔬菜多了几分青睐，因为都知道霜打的蔬菜味甜口感好。"浓霜打白菜，霜威空自严。不见菜心死，翻教菜心甜。"正如白居易这首白菜诗，赞美的就是霜白菜的味道。而市面上看似鲜亮的果蔬，不经霜味道也会大打折扣。其实，成人成才何尝不是如此，一个人的成长是要经霜的，有这样的经历才会自身受益无穷。

随着时代进步和经济发展，我们日益处于养尊处优的环境之中，生活图舒适，工作讲安稳，尽管如此，挫折坎坷、困境磨难却从不会远离缺席。可以看到，有的人年轻自负，一路春风得意，但一受责难打击就容易一蹶不振；有的人一遇复杂棘手工作、急难险重任务，拈轻怕重，推三阻四，"低调谦让"唯恐避之不及……这些都是不愿、不敢、不能经霜的表现，宛如温室的花朵，扛不住半点儿风雨，经不起一点挫折，难以得到锤炼，也谈不上有担当受重用了。

干事创业，面对人生之霜，更要有担当和向上的胸怀与志向。因为，"鹰击长空，鱼翔浅底"，总是在万类霜天中竞自由。"在火辨玉性,经霜识松贞。"那些碰到责任"耍滑头"、遇到困难"软骨头"的人,是不可能"风霜雪雨搏激流"的。人在事上练,刀在石上磨。多一点儿经霜的考验,就多一分成熟和勇气;多一些经霜的历练,就多一份责任和担当,也才会有"霜叶红于二月花"的精彩。

  一个人的成长无捷径可走,经风雨、见世面才能壮筋骨、长才干。人生中的风霜,意味着逆境、危机、艰难险阻,同时也是成长成才的快速通道,担当作为的必经之路。当前,在改革发展的主战场、维护稳定的第一线、服务群众的最前沿,更需要接地气、挑重担、战风险,努力弥补知识弱项、能力短板、经验盲区,勇于经霜、砥砺奋斗,真正将自己打造成工作的"多面手"、追梦的"实干家"。

吃苦是梦想与价值的桥梁

最近,"东方甄选"主播董宇辉爆红,成了"住"在热搜上的男人。董宇辉直播时有一个特点——妙语连珠的小作文张口就来。这是临场发挥还是有文案?对此,董宇辉说:"作为一个老师,我在镜头前讲英语,讲文学,讲历史,天文地理,这些是源于新东方对老师的要求,新东方要求老师读书每年必须二十本,所以这些是不可能一天准备出来,这个东西很难刻意地去准备,坦率来说就是自己的积累,没有过去读的书,那现在就没有这些小作文可说。"

在此之前,作为新东方名师的董宇辉,也头顶"状元导师""集团优秀教师"的光环。这背后浸润着董宇辉吃苦磨砺的奋斗艰辛,父母是农民工的他,从小就受尽了苦难折磨,大学时候为了八十元的兼职费,曾经通宵熬夜;给外国人当导游,为了省六十元打车费,他连夜从学校走回市区。即使是转行当主播,"无数次失眠到天亮的夜里,才知道一次安睡多么来之不易"的他也饱受弹幕区对他相貌的嘲讽和销售业绩低迷的困惑,也无时无刻不感到挫败和沮丧:"每天都想放弃,要说不想放弃那是假的。但是,每天睡醒了,又会觉得,你对这个事情拼尽全力地做到最好了吗,没有遗憾了吗？"正是靠着这种吃苦的意志、成才的渴望、打拼的信念，造就了今天的董宇辉，同时也成就了今天的"东方甄选"。

然而，在这个追求功利、身心浮躁的时代，娱乐至死、及时行乐的观念颇有市场，充分享有物质优越的各种"二代"令人惊叹，而靠钻营投机、包装炒作和人身攀附功成名就者也并不鲜见，他们轻巧的获取和耀眼的光鲜，也让不少人开始质疑吃苦的价值和奋斗的意义。于是，一些人在成长成才的道路上眼高手低、避苦拒难，宁愿攀关系、抄近道、走捷径，求职工作要求"工资高、加班少、离家近"，把吃苦奋斗撂在一边，对待工作事业定力不足，往往在抱怨中催生焦虑，在诱惑中不思进取，日久成了失去激情、甘于安逸的"佛系青年"，甚至"不争不抢，无欲无求"，躺平蹉跎青春。这种追求安逸、对待苦和难绕道走的做法只会让人陷于平庸，沦为小写的人。

应该看到，科技迭代加快、经济逆全球化背景下就业资源萎缩、生产生活成本升高，加剧了市场竞争、压缩了机遇空间、倍增了生存压力，客观上对人的素质和能力提出了更高的要求。只有更优秀、历练多、作风硬的人才能占据主动赢得机遇，这一切离不开持续奋斗。如果我们不能心平气和地面对那些不劳而获和外界诱惑，就容易心态失衡，甚至心灰意冷、干劲顿消。

奋斗才是人生的底色，唯有苦学苦思苦干才能打拼出一片天地。如果说理想和成功之间如何抵达，那么吃苦就是最好的桥梁。像董宇辉那样挫折面前永不言弃，困境面前勤于积淀，挑战面前竭尽全力，一切苦难都会是惊喜的铺垫，也才能真实地成就自己。

那么，为谁吃苦、如何吃苦才能更有意义，才能更深层次地磨砺自己？有的人把心思和脑筋用在牟取一己私利上，也有人把时间和精力用在满足低级趣味上，这种"吃苦"和用心只会误入歧途、虚耗光阴,注定会有"老大徒伤悲"的遗憾。可以说,无论是何种身份,也无论是何种职业,只有把自身的价值追求与祖国需要同频共振,把吃苦磨砺与民族复兴紧密相连,才是最有意义、最具价值的奋斗。

惟其艰难,才更显勇毅;惟其笃行,才弥足珍贵。艰苦奋斗精神穿越时空而闪耀不朽的光芒,历来是一个国家和民族向上向强的力量源泉。它是革命先辈"一不怕苦,二不怕死"的战斗口号,是雪域高原"缺氧不缺精神、艰苦不怕吃苦、海拔高境界更高"的"老西藏精神",是华为"没有伤痕累累,哪来皮糙肉厚"的创新誓言……一代代默默的奉献者、舍身忘我的奋斗者、"敢教日月换新天"的建设者,用吃苦奉献精神武装了一个个英雄的群体,也挺立起了民族复兴的脊梁。

"选择吃苦也就选择了收获,选择奉献也就选择了高尚。"一个人特别是青年时期多经历一点儿摔打、挫折、考验,有利于走好一生的路。不妨直面命运给予的挑战,心怀"事不避难"的担当,坚持"争创一流"的标准,沉浸"埋头苦干"的务实,挥洒"攻坚克难"的勇毅,与困难作良友,与挫折掰手腕,就会磨砺过硬本领,匹配更大作为的岗位,把梦想和价值攥在自己的手中。

决胜功夫"快"始成

"学习强国"学习平台新推出的一款"争上游答题",颇具有挑战性,即使是热衷学习的人,也不能保证每次在随机组合的四人竞争中胜出。这不仅要求知识广博,还要求眼疾手快、反应迅速,才能争得上游。看来,你懂你会不等于你能赢,因为还有比你更快的人。

在大西北的戈壁荒滩,年降水量不足二十毫米,蒸发量却在四千毫米以上。那里本应该是生命的禁区,然而有一种植物——梭梭,却能顽强地生存下来,被誉为"沙漠梅花"和"沙漠卫士"。梭梭之所以能在恶劣环境中生存,在于它有着无与伦比的生长速度。专家研究发现,梭梭的种子是世界上发芽时间最短的种子,只要遇上雨水,短短两三个小时之内就能萌发新的生命。相比之下,即使是发芽时间比较快的稻谷、花生等农作物,也需要三四天,而椰树的种子发芽则要两年多。无疑,梭梭能屹立于荒漠之中,是它从来不观望、不犹豫,能抓住雨水来临的瞬间机遇,迅速生根发芽,蔓延成片。

日本著名企业家盛田昭夫说:"我们慢,不是因为我们不快,而是因为对手更快。如果你每天落后别人半步,一年后就是一百八十三步,十年后就是十万八千里。"比别人跑得更快才能赢得机会，没有人会为你等待，没有机遇会为你停留，胜利也需要速度。

如今，紧张快节奏的工作成为一种常态，"忙"成为现代社会的主旋律，不少人提倡慢下来，主张慢享生活，甚至"慢活"已经成为一种全球流行的生活方式，全球有近百万会员加入名为"Slow Movement"（缓慢生活）的运动中。虽然生活是可以慢下来的，奋斗却是万万不能慢慢来的。尤其是在稍纵即逝的机遇面前，在来势汹涌的灾害面前，能否快速决断、果断行事，是关系命运和存亡的。当然，快更多地体现在对态势、变局、机遇的决策决断上，而不是违背规律的催熟和速成，偷工减料的缩短工期，透支健康的加班熬夜等，都是贻害无穷的，功利化的"快"只能是欲速则不达，凌驾规律的"快"必然得不偿失。快与慢是一个哲学命题，快也孕育于慢之中，要有快的决断必须进行充分蓄势，这种蓄势就是慢的积累，慢的沉淀，慢的成长，才能产生厚积薄发的爆发力。

在知识爆炸、信息瞬变、适者生存的新时代，危机随时出现，竞争无处不在，以快制胜应成为干事创业的重要素质。因为，快是一种能力，要求我们必须具备见微知著、准确识变、察患判害的敏锐洞察力，顺应规律、科学应变、抢抓机遇的精准决策力，化危为机、主动求变、破局解难的快速执行力。快是一种效率，奉行对了就定、定了就干、干就干好，坚持马上就办，追求程序更畅、绩效更高、质量更优。快是一种作风，它要求快速反应、迅即行动的雷厉风行，倡导案无积卷、事不过夜的只争朝夕，保持紧张快干、勇猛精进的争先创优，以不拖、不等、不靠的主动作为，以坐不住、等不起、慢不得、睡不着的紧迫感，以最高的效率、最快的节奏、最饱满的工作热情干好每一项工作。

"时来易失，赴机在速。"让我们充满速度和激情，以"快"决胜新征程！

第五辑

处世之鉴

彼此成就才是最美的相处

2021年底,东京残奥会女子T11级别200米和400米金牌获得者刘翠青和她的领跑员徐冬林接受记者采访时表示,双方的信任和陪伴成就了彼此。过去的八个春夏秋冬,徐冬林都会带刘翠青一起吃饭、一起训练、一起逛街,甚至连过年也会在一起,两人靠着一条十厘米的牵引绳并肩作战、驰骋赛场。

在很多场合,刘翠青说得最多的就是感谢徐冬林的话。然而,徐冬林也很感谢刘翠青。如果不是她,徐冬林也许会在八年前退役。徐冬林2005年被选送江西省田径队,成为一名专业短跑运动员。在他此前的职业生涯中,最好的成绩只是全国第七。因为刘翠青,他才得以一次次重返赛场,一次次站在最高领奖台上,一次次看到在赛场上升国旗、奏国歌。

田径场上,你是我的眼睛;领奖台上,我圆你的梦想。2013年以来,徐冬林就像是刘翠青的眼睛,在黑暗中为她指引方向,陪伴她一起跑过几乎所有重要赛事。他与刘翠青先后为祖国赢得了五十七枚奖牌,其中有四十五枚是金牌。东京残奥会上,他们不仅获得了两枚金牌,还创造了一项新的残奥会纪录。徐冬林感言:"在大家看来,都是我帮助她完成梦想,实际上她也帮助我完成了我的奥运梦，延续了我的职业生涯。"

英国作家罗斯金说过："为别人尽最大的力量，最后就是为自己尽最大的力量。"人世间，莫不是在彼此成就中实现人生共赢。吴清源在十四岁时拜濑越宪作为师，这位名不见经传的少年在濑越宪作的悉心栽培下，成了"围棋之神""昭和棋圣"，而导师濑越宪作也随着弟子的声名鹊起而广为人知。

与彼此成就相悖的则是柳宗元在《骂尸虫文》中所写的："妒人之能,幸人之失。"共事相处一如人生舞台，互相补台，好戏连台；互相拆台，就会一起垮台。如果你看不惯我，我瞧不起你，当彼此撕扯的螃蟹，做相互争斗的鹬蚌，最终都会成为失败的注脚。不难发现，互相攻讦的人，一生寸步难行；钩心斗角之人，四处皆是地狱。正如一位名人所说："人性最大的愚蠢，就是相互为难。"

有句沁入心田的话温暖而励志："成人为己，成己达人。"人生路上，彼此欣赏，才能相互成全；彼此温暖，才能相得益彰。值得铭记的是，人和人之间，彼此成就才是最美的相处。

功成名就之后

　　人生在世,谁不想建功立业、扬名出彩?但功成名就之后,是妄自尊大甘沉沦,还是常思不足自奋蹄,不同心态导致不同选择,不同选择彰显不同格局。

　　美国哲学家约翰·杜威认为,人类天性中最深层的冲动就是"对被重视的渴望"。一个人随着事业的不断上升,各种诱惑和光环也会随之而来。但如果沉迷于颂扬和吹捧当中,就容易在纷繁复杂的环境中迷失方向,在鲜花掌声的奉迎中误入歧途。无数事实印证了一个道理:人一旦安享吹拍,就容易傲慢膨胀,进而迷失自我,即使能够风光一时,终究也无法走得更远。

　　南宋著名史学家、《容斋随笔》的作者洪迈在翰林院时,有一次为皇帝起草诏书,从早晨一直到傍晚,才把二十多件诏书起草完。公务完成后,他在庭院间漫步,碰到一个老人在花荫下休息,便和他闲聊起来,老人问道:"听说今日文书很多,学士一定很劳心费神吧?"洪迈听后说:"是啊,今天起草了二十多件诏书,都被我完成了。"老人赞颂他说:"学士才思敏捷,真不多见。"洪迈非常得意,骄矜之色溢于言表,夸口说:"苏东坡大学士当年也不过如此吧!"老人先是点头表示同意,接着不无惋惜地叹气说:"是啊，苏东坡学士也不过如此，只是他从不翻阅检查书册罢了。"洪迈羞愧得脸红，自知不知深浅。从此他以此为戒，在向客人说起这件事，形容当时的心情时说："人不可以自我夸耀，当时假如有地缝的话，我就会钻进去了。"

《尚书·大禹谟》中说："满招损，谦受益，时乃天道。"心中总是自以为是，眼中总是目空一切，就会陷于"鼓空声高，人狂话大"的虚妄，犹如被无形的枷锁捆住进步的手脚。洪迈能以羞惭之心消除骄矜之色，也是他成为一代文学大家的必然。现实生活中，要坚持低调做人、谦恭做事，善做浮名虚誉、自恋自大的"除法"，多除包袱、杂念、庸俗之气，不盲目高估自己的实力，不高估自己在别人心中的位置。只有始终抱有一颗平常心，才能不断进步。

国画大师齐白石，一生可谓功成名就。然而八十八岁高龄时的他在鉴赏自己年轻时的一幅作品时，发现自己画工已大不如前，便每天深夜一笔一笔地练习描红。儿子不解地问："您早就盛名于世，怎么想起描红这般初级的东西？"他回答："现在我的声望高，很多人觉得我随便抹一笔都是好的，我也被这些赞誉弄得飘飘然了，无形中放松了对自己的要求。直到前几天我看到年轻时画的一幅画，才猛然警醒——我不能再被外界那些不实之词蒙蔽了。"

齐白石的这种"猛然警醒"，同样也在提醒我们：人不可被功名蒙住双眼，找不着自己真正想要的东西，看不清人生前进的方向；人不能在颂扬声中迷失自己，放松对自己的要求，丧失应有的进取心。存"自知之明"才能积"自胜之强"。越是功成名就，越要对自己有清醒的认知，找准真实自我的位置，找到完善自我的起点，才能避免"江郎才尽"的困顿和"仲永之伤"的悲剧。

希腊古城特尔斐的阿波罗神殿上刻有七句名言，其中流传最广、影响最深,被认为点燃了希腊文明火花的却只有一句,那就是:"人啊,认识你自己。"这不乏深刻的启示:人贵有审慎之念、谦逊之怀、敬畏之心,任何时候都要"三省吾身",学会自警自察自审,越是功成名就,越要有"知不足"的清醒;越是春风得意时,越要有"不知足"的奋发。

"想法"不妨少一点儿

荀子说:"人生而有欲;欲而不得,则不能无求。"人既食人间烟火,就有七情六欲,不可能没有想法。想法可以是理想和志向,可以是期待和欲望,也可以是不满和埋怨。无论是什么想法,光想不做,会是空想加幻想;少想多做,则可能梦想成真。身处职场,岗位上下、进退之间,同样也会有自己的想法,但更重要的是少一点儿想法,多一点儿作为。

想法少一点儿,机遇就多一点儿。唐代沈既济传奇小说《枕中记》说过一则故事,卢生在邯郸客店中昼寝入梦,历尽富贵繁华。梦醒,店主所准备的黄粱饭尚未熟。唐代另一传奇小说《南柯太守传》,写的是淳于棼醉后梦入大槐安国,官任南柯太守,二十年享尽荣华富贵,醒后发觉原是一梦,一切全是虚幻。"黄粱一梦"与"南柯一梦"都告诉我们,不切实际的虚幻想法不过是一场空梦,醒来还是要面对活生生的现实。要有所作为,就不能如行尸走肉,甘于平庸,就要少一点儿空想,多一点儿行动,善于抓住机遇成就自己。

《蜀鄙二僧》中说,一个穷和尚和一个富和尚都住在一个偏远的地方。有一天,穷和尚对富和尚说:"我想到南海去,您看怎么样?"富和尚说:"你凭什么去呢?"穷和尚说:"一个水瓶,一个饭钵就足够了。"富和尚说:"我多年来就想租船沿长江南下,现在还没做到呢。你凭什么走?"第二年,穷和尚从南海归来,把去南海的事告诉了富和尚,富和尚深感惭愧。正如文中所指出的,"天下事有难易乎?为之,则难者亦易矣;不为,则易者亦难矣。"如果我们想法太多,对理想和目标畏首畏尾,顾虑太多,光想不做,那么只能是白日做梦。所以心动不如行动,勇敢迈出行动的第一步,就会拥有走向成功的机遇。

机遇又总是与想法坐跷跷板,有时想法多了,机遇就少了。有两兄弟去打猎,见一只大雁飞来,很想把它射下来美餐一顿。兄说:"雁射下后,一定要煮着吃。"弟说:"煮着吃不如烹着吃。"兄说:"煮着吃味道鲜。"弟说:"烹着吃味道美,而且还省柴。"二人争得面红耳赤、口干舌燥,最终也没统一意见,只好相互妥协,约定射下后一半煮着吃,一半烹着吃。可是,当他们拉弓射雁时却发现,大雁早已无影无踪了。机遇不是时时有,容不得我们有太多的想法,所谓"机不可失,时不再来"。

有句话说得好:"想得太多,做得太少,中间的落差就是烦恼。"想得太多,其实是欲望多了,不免优柔寡断、自生烦恼,还容易好高骛远、朝三暮四。少一些不切实际的想法,把所有的梦想、空想、幻想藏在心里,代之以真干、实干、苦干,机遇就会悄悄向你走来。

想法少一点儿,境界就高一点儿。市场经济社会的今天,物质与金钱,名利与地位,与人的尊严联系越来越紧密,让人们的想法不得不多起来,思想境界也面临现实的诸多考验。伦敦奥运会前,有消息称,由于受到百万代言费的诱惑,郭晶晶有望复出。但对于此,郭晶晶显得很淡定,她说:"对于伦敦奥运会,我基本上是没有什么想法了。现在跳水队人才也很多，我觉得要把更多的机会留给别人。"郭晶晶尽管时已退役，却不乏夺金实力，但她想法无多，可以肯定其境界并不低。

一个人如果总是想法很多，一味地考虑个人进退、名利得失，心态就会摇摆不定，工作难免分心走神，必然争名夺利，这样的人在事业上是难有建树的。不论我们收获多少、成功与否，都应耐得住寂寞、受得住委屈、经得起考验，不被物欲所困、不被名利所累。面对人生的迂回曲折，我们要始终保持一种视名利淡如水、看事业重如山的精神境界。

想法少一点儿，作为就大一点儿。想法和作为有时就像一把锯子的两端，彼此争着长短距离。想法多了，成功就远离了；想法近了，成功可能就靠近了。伦敦奥运会女子十米气手枪的卫冕冠军郭文珺坦言，此次夺冠比四年前要激动得多，"因为北京奥运会是我第一次参加奥运会，没有什么想法，只要打好就行。而这一届奥运会，我的（夺冠）欲望就要强很多，所以比上一届要激动。"由于思想包袱太重，心里很紧张，第一枪只打出了一个八环，这也让她一下子失去了资格赛领先的优势，排名被乌克兰选手和第三名反超。这一枪警醒了她，正如郭文珺赛后所说的："打完这一枪后，思想上老实了，没有多余的想法。"比赛中她想的只是"全心全意打好每一发子弹""到最后也没什么想法了，就是认认真真守住动作。决赛最后一枪，我已经进入忘我的境界了，枪一响比赛就结束了。"最终郭文珺一举打出了十点八环，战胜当时排名第一的格贝维拉实现大逆转，继北京奥运会后再次夺冠。

有时想法并不来自自己，而来自相关联的外界。在自己的人生十字路口，在自己的事业紧要关头，在自己的奋斗前行路上，会有支持和赞扬，也会有劝告和反对，甚至还会有恐吓和辱骂，关键在于是被这些想法左右，还是自己左右想法。一只小青蛙和一群大青蛙一起爬一座铁塔，越往上爬嚷着放弃的青蛙就越多，结果没多久，所有大青蛙都回到了地面上。当大青蛙们仰望塔顶时，却发现那只小青蛙已经爬到了上面。等小青蛙下来，大青蛙们才发现它是一个聋子。之所以小青蛙能爬上塔顶，是因为它听不到其他青蛙嚷着放弃的声音。可以感悟的是，做事要能够排除外界各种干扰而始终专注于自己的目标，才能达到不一般的高度。

　　古人云，天下大事，必作于细。事业不是说出来的，也不是想出来的，而是排除干扰，真抓实干干出来的。要做到想法少一点儿，就要思想老实，勇于战胜自己，战胜浮躁心魔，工作心无旁骛，好处面前不左顾右盼，得失面前不东张西望，始终守住爱岗敬业的心神魂舍；要执着忘我，克服一切困扰，排除一切障碍，把心思和精力聚焦在工作上，全身心地投入进去，专心致志干好每一件事。

舌头是好东西，也是坏东西

《伊索寓言》中有一句让人深思的话："最好的东西是舌头，最坏的东西也是舌头。"言之为好，是因为有的话语能激励鼓舞人，催人奋进；言之为坏，是因为有的话语造谣中伤，充满恶意。人生的成长之路，我们无法选择良言还是恶语来陪伴，能选择的唯有坦荡内心，完善自我。

《贞观政要》记载了许敬宗与唐太宗一段经典的对话。许敬宗当时任中书侍郎，深为唐太宗李世民所器重。一天，太宗对许敬宗说："朕观群臣之中，唯卿最贤，有言非者何也？"意思是：我看这么多官员中，只有你德才最兼备，可还是有人说你不好，这是为什么呢？许敬宗略一思索，回答道："春雨像油一样珍贵，农民喜欢它对庄稼的滋润，但是走路的人却厌恶它产生了泥泞；秋天的月亮像镜子一样普照四方，美丽的女子欣赏它皎洁的月光，但是盗贼却怨恨它的光辉妨碍偷窃。老天尚且不能什么都让人满意，何况我一个凡夫俗子呢？更何况我没有什么肥羊美酒去笼络人心，也就难调众人之口，因此有人说三道四、搬弄是非是很正常的，但却是不能听的，即使听了也不能相信。如果皇帝听信了这样的话，大臣就会遭到杀害，作为父亲听信了儿子就会遭受厄运,夫妻之间听信了就会分手离异,邻里之间听信了就会相互疏远,亲戚之间听信了就会断绝来往。堂堂七尺男子汉,需要提防的是三寸不烂之舌,有些人的舌头像龙泉宝剑一样,说出来的话杀人不见血。"唐太宗听后说:"你说的话很有道理,我应当看清这一点。"

俗话说,人言可畏。因为有"众口铄金""积毁销骨""三人成虎"等太多的古训警示后人,那些惯于颠倒黑白、造谣中伤、诬陷诽谤、美化自己的花言巧语者,对于不明真相的领导或群众而言,他们的三寸不烂之舌就像许敬宗所说的"杀人不见血"的龙泉剑,既伤害了好人,也败坏了风气。究其缘由,一句"木秀于林,风必摧之;堆出于岸,流必湍之;行高于人,众必非之"道出了古往今来人性的弱点——嫉贤妒能。一些才德逊色又心理阴暗的人,为了占据发展空间和生存主动,对强于自己的同仁或竞争对手暗地中伤诋毁,甚至为了达到不可告人的目的,无所不用其极,不惜使用卑劣的伎俩。

有句话说得很现实:谁人背后无人说,谁人背后不说人。我们不可能尽遂人愿,让每一个人都称心满意,也管不住每一个人去说什么,重要的是如何面对挥之不去的流言。一种态度是心中坦荡荡,不求尽如人意,但求无愧我心。面对诋毁能莞尔一笑,莫与之争,保持"风物长宜放眼量"的高度,胸怀"清者自清,浊者自浊"的气度,抱守"谣言止于智者"的风度。正如寒山子问拾得:"世间有人谤我、欺我、辱我、笑我、轻我、贱我,如何处之乎?"拾得笑曰:"只要忍他、让他、避他、由他、耐他、敬他,不要理他,再过几年,你且看他。"我们不值得为一个负面看法消耗精力和资源,而让时间来印证对错,让实践来检验是非。

而对待流言蜚语的另一种应对之策是:强大自己,把主要精力放在自己的事业上。《犀牛角经》中说:"如狮子不因响声而颤抖。"这句话的意思是说,作为森林之王,狮子是没有恐惧的,狮子的本性决定了它不会因其他动物的吼叫而害怕。而不惧杂音响声,则需要成为一只身心强大的狮子才能做到。曾经一度,一位知名演员的负面新闻满天飞,给她本人和家庭造成极大困扰,当有人问她怎么不发声时,她淡淡地说:"如果我把太多精力放在与他人建立融洽关系上,还有多少时间去做自己该做的事?他们对我如何看根本不重要,我只希望自己扮演的角色能够征服人。"应该说,这位演员应对流言蜚语的态度是明智的,做好自己的事,不断提升演艺水平和事业高度,演绎出征服人的角色,就会杂音自消。因此,在这个世界中,当我们听到卑劣的谣言、不实的指责、口无遮拦的评头论足时,要不为所扰、不为所困,就要将之作为自强自省的动力,把心思精力聚焦到岗位事业中,沉下心把自己磨砺锻造成"狮子"。

当然,面对流言蜚语不予计较,并不代表我们可以无动于衷、软弱可欺。在颠倒黑白、无中生有,极尽抹黑的诋毁伤害面前,当不澄清事实不足以正视听,不揭穿谎言不足以明真相,不曝光阴暗不足以净风气时,就要适时拿起正义和法律的武器反击,让是非之人无所遁形,接受应有的惩戒。

战国思想家荀子说:"凡流言、流说、流事、流谋、流誉、流诉,不官而衡至者,君子慎之。"对流言蜚语的识别也需要居上者明察善辨的眼光。"来说是非者,便是是非人。"这些是非人要么背后议论别人的是非,要么歪曲事实,煽风点火。对这样的是非人、是非话,无论是毁也好、誉也好,都要本着对人负责的态度洞察秋毫,谨慎对待。

著名作家铁凝曾在《闲话做人》一文中感慨地说:"想想我们

由小到大，谁不是在听着各式各样的舌头对我们各式各样的说法中一岁岁地长起来？"是的，当你懂得激励和流言是不可或缺的成长双翼，学会坦然接纳，努力成就自我，适时维护正义，就会拥有人生振翅翱翔的远方。

真相,是人心的一面镜子

《吕氏春秋·审分览·任数》中记载,孔子曾受困在陈蔡一带,有七天的时间没能吃上米饭。有一天中午,弟子颜回讨来一些米煮饭,在米饭快要煮熟的时候,孔子看见颜回居然用手抓锅中的饭吃。孔子故意装作没有看见,当颜回进来请孔子吃饭时,孔子站起来说:"刚才孟李祖先告诉我,食物要先献给尊长才能进食,怎么能自己先吃呢?"颜回一听,连忙解释说:"老师误会了,刚才我是看见有煤灰掉到锅中,所以把弄脏的饭粒拿起来吃了。"孔子叹息道:"人往往相信自己的眼睛,而眼睛也有不可信的时候,所可依靠的是心,但心也有不可靠的时候。知道一个人、一件事的真相不容易啊。"

可以说,颜回是幸运的,因为他没有因为孔子的不明真相而被抱有成见,也因为孔子的明察真相而彰显品格。然而,并非所有人和事是为人真知的,由误会导致的伤害时有发生。

1993年,自由摄影记者凯文·卡特拍出了著名的《饥饿的苏丹》照片,也因此获得了新闻界的最高荣誉普利策新闻奖。然而,他却受到了世界各地的指责和咒骂。当时各大媒体和民众批评凯文·卡特是个冷血屠夫,只顾拍照为了获大奖,却没有对女孩伸出援助之手。

　　事情的真相究竟是什么呢？评审委员会的成员约翰·卡普兰在接受采访时表示，凯文·卡特递交照片时进行过说明：照片上小女孩的母亲就在旁边排队领取慈善组织发放的救济粮，而且在小女孩的手上还有慈善组织的手环，意味着她是人道组织救援的对象。所以，小女孩并不是孤单一人在沙漠里等死。而且另外一位摄影师西尔瓦拍摄的画面也证实了这一点。正是因为如此，普利策奖的评委们才决定把奖项颁发给凯文·卡特。

　　可是这个节目在播出时，约翰·卡普兰的这段话被删除，也让凯文·卡特遭受了铺天盖地的指责和谩骂，在获得普利策奖的两个月后，凯文·卡特不堪指责在车内自杀身亡。时过境迁，《饥饿的苏丹》的真相也越来越多地被人们所了解，很多人这才发现，凯文·卡特蒙受了莫大冤屈。凯文·卡特的死可以说是一场悲剧，是不明真相的围观群众用口诛笔伐的语言暴力杀害了他。

　　身处信息多元化的时代，各类新闻和信息鱼龙混杂且良莠不齐，也很容易被别有用心的人进行选择性输出，而被表面的呈现、片面的解读、恶意的挑唆所误导，在信息不充分和不明真相的情况下被煽动、受利用、带节奏，甚至产生不理智的仇视敌对情绪和暴力伤害之举。事实也证明，太多的先发消息不乏人为炒作，是改头换面、虚假失实、居心险恶的谣言，往往在一段时间后烟消云散、真相自现。但如果一开始就缺乏基本常识和理性判断，听风是雨，人云亦云，落入设计好的信息陷阱，误己害人则往往不可避免。

　　"兼听则明，偏听则暗。"是非对错并非一时表象、一方自行认定的，需要冷静心态，沉淀逻辑，擦亮慧眼，不轻易作判断下结论，更不应让自己成为语言暴力的点火者。真相，是人心的一面镜子。偏听轻信而不深察亲知,有时就是纵容了苛刻向恶之戾气,而缺失包容宽恕之仁爱。不妨听一听正反两方的不同看法,等一等事后的权威意见,让理智、科学和宽容主导认知,获取真相。

真正的批评都是点亮优秀的灯

批评是一门直击心灵的艺术，它既可成为一种重要的激励方式，又是一种有效的互动沟通，在人们的工作、生活中发挥着不可忽视的作用。不同的批评方式有着不同的效果，而真正的批评是充分正向和善意的激励，犹如一盏点亮优秀的灯，使人自省进步，催人奋发进取。

春秋时期思想家墨子时常对他的得意门生耕柱子动怒，批评得比较多。有一次耕柱子忍不住地说："老师您总是批评我，难道我就没有胜过他人的地方吗？"墨子反问："我要上太行山去，用一匹好马或一头牛来驾车，你是要鞭策马还是要鞭策牛呢？"耕柱子说："我当然鞭策好马了。"墨子问："为什么要鞭策好马？"耕柱子答："好马才值得鞭策。"墨子说："我也认为你值得鞭策，所以才经常批评你。"耕柱子这时才明白墨子的良苦用心。

俗话说，批评使人进步，严格使人优秀。工作生活中，当一个人值得培养塑造时，指导者往往会给予高标准、严要求的苛责，这也不啻一种激励。人生路上，选择当一匹扬鞭奋蹄的快马，还是当一头被频频鞭打的慢牛，将是你人生辉煌与平庸的分水岭。当然，值得注意的是，墨子这种苛责式的批评，尽管是一种有心栽培，但其用意还是应让批评对象事先领会和理解，如果不注重沟通，内心孱弱者不免会留下心理阴影，产生抵触情绪，从而失去激励的效果。

理查·派迪是赛车运动史上赢得奖项最多的选手。他第一次参加赛车就取得了第二名的成绩。当他兴高采烈地回家向母亲报喜时，没想到母亲竟冷静地说："你输了！"他很不理解地抗议道："妈！难道你不认为我第一次就跑个第二是很好的事吗？"知子莫如母。母亲深知儿子还有很大的潜力，于是严厉地说："理查！你用不着跑在任何人后面！"从那以后的二十年，母亲的这句话鞭策着理查·派迪称霸赛车界。他的许多项纪录至今仍然保持着。每次参赛，他都默念着母亲教诲的那句话——"理查！你用不着跑在任何人后面！"

罗曼·罗兰说过："严厉的话像烧红的铁，深深地留下烙印。"理查·派迪之所以能称霸赛场，缘于母亲的一句激将式的严厉批评，给他心灵留下了深深烙印：真正的强者，属于那些永不满足、不懈奋斗，敢于挑战自我、超越自我的人。可以说，严肃批评是一种最大的关爱，也是一种最真的帮助、最好的提醒。一句让人铭记和受益的批评，贵在能令人清醒自知，挖掘自身潜力，从而产生自尊之心、奋进之力、向上之志。

人非圣贤，孰能无过。正确对待批评是一种美德，无论是真诚善意的建议，还是尖锐严厉的批评，其实是在帮助我们发现制约成长进步的短板和软肋，怀有谦逊接纳的态度才能真正完善自我、走向卓越。谁能够正确对待批评的声音，谁能够把不同意见——哪怕是刺耳的意见，当作对事业的鞭策，对自己的鞭策，做到"闻过则喜，知过不讳，改过不惮"，就一定能够做最好的自己。

伊本·加比洛尔说："一个人的心灵隐藏在他的作品中，批评却把它拉到亮处。"可以说，真正的批评是一种鞭策，它饱含期许和勉励，催生良善和自信，也激励一个人从缺憾走向完善，从卑微走向优秀。

卑以自牧品自高

在北京冬奥会上,两届奥运会男子花样滑冰冠军得主,被誉为"冰上王子"的羽生结弦惹人注目。他的存在,推动并引领了花样滑冰项目的发展,把花样滑冰全面拉进"真四周跳"时代,如此闪耀的一颗体育之星,他本有资格睥睨花滑界,然而在冰场下的他,却是那样谦逊有礼,温和低调。为了不打扰媒体对队友的采访,他俯下身子,匍匐通过摄像机的拍摄地点;比赛结束后,他还会帮着冰童一起整理场地。如此一位既有实力又具人品的宝藏男孩,也受到了整个世界不分国家与性别的青睐。

《易传》曰:"谦谦君子,卑以自牧。"谦卑的人有着尊重他人、与人为善的品格,尤其本身已功成名就或位高权重者,能低调谦和,以低到尘埃里的姿态为人处世更难能可贵。"居高声自远,非是藉秋风。"谦卑的人往往自带光芒、自怀高度,因为,对人恭敬其实是对自身品格的一种泽耀和拔擢。所谓"大音希声",人格品行高的人,总是不事张扬,也无须自我彰显而馨香幽远。

谦卑之品格,不仅是为人处世的低调,更有换位思考的尊重,时时处处彰显人格的真善美。唐朝宰相、名将娄师德巡视并州,在驿馆与下属一同吃饭。他发现自己吃的是精细的白米,而下属吃的却是粗糙的黑米，便把驿长叫来，责备道："你为什么用两种米来待客？"驿长惶恐地道："一时没那么多细粮，只好给您的下属吃粗粮，我真是死罪。"娄师德并没有怪罪驿长，而是把自己的米饭也换成了黑米。晚清四大中兴名臣之一的左宗棠，有一次回湖南老家看望老师，临到达时他在一拐角处停下轿子，换掉官服穿上便装，随从不解地问："大人为什么要换便装呢？"左宗棠说："我穿着一身官服，老师看到会有自卑感，就不会说心里话和讲真话。"果然，当左宗棠出现在老师面前时，老师看到的是一个普通百姓打扮的形象，放松了很多，两人煮茶畅饮，聊得十分尽兴。直到老师去世，师生二人仍然保持着联系。

开国大将张云逸是一位老资历的革命家。1955年，张云逸得知自己将被授予大将军衔，曾数次上书军委，要求改授他人。中央领导称赞他"功勋卓著，受之无愧"，不仅授予他大将军衔，还被特批享受元帅待遇。尽管他位高权重，享受如此待遇和殊荣，但是张云逸从来不摆官架子，时时刻刻都能和士兵打成一片。在他担任红七军军长时，只要闲着没事，就会跑去炊事班打下手，给士兵们烧火做饭，丝毫没有军长的谱。1956年，张云逸前往山东视察工作时，路过一户百姓家，乡亲激动地拿出一个大瓷碗，用袖子擦了又擦，就这样倒上水招待张云逸。这时候随行工作人员也拿出早已准备好的水杯给张云逸，但是张云逸一把推开水杯，端起乡亲的大瓷碗把水喝了下去。此后，张云逸每次下农村调研，他都会叮嘱随行人员："乡亲们请咱们喝茶的时候，咱们就用他们的粗瓷碗，别拿出自己的水杯子。大事小情，都要考虑乡亲们的感受，不要对不起咱们的衣食父母啊。"张云逸大将与百姓"有盐同咸，无盐同淡"，这种敬畏群众、谦卑恤民的情怀令人钦佩。反之，如果一个人官气重、官味浓、架子大，习惯对人居高临下、颐指气使甚至飞扬跋扈，事事处处都要表现得高人一等，只会拉远与群众的距离，陷于脱离群众的危险。

　　泰戈尔说过："当我们是大为谦卑的时候，便是我们最近于伟大的时候。"一个心怀谦卑的人之所以能赢得尊重、走向成功、接近伟大，是因为他们习惯反躬自省，目光总是落在自己的不足上，并不断修正完善自己。正如法国著名思想家卢梭说的："伟大的人是绝不会滥用他们的优点的，他们看出他们超过别人的地方，并且意识到这一点，然而绝不会因此就不谦虚。他们的过人之处愈多，他们愈认识他们的不足。"

　　更多时候，谦卑不应是圆滑处世、谋求功利的生存之道，而应是贯穿人一生的人格营养，有之则会精神明亮、灵魂饱满、正气充盈，缺之则易格局狭隘、心气膨胀、事业受阻。20世纪70年代的一个夏末，是大学新生报到的日子。怀着无比自豪与兴奋之情的天之骄子从全国各地云聚北京大学燕园。一位扛着行李的新生，忙着注册、分宿舍、领钥匙、买饭票……各种手忙脚乱中，把行李托付给一位穿着旧式中山装、手提塑料网兜的守门人模样的老头儿："老师傅，帮我看会儿行李，我去办一下手续！"老头没说什么，答应了，老老实实地在那儿守着。9月的北京天气依然炎热，旁边有人说："您回去吧，我替他看着。"可老人说："还是我等他吧，换了人他该找不着了。"那位学生回来后，老头儿一句话也没说就离开了。三天后的开学典礼上，这位同学吃惊地认出了主席台上的副校长、大名鼎鼎的季羡林教授，竟然就是那天帮自己照看了一个多钟头行李的老头儿！

　　卑以自牧品自高。既是名校领导又是国学大家的季羡林，之所以能令人称道，就在于把谦卑作为真正的修养，不学巧伪，不争名利，内藏聪慧，外显质朴，以躁世中的沉静，守护内心的繁华。这正应了《孔子家语》中的那句箴言——聪明睿智，守之以愚。当一个人揽谦卑入怀，把自我变得很小，就会把格局变得很大，成为大音希声的真正强者。

责不可失，位不可越

有两则古代故事读来颇有意味。

一个故事是出自《韩非子·二柄第七》。说的是战国时期韩国的国君韩昭侯有一次喝醉酒和衣睡着了，掌管国君帽子的掌帽官怕他着凉，就给他盖上了一件衣服。国君睡醒后很高兴，问说："谁给我盖的衣服？"左右回答说："是掌帽官给您盖的。"国君听了很不高兴，在处罚掌管国君衣服的掌衣官时将掌帽官一同处罚。左右大惑不解，问韩昭侯为什么还要惩罚关心他的掌帽官。韩昭侯解释说："我处罚掌衣官，是因为他失职；而处罚掌帽官，是因为他越权。我并不是不害怕着凉，但我认为，越权和失职这两件事比着凉更可怕、更厉害。"

另一个故事的主人公是西汉宣帝时的一位丞相丙吉。有一次，丙吉外出，遇上为皇帝外出清除道路、驱赶行人而发生的群斗，死伤横道。丙吉经过时却不闻不问，走到另一个地方看见有人赶一头牛，看见牛气喘吁吁，直吐舌头，丙吉却让车子停下来询问缘由。同行官员对丙吉说："丞相是不是搞错了，您该问的不问，不该问的却问个没完。"丙吉说道："百姓相斗而死伤了人，管这种事是当地京兆尹等官员的职责，作为丞相，不应该管一些具体琐事，所以我就不加过问。而现在是春令时节，天气不算太热，牛却喘得厉害，说明天气出现时令失调、不合节气的征兆，对农作物和人都可能带来灾害。我身为丞相，主要职责就是要使国家风调雨顺、国泰民安，所以对牛喘气吐舌的现象就必须亲自过问了。"

这两个故事提出的是履职中的越权越位问题，韩昭侯治罪掌衣官、掌帽官反映的是职能部门之间越权越位问题，而丙吉问牛反映的是领导越权越位问题。应该说，人各有其位、各司其职是应有之义。职能部门之间越权越位，很容易造成工作秩序混乱、内部关系不顺，破坏既有的规章制度。而如果身为领导越权越位，喜欢事必躬亲、事无巨细，工作中一竿子插到底，势必挫伤下属工作热情。

工作生活中，失职失责不可为，越权越位不可取，需要按本色做人，按角色做事，更需要团结协作、乐于助人。

一是不错位，按角色办事。"欲知平直，则必准绳；欲知方圆，则必规矩。"每个人每个岗位都有其职责，职责分工就是其角色所在。要摆准位置定好位，在其位谋其政，办好自己的事，在什么位置办什么事，到什么山上唱什么歌。当主角就演好主角，当配角就演好配角，不出风头，不抢镜头，严格依规办事、依岗行事、依责做事。

二是不越位，强化能级管理。事实证明，越权越位既不符合科学要求，也违背工作规律，导致"乱种他人田，荒芜自家地"现象和管理体系混乱。应树立能级管理的理念，明确责任分工，各司其职，各尽其责，一级对一级负责，发挥各层级人员的主观能动性。对别的部门和岗位的事不指手画脚，更不能越俎代庖，或为争夺利益不惜越位揽权。

三是不缺位，善于补台补位。事成于睦，力生于和。失责、出错在工作中不可避免,这就需要树立相互配合的协同意识,心往一处想,劲往一处使,加强协同作战,遇有失误缺漏主动提醒警示、主动沟通协调、主动施以援手,不观望推诿,及时补位补台,当好履职尽责的"供给侧"。

责不可失,位不可越。或许,这就是我们应从韩昭侯和丙吉身上汲取的历史智慧吧。

赞美也是"借"出来的

《孔子家语》中有句话："与人交，推其长者，违其短者，故能久也。"意思是说和人交往，要赞扬他的长处，避开他的短处，这样才可以长久地交往下去。赞美是人际交往的润滑剂，也是洒向心灵的阳光雨露。世界上最美好的声音就是赞美，真诚的赞美令人鼓舞、催人奋进，与恭维迎合、阿谀奉承不同的是，赞美是发自内心的欣赏和敬佩，如果善于借以赞之，"美人之美"则更具亲和力和感化力。

抗日战争时期，在重庆，有一天国民党元老陈铭枢请学者熊十力吃饭。这家饭馆背山面江，风景优美。两人临江靠窗而坐，熊十力面对浩浩长江，大发感慨，而陈铭枢则背对长江，看着熊十力。熊十力觉得很奇怪，说这么好的风景你怎么不看？陈铭枢回答说："你就是最好的风景！"熊重复了一句："我就是风景。"随后开怀大笑。

培根说："欣赏者心中有朝霞、露珠和常年盛开的花朵，漠视者冰结心城，四海枯竭，丛山荒芜。"历史上，不乏借物赞人、借景誉人的美谈，如孔子将子贡喻为有治国之才的"瑚琏"，唐太宗称耿直善谏的魏徵为"明镜"。而陈铭枢非常欣赏钦佩熊十力的学识,身临壮美的长江,在他心中熊十力也就成为值得欣赏的"风景"。陈铭枢善于以景喻人、借景赞人,不仅巧妙地回答了熊十力的疑问,也表露了他惜才爱才的敬仰之情。

蒋百里以军事学研究闻名于世,所著《军事常识》是中国近代军事理论的开山之作,《国防论》被公认为中国近代国防理论奠基之作。他在德国深造期间,凭借出色的才华很快崭露头角。德国著名军事学家伯卢麦将军非常欣赏他,拍着他的肩膀说:"拿破仑说过,若干年后,东方将出现一位伟大的军事学家,这也许就应在你的身上吧!"

人类行为学家约翰·杜威曾说:"人类本质里最深远的驱策力就是希望具有重要性,希望被赞美。"每个人都希望被赞美,在心理学意义上源自于个体渴望被尊重、被认可的精神需求。这种精神需求一旦被满足,人就会充满自信和动力。伯卢麦借名人之口赞美蒋百里,既表达了对蒋百里才华的充分认可,也流露出对蒋百里成长成才的殷切期望,无疑催生了蒋百里日后报效国家、投身抗战的强大动力。

金庸与国际创价学会会长池田大作曾在1997年展开一次著名对话。金庸谦虚地说:"我虽然跟过去与会长谈过的世界知名人士不在同一个水平,但我很高兴尽我所能与会长对话。"池田大作说:"您太谦虚了。在您走过的人生之路中,每一个脚印都值得我们铭记和追念。正如大家所说的那样,'有中国人之处,必有金庸之作',先生享有如此盛名,是当之无愧的中国文学巨匠,也是处于亚洲巅峰的文豪。先生也应有所耳闻,香港舆论界把您奉为世界'繁荣与和平'的旗手,还称您为'笔的战士',这可都是读者对您的肯定啊。"

"美人之美"有直言的温暖,亦有转借的馨香。池田大作借助舆论和他人评价，道出自己对金庸文学成就的赞美，传递真诚的友善和敬意，相比直接的赞美更显示出客观性和真实性。显然，借助第三方之口的赞美方式更具说服力，也更能赢得信任和好感，既不失公允，又恰到好处地表达了自己的心声和敬佩之情。

赞美，需要发自内心，也不妨一"借"。

平台如水君如鱼

在西藏,如果不借助高压炊具,再努力也"烧不开"一壶水;骑自行车,再努力也追不上汽车。这道出了环境和平台的重要性。一个人的能力和智慧是有限的,更多时候需要依靠平台的力量实现自己的光荣和梦想。

《战国策·齐策一》有这样一个故事,齐国靖郭君田婴准备在薛筑高城,门客们多来劝阻。田婴对身边侍从说:"不要为这些人通报。"齐国有个请求拜见的人说:"在下请求就说三个字。多一个字,甘愿受烹煮之刑。"田婴有些好奇就见了他。那人快步进来说:"海大鱼!"说完回头就走。田婴说:"你且留下!"那人说:"在下不敢把死当儿戏!"田婴说:"不会杀你,但说无妨!"回答说:"您没听说海里的大鱼吗?网抓不住它,钩钓不到它,但是当它得意忘形晃动身体离开了水搁浅时,那么小小的蝼蚁都可以侵食它。现在的齐国,也就是您的水啊,您一直受着齐国的荫庇,还要在筑薛城干什么呢?没有齐国,就算将薛地的城墙建得天一样高,又有什么益处呢?"田婴听后顿时醒悟,于是放弃了在薛建城的计划。

电视剧《乔家大院》中,也有一个故事情节令人印象深刻:孙茂才原本是一个在街头卖花生米的穷秀才，后投奔当时风雨飘摇的乔家，为振兴乔家的生意立下汗马功劳，在乔家拥有相当高的地位。高高在上的孙茂才开始显露其商人本性，导致与乔致庸撕破脸，后孙茂才欲跳槽达盛昌，结果崔大掌柜对他说了一句话："不是你成就了乔家的生意，是乔家的生意成就了你。"然而孙茂才不为所动，最终再次陷入落魄。

齐人谏田婴，表现出与众不同的论辩艺术的同时，也道出了一个不少世人不为关注的事理：平台是一个人成长发展的靠山，得之如鱼得水，失之如卸铠甲。尤其是当自己成为"网不能止，钩不能牵"的"海大鱼"时，切不可忽视平台的巨大作用，忘乎所以"荡而失水"，否则就容易导致挫折失败。而孙茂才虽为乔家发展劳苦功高，但却看不清成就自己的是乔家生意这个平台，成了"荡而失水"的"海大鱼"。可见，保持谦虚谨慎之心，感恩平台、借力平台，不断成就自己才是应有的人生态度。

缘何平台有如此力量？有人可能会质疑，也有人会去挑战，但终究会发现自己的无知和渺小。美国曾做过一项社会实验：一名男子在地铁站，用小提琴演奏巴赫的几首曲子，并在身边放一顶帽子，以示乞讨。在四十五分钟里，大约有两千人经过，只有六个人停下来听了一会儿，大约二十人给了钱就匆匆离开，他总共收到三十二美元。没有人知道，这位卖艺者是世界上最伟大的音乐家之一约夏·贝尔。他演奏的是一首世上最复杂的作品，用的是一把价值三百五十万美元的小提琴。就在两天前，约夏·贝尔在波士顿一家剧院演出，所有门票售罄，聆听他演奏同样的乐曲，每人要花两百美元。没有声势浩大的伴奏、没有宏伟宽敞的音乐厅、没有璀璨闪亮的舞台，没有经纪公司长期的宣传与包装，约夏·贝尔再优秀，可能只比其他流浪乐手多收几美元而已，这就是平台的力量。

平台意味着资源和起点,是众多同事和良好机制共同创造的智慧和力量。你的位置和权力、成就和荣誉,离开你的平台,这些加载于身的东西也会随之而去不再为人看重,甚至会化为泡影,人们看到的就是真实的你。就像白岩松说过的一句话:"让一只狗天天上央视,就能变成名狗。但要知道,没了央视的舞台,很可能不用多久它就会变回土狗。"做人,永远不要高估自己。不论有多大贡献,有多大能力,都不可自我膨胀、自以为是,错把位置当能力,错把平台当本事。

平台有大有小,有优有劣,不同的平台也决定了不同的成长环境、发展空间和贡献程度,需要有所选择、适时匹配。李斯曾在楚国一郡做小吏的时候,他观察到一个现象,不同地方的老鼠,境遇却大相径庭,厕所里的老鼠,又脏又臭,吃着不干净的东西,看到人或狗进入之后,就会异常惊恐,四处逃窜。而粮仓里的老鼠,生活状态却是安逸优越的,居住在舒适的环境中,吃着囤积的大米,没有人和狗的忧患。厕鼠和仓鼠不同的生活境遇使李斯非常感叹:"人之贤与不肖譬如鼠矣,在所自处耳!"一个人发展和境遇的好坏,就如同老鼠一样,是由自己所处的平台和环境决定的。"宁为仓鼠,不为厕鼠",为人生追求更高更大的平台,深深地影响了李斯的人生选择。他没有满足现状,师从于荀子,并弃楚入秦谋求发展,又借吕不韦、赵高的平台赢得秦王的赏识,以卓越的政治才能和远见,辅助秦王完成了统一六国的大业。之后他又推动废除分封制,实行郡县制,统一文字、法律、货币、度量衡等重大改革,也从廷尉跃居丞相,实现了自己的人生理想。

俗话说,人往高处走,水往低处流。向上向好是事物的规律和本能,也是社会发展进步的动力所在。尽管李斯思想上有着追求荣华富贵和功名利禄的封建烙印，但其表现出的不甘现状、积极进取的精神，以更强能力匹配更高岗位，立足不同平台发挥自身最大潜能为国家和社会做出贡献，是值得后世借鉴的。需要指出的是，不同平台并无高低贵贱之分，无论层级大小都可以人尽其才、才尽其用，发挥不可或缺的功能。

　　人的一生，依靠自己是志气，倚重平台是福气。你的能力与天赋能决定你努力的上限，但你所处的平台决定了你起步的下限。选好的平台，就选择了希望；选对的平台，就匹配了理想。因为，平台如水君如鱼。在人生的前行路上，无论荣辱得失，都应对曾经栖息奋斗处心怀感恩，保持一份敬意。

裁缝的工作辩证法

明朝嘉靖年间，北京城中有位颇有名气的裁缝，他裁制的衣服，长短肥瘦，无不合体。一次，御史大夫请他去量裁一件朝服。裁缝量好了他的身腰尺寸，又问："请教老爷，您当官当了多少年了？"御史大夫很奇怪："你量体裁衣就够了，问这些干什么？"裁缝回答说："年轻相公初任高职，意气风发，走路时挺胸凸肚，裁衣要后短前长；做官有了一定年资，意气略收，衣服应前后一般长短；当官年久而将迁退，则内心抑郁不振，走路时低头弯腰，做的衣服就应前短后长。所以，我要问明做官的年资，才能裁出老爷称心合体的衣服来。"

这则故事的真实性无从考证，但却不无道理也令人思考回味。因为其中蕴含传递了朴素的唯物辩证法，值得我们学习借鉴。

注重用联系的观点观察思考。任何事物都是相互联系相互影响相互作用的。在一般人看来，官位和服装如何能有联系，当官年限和量体裁衣又怎会有联系？但在裁缝看来，这些都是相互联系不可分割的，而且有其联系的特殊性、必然性。也使裁缝不但根据御史大夫的身高胖瘦，还充分联系其身份和官龄量体裁衣。这也启示我们，应避免孤立的、静止的和片面的观察思考，善于抓住事物的内部联系和必然联系，注重分析其中相关联的内在因素，从而把握其规律性。

注重用实践的思维触类旁通。裁缝的过人之处在于，并没有停留在传统的方法，而是研究御史大夫的身份和官龄量体裁衣。这当然离不开他做裁缝之外的经验积累，也源于他平时的躬身实践，所谓"功夫在身外"。这也传递给我们这样的道理：看问题干工作要防止拘泥局限于条条框框，就事论事抓落实，机械守旧、按部就班地完成任务，善于跳出本职工作看问题，到岗位之外的普遍实践中广泛涉猎，开阔眼界，以期触类旁通、举一反三，才能打开思路精益求精，把工作想得更周全，做得更完美。

注重用发展的眼光看问题并出谋划策。唯物辩证法告诉我们，一切事物都是不断发展变化的，而不是静止不动、一成不变的，事物发展都有其空间性和时间性，一切以时间、地点、条件为转移，是科学认识世界和改造世界的必然要求。裁缝之所以名声在外，是因为善于用发展的眼光看问题，没有满足于现场量体的静止状态，而是进一步了解穿衣对象的发展变化阶段，看到了官员因任职时间长短引发的心理差异，进而导致行走姿态的不同特征。这也要求我们把握事物发展变化的特点规律，用发展的眼光预见，用长远的眼光谋划，用时代的眼光落实，因地因时因人制宜，有针对性地做好工作。

贴在地面行走

英国哲学家维特根斯坦曾说："我愿贴在地面行走，不在云端跳舞。"人生路上，沉稳务实的行走最美，虚无缥缈的"舞蹈"最可怕。多一点儿"贴在地面行走"，揽"实"心入怀，奉"实"事为上，方可留下浸润光荣和梦想的坚实足迹。

宋代文学大家苏轼在《石钟山记》中，讲述了亲身造访江西湖口考证石钟山名称的经历。这之前，北魏郦道元经现地察看，认为是石钟山得名是山下的水因风起浪和石头互相拍打，发出像大钟一般的声响，然而"人常疑之"；而唐代李渤考证时敲击石钟山两块山石，听到如钟的声响而认为名由此来，苏轼也"余尤疑之"。

为一探石钟山得名之究竟，苏轼专门在傍晚乘舟前往石钟山底部，"至莫夜月明，独与迈乘小舟，至绝壁下"，进行了实地调查研究，通过"徐而察之"，终于发现山下深幽的石穴和缝隙，由于涌入的水波激荡发出震响，而中空多孔的巨石也因水流来回涌入涌出发出如同敲击钟鼓之音。苏轼获悉真相后认为"士大夫终不肯以小舟夜泊绝壁之下，故莫能知"。而郦道元、李渤虽进行了调查研究，但一个描述不详细，一个判断不准确。苏轼一句"事不目见耳闻，而臆断其有无，可乎"的感叹，至今仍令人深思。

苏轼不轻信前人的说法，不避艰险"贴在地面行走"，亲身实地深入调查研究石钟山得名之谜，其实反映的是一种实事求是的作风。实事求是，出自《汉书·河间献王传》的"修学好古，实事求是"，唐代学者颜师古为其注释为"务得事实，每求真是也"。明张居正《辛未会试程策二》中提出："其所以振刷综理者，皆未尝少越于旧法之外，惟其实事求是，而不采虚声。"

现实工作生活中，不少人形式主义存身，官僚主义附体，习惯人云亦云，跟风盲从随大流，满足于电话里问问，微信里聊聊，座谈会上听听，钉钉群里说说，情况"若明若暗"，调查"蜻蜓点水"，研究"浅尝辄止"，判断"主观片面"，如同李渤一般"以斧斤考击而求之，自以为得其实"，是不可能听到那些"沉没的声音"、看清那些"模糊的背影"的。也有的人不按客观规律办事，好高骛远，急功近利，急于求成以至于蛮干、瞎干。如此不做实际调查，缺乏独立思考，多有唯上唯书唯众心态，多以表面观感和功利得失来行事，而非尊崇科学和真理，其"云端跳舞"的危害是显而易见的。

实事求是总是与解放思想相伴同行，与人民利益息息相关。打不破思想枷锁，掀不起"头脑风暴"，机械固守传统、盲目迷信权威，就不可能冲破传统观念的束缚，扫除僵化思维的掣肘。

1982年5月的一天，谢高华到任义乌才一个多月，被农妇冯爱倩拦住责问政府为什么不让老百姓摆地摊。谢高华没有禁锢于条条框框和上级文件，对义乌群众摆地摊等经商情况进行调研，又带队去温州考察。越调研越觉得搞活市场符合实际，政府需要顺应民意给地摊市场松绑，并做出了"允许农民经商，允许农民进城，允许长途贩运，允许多渠道竞争"的惊人之举。"为老百姓吃饱饭杀出一条血路!""天下的事再大,也大不过老百姓要吃饱肚子。"在谢高华眼里,凡事"贴在地面行走",一切从实际出发,从人民利益出发,才是对真理和信仰的笃信,才是对实事求是的最好注脚。

著名作家三毛说:"梦想可以天花乱坠,但理想是一步一个脚印踏出来的曲折之路。"在这个速度与激情给人们带来无限便捷的时代,也带来了些许浮躁和虚火,我们应更多地从"贴在地面行走"的实际出发,不慕虚荣,不务虚功,不图虚名,才能步履铿锵、行稳致远。

第六辑

美人之美

一语如金

古希腊哲学家德谟克里特说："要使人信服，一句言语常常比黄金更有效。"一句话虽然没有实在的物质力量，但是它却蕴含着巨大的精神力量。一句话可以让人眉开眼笑，可以让人伤心愤恨，然而最让人感动和铭记的，是能让人受益终身的话语，因为它会带来温暖和希望，激发信心和力量，催生智慧和勇气。

童话大王郑渊洁曾去河南郑州举办了一个签书会，现场来了很多粉丝，其中有一个小女孩，在拿到了签名之后一直没有离开，问郑渊洁他身后的姐姐是做什么的，郑渊洁说这是自己的助理。这个只有二年级的小女孩竟然问道，自己可不可以做郑渊洁的助理。郑渊洁可能是被眼前这个小女孩的问题给萌到了，于是就和小女孩说，如果她长大之后英语特别好，能够读大学的话，就可以做自己的助理。没想到小女孩当真了，还让郑渊洁把这句话给写在郑渊洁的书上面。十几年后，自己的助理进办公室和郑渊洁说"有一个你的助理找你"，原来是当年的那个小女孩找上门了。当初小女孩儿的学习成绩很不好，但因为郑渊洁的这个承诺，小女孩以优异的成绩考入了广东外语外贸大学的英语系。然后她拿着自己的毕业证书，以及当年郑渊洁给她签名的那本书，找到了郑渊洁。郑渊洁也兑现了自己的诺言，真的让这个女孩做了自己的助理。

一花一世界，一叶一菩提。有时，一句简单的话，因为其中包含的爱与鼓励，就能成就生命最初的感动；也正因为有爱与鼓励，才具有穿越时空的生命力。郑渊洁不经意的一句话，虽然历经十几年，却是小女孩奋发进取、改变命运的一种原动力，这句话见证了成长的理想，也见证了温暖的希望。

本杰明·迪斯雷利是英国19世纪70年代著名首相，他属下有位威望很高的将军。但是，这位将军在上流社会却从来没有被重视过，心中很不是滋味。他认为问题的关键在于自己没有贵族头衔，于是向迪斯雷利多次提出请求，希望得到男爵封号。迪斯雷利颇感为难，因为将军虽有军功，但是还不足以加封爵位，而自己作为新任首相，要想施行新政，没有军队的支持肯定不行，如果明确拒绝将军，肯定会产生负面影响。不久，白金汉宫举行派对，社会名流云集。迪斯雷利想到一个好主意。宴会中，迪斯雷利满怀敬佩之情，以首相的身份向大家隆重介绍这位将军，他说："他是我见到的最淡泊名利的将军，我曾多次请他接受男爵封号，但都被他婉言谢绝了。"听到这样的评价，众人都认为将军谦虚无私，值得尊重。很多贵族纷纷主动上前向他敬酒，这种礼遇远远超过了任何一位男爵所得到的尊敬。将军满心欢喜，由衷地感激迪斯雷利。从此，他绝对效忠于这个给他尊严和荣誉的首相。

诗人米南德有句名言："对人来说，语言是治愈烦恼的医生。因为唯有它才具有治愈灵魂伤痛的不可思议的力量。"一句充满睿智的话语，可以让人净化心灵，向善向上。迪斯雷利首相巧妙地用一句话把将军推上淡泊名利、谦逊高尚的品格境界，瞬间照亮了将军失落自卑的内心世界，既封堵了将军索要爵位的后路，又让将军在名流面前赚足了面子，可谓治愈了烦恼和灵魂，从而巧妙地解决了困扰自己的两难问题。

《荀子·非相》云："赠人以言，重于金石珠玉；劝人以言，美于黼黻文章；听人以言，乐于钟鼓琴瑟。"强调的是言语所带来的积极正面的作用和力量。每一个人都对生活充满美好向往，都有被尊重、被关注、被肯定的期许，当我们的言语能点燃希望，就会种下真善美的种子，传递改变命运、创造奇迹的神奇力量。

文明是灵魂最美的风景

举世瞩目的2022年北京冬奥会，在自由式滑雪女子大跳台项目决赛中，谷爱凌凭借完美的第三跳逆转夺得金牌。而法国名将泰丝·勒德第三跳失误之后，不禁情绪失控痛哭出声，谷爱凌第一时间给对手送上安慰和拥抱，冰雪中温暖的一抱令人动容。四十九岁的德国速度滑冰选手克劳迪娅·佩希施泰因，是参加冬奥次数最多、史上年纪最大的女子冬奥选手，在2022年2月5日的速滑比赛中，她虽最终排名倒数第一，却收获了全场热烈的掌声。超越输赢，不以成败论英雄，祝贺胜利者，赠予鲜花和光环，也鼓励失利者，不吝慰藉和掌声，这正是"文明"应有的内涵和温度。

中国自古有"文明礼仪之邦"之称，几千年来博大精深的传统文化，铸就了辉煌灿烂的中华文明。从孔融让梨，到季布一诺，从"己所不欲，勿施于人"，到"勿以恶小而为之，勿以善小而不为"，从感动中国人物评选，到文明城市创建，从五讲四美三热爱，到弘扬社会主义核心价值观，乃至构建人类命运共同体，以文明交流超越文明隔阂、以文明互鉴超越文明冲突、以文明共存超越文明优越，都一脉传承着文明的价值追求。

文明如同一面镜子，映照着公共意识与社会文明风貌。生活中时常能够看到这样一些场景：随地吐痰、乱丢垃圾、乱刻乱画、在公共场所吸烟、垃圾不分类、斑马线"一米线"前不礼让……文明是人们对待事物的态度，也是人们对自身行为的约束，没有道德和文明的支撑，精神家园就会荒芜，而行为失范、文明失位，再美的风景也将黯然失色。

当代著名作家梁晓声对"文化"二字有着自己独到的见解：植根于内心的修养，无须提醒的自觉，以约束为前提的自由，为别人着想的善良。这其实也完全可以用于对"文明"的解读和表达。在丹麦哥本哈根，所有垃圾箱的高度都只有一米二，原因是为了让拾荒者更方便地拿到垃圾箱里的东西。北京地铁上一位母亲怕熟睡孩子的脚弄脏座位，就一路上都用手抓住孩子的脚，这位母亲被媒体评为"最美妈妈"。文明就在我们的言谈举止里。有时，多一个善举，对社会就多一份爱心；多一点儿礼让，对风气就多一次净化；多一分关心，对他人就多一分温暖。

无疑，人人都应是唱响主旋律、弘扬真善美的文明使者。抵制低俗、庸俗、媚俗，崇尚英雄模范、看齐时代楷模、追随先进典型、学习最美人物……绿色低碳、助人礼让、善小而为，创设良好的生态、向善的风尚、人文的关怀、温情的治理……让文明内化于心、外化于行，形成适应新时代要求的思想观念、精神面貌、文明风尚、行为规范。只有让文明始终居于灵魂的"C位"，我们的家园才能处处都是最美的风景。

大音希声，真水无香

在别人不知情的情况下，给人以同样尊重，会让人沐浴一抹温暖的阳光，收获的是彼此间最真诚的情感。为人处世中，"但求事功，不事张扬"的暗处尊重，无疑是一种"赠人玫瑰，留有余香"的美德。

据报载，长春市某市场有一家不起眼的馄饨小店，一位年逾古稀的行乞老人经常光顾这里。老人的眼睛和耳朵都不太好使，常错把乞讨所得的游戏币当成硬币来买馄饨。店主心知肚明，却一直没有当面拆穿，照样卖给老人馄饨。这件被店主称之为"不值一提"的小事，却在短短几天内，感动了数以万计的网友。

相反，自认为做了一点儿好事，就大张旗鼓地宣扬自己，而不顾及他人的隐私和人格，可能就是一种无形的伤害。某地有关部门曾隆重地举办了一场资助贫困大学新生的捐赠仪式。在捐赠仪式现场，主办方把几十名品学兼优、家境贫困的大学新生代表召集到会议室，先是聆听领导讲话，而后又是集体拍照，还请来电视台拍摄录像，对个别贫困生进行采访。电视画面中，很多拿着助学红包的贫困生下意识地低下了头，笑容也显得极为勉强。对贫困大学生进行资助，体现社会各界的爱心，这本是一件功德无量的好事，但这样作秀性质的捐赠仪式令贫困生感到尴尬，甚至触及了他们的人格尊严。

在美国公立学校，出现大雪天气时一般都会停课，但有一个学校却没有这样做，在大雪来临时依然上课。当家长向学校投诉时，校方的回答是：学校来自贫寒家庭的孩子很多，如果学校停课，他们就不能享有免费午餐，就得忍饥挨饿。家长又问是否能只让穷孩子来上课呢？对此校方解释：我们不想让他们觉得是在被施舍。可见，时时处处尤其是暗中的呵护，既是一种人格的尊重，更是一种向善的美德。

有一位表演大师上场前，他的弟子告诉他鞋带松了，大师点头致谢，蹲下来仔细系好。等到弟子转身后，表演大师又蹲下来将鞋带解松。有个旁观者看到了这一切，不解地问："大师，您为什么又要将鞋带解松呢？"大师回答道："因为我饰演的是一位劳累的旅者，长途跋涉让他的鞋带松开，可以通过这个细节表现他的劳累憔悴。""那您为什么不直接告诉你的弟子呢？""他能细心地发现我的鞋带松了，并且热心地告诉我，我一定要保护他这种热情和积极性，及时地给他鼓励，至于为什么要将鞋带解开，将来会有更多的机会教他表演，可以下一次再说啊。"

作家刘墉曾说过："帮助人，但给予对方最高的尊重。这是助人的艺术，也是仁爱的情。"表演大师暗中呵护的做法无疑值得敬佩，我们可以看出大师尊重他人的修养气度和人格魅力，听从弟子意见系鞋带是一种尊重，不当面教训是一种尊重，在背后松鞋带也是一种尊重，这不仅保护了弟子的积极性，也让弟子有种洞察发现的成就感。这也启示我们，暗中呵护就是呵护成长，呵护他人发自内心的积极因素，在欣赏包容、鼓舞激励中给人以前行的温暖和力量。

长篇小说《白鹿原》出版之后，受到全国广大读者的喜爱，作家陈忠实因此声名鹊起，一跃成为陕西省乃至全国著名的作家。陈忠实成名之后，慕名前来请教他写作的人络绎不绝。一天，西安市的一位文学青年拿着自己创作的短篇小说来拜访陈忠实，请他指教。陈忠实认真地读完他的作品后，诚恳地提出了自己的修改意见，青年连声致谢，满意而归。一个月后，青年拿着自己修改后的作品再次来访，陈忠实又仔细地读了一遍后，连声夸赞他是个很有文学天赋的青年。青年听后，非常高兴。他趁机提出请求，恳求陈忠实把自己的作品推荐给一些纯文学刊物。没有想到陈忠实竟然坚决地拒绝了，青年非常失望。后来，他的作品在一家省级刊物上发表。他逢人便说："陈忠实虽然是大作家，但为人小气，心胸狭窄，不肯提携后学晚辈。"

当朋友把青年的话转述给陈忠实时，原以为陈忠实会怒发冲冠，怒斥一番，没有想到他却哈哈大笑。他说："我哪里是不肯提携晚辈，而是觉得他的作品即使没有任何人的推荐，也一定能够发表。相反，如果经由我的推荐而发表，一是会让他觉得欠我一个人情，二是让他对自己的作品缺乏自信，误以为只有名人推荐方可发表。这些因素，对他的成长都是极为不利的。"陈忠实的这番话辗转传到青年的耳朵时，他非常羞愧，自责不已。他说："真正愚钝浅陋的人是我，陈忠实先生是大家，不仅作品经典传世，他的胸怀也如海洋一样宽广。"

"大音希声，真水无香。"从陈忠实的拒绝推荐中，我们可以有更深层次的感悟：暗中呵护不是一味迁就和无原则的"尊重"，而是着力激发一个人的潜能和自信。这种尊重独立、激励奋斗的暗中呵护是对成长成才的真正关爱，更是发自内心的善良和根植灵魂的美德。

定制心灵的"套餐A"

2020年冬,北京三元桥的德顺斋小吃店推出的一款"套餐A"红遍全网。这是一份价值二十二元、面和肉的分量很足的红烧牛肉面。如果在外遇到困难的人,只要告诉店员要点"套餐A",吃完不必付账就可离开,唯一的希望是有能力时再去帮助他人。"慕名而来"的顾客挤满饭店,他们纷纷为店长的举动点赞。无疑,寒冬里的"套餐A"有如一股暖流,感动和温暖着更多人的心。

这款充满温情的"套餐A",缘于店长于成浩大学期间受到过他人的帮助。当时刚考上昆明一所大学的他路上被偷了钱包和手机,一家米线店老板看到他犯难,请他吃了一碗米线,还给了他五元车票钱回学校。"羊有跪乳之恩,鸦有反哺之义。"为了实现多年来的一个夙愿,于成浩以一份份热乎乎的"套餐A",传递着感恩的力量。其实,像德顺斋小吃店这样充满爱心的"套餐A"从来不是个例:病毒肆虐期间,餐饮业主肖晶为武汉二十家医院和四个社区做了八千多份爱心餐,送给医护人员和社区独居老人;福州一辆无人值守的爱心餐车,承载着免费领取的食品,也承载着无限温情;山东丰金爱心餐厅蓬莱店营业三周年,累计免费用餐已达四十五万人次;被授予"时代楷模"称号的云南丽江华坪女子高级中学校长张桂梅，把《感恩的心》当校歌，免费招收贫困女学生，建校以来已帮助一千八百多个女孩走出大山、走进大学……越来越多的城市充满温度，越来越多的人怀揣爱心，奉献着不一样的"套餐A"。

对"套餐A"的点赞，更是对爱心善行的褒扬。它让人们意识到，在更多强调收获和享有的今天，给予和奉献有其不可或缺的价值。"套餐A"的火爆，是对其蕴含的大爱至善的思想认同，是对乐善好施、扶贫济困传统回归的期待，一定程度上顺应了人们的精神需求和心灵呼唤，激发全社会向善向上的力量，成了传播善良、传递爱心的载体。有的顾客吃完"套餐A"，还付了钱并不让退钱，觉得"这算是给饭店捐了一个'套餐A'"。

也许有人会担忧，"套餐A"这样的善行义举难以为继。是的，一个人、一家餐厅的力量是有限的，我们不必苛求于成浩、肖晶等好心人把"套餐A"做到永远，背负道德和舆论的无形枷锁，而是希望这份"套餐A"能在每个人的心里种下真善美的种子，让更多人被温暖被鼓舞，奉献"我为人人"的点滴爱心，汇聚成磅礴的人文关怀力量。

雷锋在日记中写道："如果你是一滴水，你是否滋润了一寸土地？如果你是一线阳光，你是否亮了一分黑暗？如果你是一颗粮食，你是否哺育了有用的生命……"这叩问我们"助人为乐"的初心，也在追问"赠人玫瑰"的责任。著名科学家爱因斯坦也说过："对于我来说，生命的意义在于设身处地替人着想，忧他人之忧，乐他人之乐。"在构建命运共同体的时代里，人生总是不能避免沧桑，生活也不可能一帆风顺，但爱心总能给失落的心灵以坚强和希望。而充盈爱心的"套餐A"是需要根植心田的价值基因的。每个人都应给自己的心灵定制"套餐A"，随时准备馈赠他人、奉献社会，留下一份爱，彰显一份人性之美。

正义，只需坚守无须解释

2016年1月，解放军某部战士刘伟两度被误解仍坚持救人的事迹引发社会关注。面对质疑误解，刘伟始终坚守着道义良知和军人本色，以沉默的方式放大了救死扶伤的正义光环，也让世人裹着防护层的正义感得以重新释放。

新年元旦的傍晚，商丘市梁园区裴武庄村村民武传芳在回家的路上，被一辆小轿车撞倒在地，当场血流不止、陷入昏迷，回家探亲的战士刘伟恰巧目睹这一幕，立即叫停肇事车辆，护送伤者前往医院抢救，面对围观群众误以为他是肇事者的指点议论，他没有解释，并垫付了一千七百元钱医疗费，帮助伤者转危为安。

当武传芳的亲属闻讯赶来时，刘伟又一次被误解为肇事者。面对伤者亲属质问、责骂，他没有过多解释，直到交警查明真相、向大家澄清事实，误会才得以消除，而刘伟毫无怨言，事后还抽空到医院看望病人。武传芳的亲属既为自己的莽撞和误解愧疚不已，又为刘伟忍辱负重、以德报怨的正义良知所感动。

一名普通战士树立军人好榜样的同时，也在敲打我们每个人潜藏已久的正义初心。曾几何时，因为流血又流泪的见义勇为一再上演，救死扶伤让明哲保身的人避之不及，让心怀善良的人需要找人证明清白……无疑,是我们心中怀了一份沉重的"跳进黄河洗不清"的心理戒备使然,滋生出"多一事不如少一事"的消极情绪。我们需要重新审视的是,真正的正义是一种与生俱来的善良,从来不讲求如何回馈,也不会畏惧任何中伤。不妨扪心自问,面对可能的误解和伤害,你有没有坚持做下去的勇气?

"见义勇发,不计祸福。"苏轼在《陈公弼传》中的一语似乎解读了见义勇为如何面对非议和后患的应有态度。如果我们为公平正义的理想瞻前顾后时,就不可能为真诚善良的道德无私买单。当含有友善互助的价值观需要我们以真实有力的行动来诠释时,对救助责任的回避就会使正义感重重摔在地上。因此,在遭受误解时,无须辩解真相,也无须唾面自干,坚持做你的内心灵魂认为做得对的事情,就是对公平正义最有力的支持。

社会转型的时代环境下,与人为善、救助他人不仅是一种善良本能,更是一种维系正义的共同责任。而正义是光明正大的无声呐喊,只需坚守无须解释。也许刘伟平静的一句话是我们应有的共识——"我相信,只要堂堂正正、一心助人,任何误会都能化解"。

索取与给予

有句话说得好，心态决定命运。索取与给予完全是两种不同的心态，反映一个人的价值选择和思想定位。在索取与给予的十字路口，奉献就是我们的路标。奉献本身就是人生的代名词，只是有的人内心不平衡，认为把最宝贵的青春年华献给了社会，自身付出并没有得到回报，或是吃亏了，这种心态还是定位在索取之上的。也有这样一个笑话，说的是一个富翁落水之后，一个人想要救他的人大声喊道："把你的手给我！"他却迟迟没有伸手，围观的人群中有个人说，你要说"抓住我的手"才行，果然，这回富翁急忙伸出了手。这虽是一则笑话，却折射出不少人如同这个富翁一样的心态，那就是从来都是只知道索取而不会给予。如果你整日想的是在社会、在岗位上能得到什么，算计着亏不亏、值不值，为职务升迁、进退走留等个人名利患得患失，则容易纠缠在取与舍的困惑之中，深陷在得与失的泥潭之中，迷失在名与利的怪圈之中，最终只会沦为功利庸俗而心灵卑微的精神乞丐，而得不到持久的内心安宁。

我们应该思考能为社会、为工作给予什么、付出什么，也许正是因为我们的给予，社会才会变得更加美丽；也许正是因为我们的给予，岗位才变得更加神圣；也许正是因为我们的给予，他人才变得更加自信。我们也会深深懂得，其实给予就是给自己机遇，给自己力量，给自己崇高。

　　因此，正确处理给予与索取的辩证关系，切实领悟在付出中展示才华才最有意义、在奉献中实现价值才真正快乐的朴素道理，以实际行动给予工作以满腔热忱、给予事业以聪明智慧、给予岗位以辛勤汗水、给予他人以无私帮助，这样，内心就会充满阳光，成为一个精神高贵、生活充实、工作愉快的人。

做一粒好种子

"人就像种子,要做一粒好种子",这是袁隆平院士生前常说的一句话。作为我国研究与发展杂交水稻的开创者,被誉为"杂交水稻之父"的他,让报国、奋斗、奉献的种子生根发芽,用一生为这句话写下了精彩的注脚。做一粒好种子,对于期待实现人生价值的每一个人而言,都富有深刻的教育和激励意义。

做一粒深情报国的种子。袁隆平对祖国和人民怀有深厚的感情,童年是在抗日战争的烽火中度过的,曾亲眼看见倒在路边的饿殍,切身体会到"再大的金元宝也比不上两个馒头"的饥饿,这让他有了"强国必先强农"的认识,埋下了农业报国的种子。在潜心研究、矢志报国的艰辛历程中,为中国人争得荣誉和尊严成为他前行的强大动力。他常说,科学研究是没有国界的,但科学家是有祖国的,不爱国,就丧失了做人的基本准则,就不能成为科学家。亲眼见证了新中国的成立,见证了七十年的发展变迁,袁隆平感慨道:"在中国共产党领导之下,我们中国真正富强起来了,现在我们能够抬得起头,挺起了腰杆。""我是无党派,我崇拜共产党。"他用爱党爱国的种子诠释着"中国的饭碗一定要端在自己手里"的决心意志。袁隆平强农报国的情感告诉我们,奋进新时代，就要在心中根植种子一样的信念，一心爱党为民，一生爱国报国，在人生的精神空间，绽放满格的忠诚；心中也要深藏种子一样的内涵，把自己的命运同祖国的发展联系起来，把个人的价值追求融入党和人民的事业之中，倾情奉献智慧和力量，勇于播种梦想、尽情生长事业、大胆畅想未来。

做一粒砥砺奋斗的种子。在挑战解决"世界饥饿"的历程中，奋斗已成为袁隆平充盈一生的基因。二十多年的风吹日晒，三千余次反复试验，一位属于大地的奋斗者，笃信"电脑里长不出水稻，书本里也长不出水稻"，躬耕于田地之间。从"三系法"杂交水稻到"两系法"杂交水稻，从超级杂交稻一期到二期，从纸上理论到田间丰收，每年因种植杂交水稻而增产的粮食，可以多养活约八千万人口……这些成功的背后，是袁隆平和超级杂交稻人持续数十年的汗水和心血。面对成功和荣誉，袁隆平却说："搞科研就像跳高，跳过了一个高度，又有新的高度在等着你。"袁隆平一路攻坚克难，勇于挑战、敢于创新，从"吃饱饭"到"吃得好"再到"更健康"，一次次跨越和突破，践行"活到老，工作到老，只要有精力，还能工作，我就不会退休"的奋斗誓言。即使在生命的最后时刻，袁隆平还在关心试验田稻子长势，询问"天气怎么样，外面气温多少度"。他心怀禾下乘凉梦和杂交水稻覆盖全球的梦想，奋斗的翅膀飞越国界，杂交水稻已在四十多个国家成功示范，并在十多个国家大面积推广。新时代是奋斗的时代，我们要像袁隆平那样，灵魂埋藏种子一样的力量，孕育种子一样的激情，奋斗不息、追求不止，甘愿在基层的沃土经风雨、见世面、壮筋骨、长才干，勇于担苦、担难、担重、担险，用年华记录价值追求，用热忱填补事业空白，用奋斗呈现人生的精彩。

做一粒淡泊名利的种子。袁隆平将淡泊名利、踏实做人视为自己的做人准则。他一辈子和水稻打交道，不为名利钱财，像一粒造福人间的种子无私奉献不求回报。早在1988年，袁隆平手中所拥有的专利费用及其价值早已突破一千亿元。如果他申请专利的话，或许会是中国最富有的人，可是他却把专利全部无私地捐献给国家；他谢绝国际上多家机构高薪聘请，也曾把"野败"材料毫无保留地分送给全国十八个研究单位，使三系配套得以很快实现。袁隆平心无旁骛地坚守自己的科研责任田，即使后来担任湖南省政协副主席，仍然把主要精力放在科研事业上。他坦言，人一点儿名利思想都没有是不可能的，但要做到淡泊名利，对物质别要求太高。虽然我不是世界上最富有的人，但我是精神上最富有的人。新时代新征程，我们要像袁隆平一样，化身一粒种子，将个人价值融入奉献社会之中，躬耕于平凡岗位，淡泊名利，真实展现自我，行走在心灵的田野上，收获事业的泥土芬芳。

当我们仰望星空，袁隆平如同梦想的"种子"飞向了远方，也将未来与奋斗的"种子"情结寄托后继者。让我们成为一粒粒好种子，以祖国和人民需要为己任，以奉献祖国和人民为目标，滋养忠诚的雨露，浇灌奋斗的汗水，为中华民族伟大复兴而奋斗。

宽容是一种美

工作生活中,同事、朋友之间难免会发生一些误解和矛盾,如果逞一时之快、斗一时之气很容易制造隔阂,甚至积怨结仇。如果我们在相处中,恪守与人为善、待人以诚的观念,始终在"忍一时风平浪静,退一步海阔天空"中修炼身心,在"世事如棋,让一着不为亏我;心田似海,纳百川方见容人"中驻德自持,就会拥有宽容的美德。

宽容之美是与人无争的低调。与人无争是古人尊崇的人格涵养。《道德经》中说:"不自见,故明;不自是,故彰;不自伐,故有功;不自矜;故长;夫唯不争,故天下莫能与之争。"意思是说:不显示自己,不自以为是,因而更显耀突出;不夸耀自己,因而有功绩;不自以为贤能,因而受到尊重;只有那不与人相争的,世界上没有人能和他相争。《道德经》中还有这样一句话:"上善若水,水善利万物而不争,处众人之所恶,故几于道。"高尚的善行品德就像水一样,滋润万物而与世无争,地位低下而无怨无悔。其实缺失宽容莫过于争,争的源头是欲望太大,如果心胸开阔一些,争不起来;得失看轻一些,争不起来;目标降低一些,争不起来;功利心淡一些,争不起来;为别人考虑多一些,争不起来……

与人无争、为人低调,并非不要竞争进取,而应淡化私欲,要懂得让步,不盛气凌人;多谦卑谨慎,不恃才傲物;多与人为善,不钩心斗角;多聚焦工作,不琢磨人事;多埋头苦干,不张扬显摆;多虚心求教,少指手画脚,在与人无争的低调中修养宽容之德。

宽容之美是主动揽过的大度。《论语》中有句话:"躬自厚而薄责于人,则远怨矣。"对自己要高要求,对他人要低要求,就可以减少别人的怨恨了。讲的都是多考虑自身差错,学会自省。在公交车上如果有人踩到别人的脚,你可能听到的大多会是:"怎么搞的,注意点儿!"但有人却是这样说:"对不起,我让你的脚没处搁了。"这完全是两种思维方式,一种是总想着他人对自己无礼,另一种是当问题发生时,首先想的是自己可能有哪里不对。人非圣贤,孰能无过,推卸责任不可取,主动揽过是美德。当发生疏漏时,不妨先查己误;剖析教训时,不妨先省己过;犯错违规时,不妨先问己责,用自己的大度内省成就宽容之美。

宽容之美是以德报怨的胸怀。东西方文明都讲究宽容,倡导以德报怨的品德。中国古语云:"唯宽可以容人,唯厚可能载物。"宽容不仅体现在对冒犯、伤害自己的人和事,不怨恨、不仇视,更表现在冰释前嫌的真诚团结上。韩信曾受"胯下之辱",但将侮辱过自己的屠夫任命为中尉,韩信以德报怨的胸怀被世人传为美谈。在美国,林肯竞选总统成功之后,准备任用一名曾迫害过自己的政客,遭到同僚们的一致反对,然而林肯对他的部下这样解释说:"把敌人变为自己人有什么不好呢?我这样做的结果是:既可消灭一个敌人,又会多得到一个朋友……"林肯以德报怨的品德造就了他独特的人格魅力,被誉为美国历史上最优秀的总统。以德报怨是令人敬重的品德,理应成为我们道德修养的努力方向,在工作生活中做到宽宏大量,得饶人处且饶人;不计前嫌,相逢一笑泯恩仇；容人容事，求同存异求共识；化敌为友，真情感化显诚挚。能有所作为的人，首先是胸怀宽阔的人，因为"将军额上能跑马，宰相肚里能撑船"，将军和宰相不一定人人能当，但拥有这样的气度了，就能在人生之路上走得更远。

把痛苦和怨恨留在身后

　　一个人的一生境遇中，难免会遭遇不敬和伤害，是将痛苦转化成怨恨，睚眦必报，还是宽容豁达，一笑泯恩仇？立马回敬，可能从此结为侧目不和的冤家；不计前嫌，一口怨气又似乎咽不下……不同的处理方式，可见不同的境界和胸怀。

　　历史上两位著名诗僧寒山与拾得曾有一次对话，寒山问拾得："世间有人谤我、欺我、辱我、笑我、轻我、贱我、骗我，如何处之乎？"拾得答道："只需忍他、让他、避他、由他、耐他、敬他、不要理他，再待几年你且看他。"可以说，古人早有了对待非难的应对之策和豁达心胸。寒山所说的小人或恶境，也许你我皆有遭遇，特别是人在屋檐下的境遇，尽管会被诋毁、被侮辱、被伤害……但这实际上也晾晒着对方的丑陋。因为，人在做，天在看；人作恶，天计算。容之化之就是最好的应答。弘一大师在《格言别录》也曾说："人之谤我也，与其能辩，不如能容。人之侮我也，与其能防，不如能化。"海纳百川，有容乃大。如果我们拥有一颗仁爱的宽容之心，仇恨的种子就不会发芽。

　　在崇尚竞争和日趋功利的今天，人与人之间不可避免有利益上的冲突与矛盾，痛苦和怨恨也许会随之而来。这时候，有一个长远的眼光、宽广的心态、高尚的境界很重要。否则，遇事斤斤计较、耿耿于怀，就很容易陷于自降人格的庸俗境地。不妨保持淡定，自守应有的情操修养，正如有句话说得好，对我不好是你的事，与我无关；对你好是我的事，与你无关。不妨信守寡欲清心，远离世俗名利的困扰，当我们怀有不事张扬、返璞归真的淡泊，保持足够的宽容和豁达，把痛苦和怨恨留在身后，就会领悟人生的真谛所在。

嘲笑和刁难,带不走真实的灵魂

  意大利诗人但丁·阿利盖利在创作的长诗《神曲》中说过一句颇为励志的话:走自己的路,让别人说去吧!别人的话,可能是我们成长路上会遇到的侮辱、嘲笑、讥讽、刁难……只有保持灵魂的真实,从容面对不敬和非难,才能真正成为内心强大的人。
  三国名将邓艾,曾任征西大将军,率师伐蜀,平蜀后官进太尉。邓艾口吃,与人说话常常结巴。《世说新语》载:邓文口吃,语称"艾艾",晋文王司马昭调侃他说:"爱卿总说艾艾,到底是几个艾呀?"邓艾听到司马昭和群臣不怀好意地哈哈大笑,并未正面作答,心想自己无论回答几个都会沦为笑柄,饱读诗书的他灵机一动,想起了《论语·微子》中的一句话,"楚狂接舆歌而过孔子,曰:'凤兮凤兮,何德之衰?'"于是他淡定地回答道:"凤兮凤兮,故是一凤。"意思是,接舆讲的"凤兮凤兮"虽然是两个"凤",但说的却是一个"凤",我说的也是一个"艾"。话外之音是指司马昭连《论语》也没读明白,岂不是更让人耻笑。
  俗话说,人无完人,金无足赤。一个人总有自己的缺陷和短处,难免会遭遇嘲讽和讥笑,如果不予理睬,自尊心则容易受到伤害。此时不妨像邓艾一样,借助权威的说教和公认的事物弥补自身的不足,以化解非议和刁难。尽管历史因邓艾留下了"期期艾艾"形容口吃的人说话不流利的成语,但也留下了邓艾机敏过人的美谈。

林肯在竞选总统前夕,在参议院演说时,遭到一个参议院议员的羞辱。那位议员说:"林肯先生,在你开始演讲之前,我希望你记住自己是一个鞋匠的儿子。"林肯并没有恼羞成怒,而是冷静地回答道:"我非常感谢你提醒我记住我的父亲,他已经过世了,我一定记住你的忠告,我知道我做总统无法像我父亲做鞋匠那样做得好。"此时参议院陷入了一片沉默。林肯转过头来对那个傲慢的议员说:"据我所知,我的父亲以前也为你的家人做过鞋子,如果你的鞋子不合脚,我可以帮你改正它。虽然我不是伟大的鞋匠,但我从小就跟我的父亲学会了做鞋子的技术。"然后,他又对所有的参议员说:"对参议院的任何人都一样,如果你们穿的那双鞋是我父亲做的,而他们需要修理或改善,我一定尽可能帮忙。但有一点可以肯定,他的手艺是无人能比的。"说到这里,所有的嘲笑化作了真诚的掌声。

有时候,以牙还牙、反唇相讥并不是回应嘲讽和攻击的最好方式。多一些包容宽厚的胸怀、以德报怨的真诚,更会有打动人心、化敌为友的意外之效。曾两度被选为美国总统的林肯,在以他名字命名的纪念馆的墙壁上刻着他说过的一句话:"对任何人不怀恶意;对一切人宽大仁爱。"或许这正是他应对恶意挖苦和嘲讽的无形力量。

学贯中西的辜鸿铭精通英、德、法等近十国文字,尤其擅长英文写作,被孙中山、林语堂推为中国第一人。早在英国留学时,他已剪掉辫子,西装革履,一副洋派。后来人人谈论反清革命,他反而把清人硬栽上的辫子重新留了起来,拒绝剪辫子,每次都拖着长长的辫子给北大学生上课。面对学生的哄笑,辜鸿铭镇定自若地说:"我头上的辫子是有形的,你们心中的辫子是无形的。"

辜鸿铭在辛亥革命后依然留着象征封建和落后的辫子,自然是与时代潮流格格不入的,但面对学生嘲笑,他一语双关地指出当时人们封建残余思想并未消亡的现实,可谓一针见血又一语中的,不失为有思想有锋芒的有力应答。因此,抓住对方嘲讽的事物本质和要害不卑不亢地回击,无疑是最有力的。

欣赏的力量

培根说："欣赏者心中有朝霞、露珠和常年盛开的花朵，漠视者冰结心城，四海枯竭，丛山荒芜。"人非圣贤，但每个人的内心都有被尊重、被关注、被肯定的期许，当我们对他人多一些欣赏，就会传递信任和关爱，种下真善美的种子。因为，欣赏是一种给予，一种馨香，更是一种改变命运、创造奇迹的神奇力量。

作家林清玄曾遇到一位羊肉馆的大老板，这位老板恭敬地对他说："林先生，您曾写过一篇文章，打破了我生活的盲点，也改变了我的命运。"这让林清玄一时莫名其妙，攀谈后才弄清原委。原来这位老板二十多年前曾是一个令人不齿的小偷，而且作案手法缜密，犯案上千起。当时还是记者的林清玄分析报道这个小偷作案时，在文章的最后感叹："像心思如此细密、手法那么灵巧、风格这样独特的小偷，做任何一行都会有成就的吧！"林清玄不曾想到，他无意写下的这几句话，竟影响了这个青年的一生。因为这个小偷看后反省自己："为什么除了做小偷，我没有想过做正当的事呢？"从此，他痛改前非，重新做人。

每个人都有自己的"闪光点"，每个人不可能把每一件事都做得很出色，但总有做得最出色的那一天。欣赏正是唤醒一个人自尊的强音,是照亮一个人自尊的明灯。欣赏能使人自尊、自信起来,为自己的一言一行负责,为自己的小错小失而自责,为自己的一得一进而欣喜。

1936年10月19日,鲁迅病逝于上海。国学大师钱玄同写下《我对于周豫才君之追忆与略评》一文纪念,回忆了他与鲁迅的交往,指出鲁迅有三长:治学最为谨严、绝无好名之心、有极犀利的眼光。同时,也指出鲁迅的三短:多疑、轻信和迁怒。钱玄同与鲁迅相识已久,但他并没有计较鲁迅的性格差异,而是非常欣赏鲁迅的才华。鲁迅在真正成名之前,也有怀才不遇的郁闷,经常靠抄古碑打发日子。1918年,正在编辑《新青年》杂志的钱玄同,认为鲁迅有着国内数一数二、不同凡响的思想,主动约他写一篇批判旧礼制的文章。一开始,鲁迅并不太积极,写写停停,在钱玄同一再催促下,文章才得以完成。钱玄同见稿后,连声称赞,以最快速度发表在《新青年》杂志第四卷第五号上,中国现代文学史上第一篇现代白话小说《狂人日记》就这样诞生了,也让鲁迅从此成为中国新文化运动的主将。

欣赏的目的,就是要发现每个人身上的"闪光点",并将其放大和强化,最大限度地挖掘和激活每个人的潜力,创造出一流的工作成绩。每个人都各有其长,各存其短,只见他们弱项,就如常泼泄气的冷水;发现他们之长,就如送去自信的星火,每个人的智慧才干和创新创造就像一粒待燃的火种,需要我们去将其及早地点燃。

1852年秋天,屠格涅夫在打猎时拾到一本《现代人》杂志。随意翻看时,被一篇《童年》的小说所吸引。出于爱才之心,屠格涅夫四处打听作者的住处,几经周折找到了抚养作者的姑母,表达他对作者的欣赏和肯定。姑母写信告诉侄儿:"大名鼎鼎的作家屠格涅夫逢人便称赞你，他说：'这位青年人如果能继续写下去，他的前途一定不可限量！'"作者收到姑母的信后欣喜若狂，他本是因生活的苦闷而信笔涂鸦。由于屠格涅夫的欣赏，让他一下子点燃了心中的火焰，找回了自信和人生的价值，于是一发而不可收地写了下去，最终成为具有世界声誉的艺术家和思想家，他就是列夫·托尔斯泰。

著名雕塑家罗丹说："生活中不是缺少美，而是缺少发现美的眼睛。"在工作生活中，每个人从事一个工作，完成一项任务，都期待着一个积极的评价，而采取欣赏或漠视的态度对他们的影响是截然不同的，欣赏与被欣赏是一种互动的力量之源，怀有一颗真诚的爱心去欣赏，必将对人产生自尊之心、奋进之力、向上之志。每个人都应该学会去欣赏他人，围绕他们的优点长处，激励其最大限度地释放潜能，走上自强之路。

"最美司机"的一分十六秒

2012年5月29日,杭州长运司机吴斌,以每小时约九十公里的速度行驶在高速路上,突然一块五斤重的铁片从天而降,在击碎挡风玻璃后直接刺入吴斌腹部,导致他肝脏破裂、多根肋骨折断。但他临危不惧,忍着剧痛用一分十六秒缓缓靠边停车。最终,二十四名乘客无一受伤,四十八岁的吴斌却伤重不治。车上视频记录下了吴斌停车救乘客的全过程,这一幕感动了数百万网民,吴斌被誉为"最美司机"。杭州市文明委授予吴斌杭州市道德模范、"平民英雄"荣誉称号,并被追授为"杭州见义勇为勇士"称号;交通运输部2012年6月4日决定,授予浙江杭州长远公司驾驶员吴斌"爱岗敬业驾驶员楷模"的荣誉称号。

在道德义举频现的今天,当张丽莉的以身挡车,沈星的纵身一跃,高铁成的三闯火海一次次加深我们的记忆,这些见义勇为的行为已不再是鲜见的壮举,我们身边越来越多的人正自觉践行。而吴斌呈现在我们面前的,也不仅仅是见义勇为那样的瞬间释放,一分十六秒中更多包含了可贵的职业操守。

职业操守的彰显来自对平凡工作的高度负责。监控的视频中,吴斌虽剧痛难忍,但在一分十六秒中仍凭借难以想象的毅力完成了靠边停车、拉手刹、打开双闪灯等保障公共安全的动作，最后还挣扎着站起来对乘客说，"别乱跑，注意安全。"在高速公路上被破窗而入的重铁块砸中，相当于被一颗微型炸弹击中。画面表明，他在这关键时刻所做的每一个步骤，都是为了保障乘客安全。甚至在完成停车动作后，他还颤颤巍巍地站起来，提醒乘客注意安全。而此时的他，肋骨已被撞断三根，肝脏因严重破裂"像一座被掏空了的山"。当时，每一秒钟对他对乘客都可谓"生死时速"，他却把生命中最宝贵的一分十六秒留给了一车陌生乘客。学习吴斌这种高度负责的职业操守，要求我们越是工作在普通平凡岗位，越要尽心尽力、责无旁贷；越是面临家庭、工作、身体上的各种困难时，越不能分心走神，始终保持昂扬进取的精神状态……

职业道德的坚守源自把爱岗敬业当成一种习惯。吴斌一分十六秒的感人壮举不是一时的冲动，而是长期的敬业坚守习惯使然。吴斌的妻子汪丽珍说，吴斌十分热爱开车，经常研究驾驶技术。"从1987年开车到现在，无论是开大货车、出租车、公交车还是客车，连小碰撞都没有过，我们平时对他很放心。"自2003年进入杭州长运客运二公司担任班车驾驶员起，近十年来，吴斌驾驶客车已经安全行驶一百多万公里，相当于绕地球赤道近三十圈，却从来没有发生过一起交通事故。吴斌的事迹启示我们，具备服务群众的职业道德，就要把事业作为一种追求，把敬业作为一种习惯，在点滴中积累标准，在平凡中保持认真，才能真正做到上级肯定、群众信服。平时过得硬，关键顶得上。正如一位网民评论：只有当敬业成了习惯，深入骨髓，才有可能在生命的最后瞬间爆发出超出想象的能量。

"最美司机"生命最后一分十六秒的视频在网上热传。我们看到，人世间延续着美好，充盈着温暖。虽然英雄的壮举定格在瞬间，但他们散发的道德光辉却是永恒的；虽然身份和岗位不同，但爱岗敬业的职业操守却是我们共同的追求。

第七辑

名人之品

四个"静悄悄"

希望"孤独地度过一生"的哲学家、美学家和思想家李泽厚,一生不爱热闹,只享受寂寞。在20世纪80年代的"美学热"中,李泽厚被青年人尊为"精神导师",在知识界极具影响力。人文学者刘再复曾评价说:"李泽厚是中国大陆当代人文科学的第一小提琴手,是从艰难和充满荆棘的环境中硬站立起来的中国最清醒、最有才华的学者和思想家。像大石重压下顽强生长的生命奇迹,他竟然在难以生长的缝隙中长成思想的大树。"

李泽厚说他自己有四个"静悄悄"。第一个就是"静悄悄地写"。他一生从没报过什么计划、项目、课题,出书或发表文章之前从不对人说,一辈子也没有任何助手和帮手,为核对一份小材料,查出处、翻书刊、跑图书馆等,都得靠自己。即使在"文革"时期,他俨然一个"逍遥派",不介入任何争论,坚持进行着自己的研究。他最怀念在中国社会科学院做研究员的日子,"不怎么去上班,大多时间待在家,看书,写文章。"居委会因为看他整天赋闲在家,而去调查追问。在"静悄悄地写"中,他拥有学术上丰硕的研究成果,其代表作有《中国近代思想史论》《美学论集》《美的历程》《批判哲学的批判》等。1981年出版的《美的历程》销量达到了几十万册,一时"洛阳纸贵"成为超级畅销书。拥有耀眼光环的李泽厚却十分清醒低调,"书就是人,人就是书""演员主要靠表演,做学问主要靠经得起时间考验"。

而第二个,是"静悄悄地读"。大学期间,李泽厚独自居住在一间阁楼内,利用北大图书馆丰富的藏书资源,翻阅、抄录了许多原始资料。甚至看哲学史,同时看几本比较着读,这为他积淀了丰厚的哲学素养。李泽厚的书的读者,如今都已深耕社会,还保持着阅读兴趣。对此,李泽厚说:"我有一群静悄悄的认真的读者,这是我最高兴的。""我的书既没宣传,也没炒作,书评也极少,批判倒是多,但仍有人静悄悄地读,这非常之好。我非常得意。"在李泽厚看来,不论是自己还是他人,"静悄悄地读"应成为灵魂的意向和旨归。在这个浮躁的时代,人的内在本性是不容扰乱的,坚守心灵的安静、精神的安静、生命的安静,应成为主要的人生态度。

被称为"一个永远活在思想里的人",是一个"寂寞的思想者"的李泽厚,"静悄悄地活"是他第三个鲜明特点。他坦陈:"我这辈子都在孤独中度过,不孤独的时候是少数。"常有人说他性格孤僻、骄傲,不爱与人交往,不懂人情世故,因为李泽厚从来不主动去拜访人,连打电话问候也不会,包括长辈和名人。他也不按领导的指示写文章,被批了好几次,也被冠以"异类"之名。李泽厚从来不过生日,每次回国,媒体的采访邀请很多,但他都尽量回避。2002年他定了个"三不"原则:可以吃饭不可以开会;可以座谈不可以讲演;可以采访、照相,不可以上电视。他"讨厌强光刺激和正襟危坐"。不少名校和一些场合、会议用高价请李泽厚做演讲,包括Luce基金、哈佛的汉学大家史华兹的邀请,李泽厚都婉谢了。与其说他是向往孤独,不如说是他追求自由。

李泽厚说,"实惠的人生我并不羡慕",最欣赏的是陶渊明"宠辱不惊,去留无意,但观热闹,何必住心"的境界。"以落寞心情做庄严事业,恰好是现代人生",是他信奉的最好活法。

"静悄悄地死"——是李泽厚笃信的第四个"静悄悄"。柏拉图曾说"哲学就是死亡练习",李泽厚曾在家中摆放一个骷髅,来提醒自己随时迎接死亡。他说:"对弟、妹,病重也不报,报病重有什么意思?牵累别人挂念,干吗?静悄悄地健康地活好,然后静悄悄地迅速地死掉。"但他又非常欣赏、赞同别人热热闹闹地活着、死去。他在2010年写了十六个字:四星高照,生活无聊;七情渐消,天涯终老。可谓是他对待生死平静达观的生动写照。

李泽厚"静悄悄"地走了,或许他的四个"静悄悄"留了下来,却并不需要人们刻意欣赏和追捧,因为这不现实也不适合每个人。而他从静中追逐灵魂的自由,从静中绽放思想的光芒,才是值得我们"静悄悄"思考的。

黄金易得，国宝无二

著名收藏家张伯驹出身豪门，他的父亲是清末直隶总督兼北洋大臣张镇芳，开了中国最早的官商合办的盐业银行，是当时中国的四大银行之一。张伯驹年轻时进入袁世凯名下的学校学习军事，毕业后又在张作霖等人手下任职，一度攀上了旅长的职位。但是张伯驹却不顾家人反对，毅然决然地脱下军装，专注自己的诗书古玩字画爱好。其父怕他玩物丧志，强行安排他去自己银行挂职，因为盐业银行的政治背景，清廷的大批文玩都抵押在这里，张伯驹因此对古玩字画见多识广、深有研究，也造就了他日后超乎寻常的鉴赏眼光。

1936年，一件事情震动了中国的文化艺术界，堪称"国宝"的唐代韩幹《照夜白图》被收藏家溥儒仅以一万大洋转卖到了日本人手里，一时舆情哗然。张伯驹立即请求北平行政长官宋哲元追回此画，但最终画宝还是流失到了海外，这让张伯驹痛心不已。

之后张伯驹又得知溥儒准备出售被中华收藏界尊为"中华第一帖"的《平复帖》，为了避免重蹈覆辙，他不惜一切代价要收藏这一珍品。而溥儒开口二十万大洋。二十万大洋在当时相当于普通公务员三百年的收入，显然溥儒想以高价吓退张伯驹。无奈之下，张伯驹请张大千出面以六万大洋向溥儒求购，但溥坚持要价二十万大洋，未成。直到1938年1月，张伯驹得知溥太夫人去世了，溥儒办丧事急需用款。他联系溥儒终于以四万大洋买下《平复帖》。而日本人派人随后找到张伯驹愿以二十万大洋求购，被张伯驹断然拒绝。事后他回忆中感叹："在昔欲阻《照夜白图》出国而未能，此则终了夙愿，亦吾生之一大事。"

然而，一波初平，一波又起。1941年6月6日，一条新闻轰动了上海滩：文物收藏家、民国盐业银行的总稽核兼常任董事张伯驹被绑架了！下落不明！不久张伯驹的妻子潘素接到电话，绑匪要赎金三百万元。当家里准备变卖字画赎回张伯驹时，他说："这是我的命，我死了不要紧，字画一张也不能卖，否则我不出去！"如此僵持了近八个月，张伯驹宁可冒着随时被"撕票"的危险，却始终不肯变卖一件藏品。

1945年，日本战败后，溥仪仓皇出逃。他藏在伪满宫廷内的珍宝字画遭到哄抢变卖，其中就包含距今一千四百多年的隋朝展子虔所画《游春图》。在当时北平的文物市场上，《游春图》一露面，就有外国人想以八百两黄金的天价收购。张伯驹得知后，有意要收购这幅"国宝中的国宝"《游春图》。然而张伯驹当时已负债累累，无力筹措，无奈之下火速通知故宫博物院，建议院方致函古玩商会，不准此卷出境。古董商们最终被张伯驹的爱国之心所打动，决定将《游春图》以二百两黄金的价格卖给张伯驹。为了凑足这些黄金，张伯驹变卖了自己占地十五亩、价值上百个亿的原李莲英旧宅。当张伯驹将卖得二百二十两黄金前去购画，不料却因金子成色不足只值一百三十两。张伯驹无奈只好东拼西凑并卖掉了夫人的首饰，凑足剩余黄金，才终于购得国之瑰宝《游春图》。

张伯驹虽然拥有偌大一份家业，但张伯驹在生活上朴素得令人难以置信,他不抽烟、不喝酒、不赌博、不穿丝绸,也从不穿得西装革履,长年一袭长衫,而且饮食非常随意,有个大葱炒鸡蛋就认为是上好的菜肴了。为了保护中国一批名古画字帖,张伯驹穷尽家产,经其之手收藏的中国历代顶级书画名迹,仅在册收录的就有一百一十八件之多。张伯驹曾言:"不知情者,谓我收罗唐宋精品,不惜一掷千金,魄力过人。其实,我买它们不是为了钱,是怕它们流入外国,因为黄金易得,国宝无二。"

解放后,张伯驹将《平复帖》《游春图》等八件顶级的国宝全部捐献给了故宫博物院和吉林博物馆,件件价值数以亿计。最后连政府为此奖励的二十万元,也被他婉言谢绝。他说:"我看的东西和收藏的东西相当多,跟过眼云烟一样,但是这些东西不一定要永远保留在我这里,我可以捐出来,使这件宝物永远保存在我们的国土上。"

"暗里有香无处寻,玉壶一片照冰心。"这是张伯驹夫人所作的一首诗,也成为张伯驹倾家荡产救国珍、无私捐赠鉴风骨的人生写照。

君子之争

达尔文说:"物竞天择,适者生存。"争,是生存的一种能力,也是生活的一种常态。但在人类文明社会,"争"又反映出一种处世态度和品格修养。孔子说:"君子无所争。必也射乎。揖让而升,下而饮。其争也君子。"在孔子看来,真正的君子应是胸襟开阔之人,不会拘于异见意气用事。即使是要分出高下的话,他们也会光明正大地与对方展开竞争,彼此相互尊重而谦让。

范镇是北宋著名史学家、文学家、政治家。有一次范镇与司马光都奏请皇帝颁布乐律度尺的法令,因为见解不同,范镇与司马光反复讨论互相诘难,书信往返数万言,争得面红耳赤,但都各执己见,谁也不服谁。那怎样解决争端呢?他们决定用下棋来决胜负,结果范镇取胜。过了些年,范镇去西京洛阳看望司马光,特意带了从前争论过的八篇乐论。这一次他们争论的问题好几天仍然没有解决,又以投壶来决胜负,此次范镇没有赢,司马光高兴地说:"大乐(即太乐,掌使乐人之官)还魂了!"

英国女作家霍尔有句话名言:"我不同意你的观点,但我誓死捍卫你说话的权利。"每个人立场、经历、性格、学识不同,持有不同的观点、看法是正常的,争也是自然,但不应该缺少包容和尊重。坚持自己的观点，也需尊重对方的主张，所谓求同存异、和而不同，不因对方不给自己面子而心存芥蒂，不为他人与自己见解相左而怀恨在心。争，能见人品。因为争而人身攻击，造谣中伤，那是低级趣味之争，是小人之争。君子之争，是为了明理，为了进步，更是为了团结和友谊。

杰斐逊与华盛顿在十三州人民反抗英国统治的斗争中并肩作战，彼此支持。华盛顿任总统期间，作为国会领袖的杰斐逊经常反对其施政方针，两人常激烈争吵，而过后彼此又以信件致歉并重申自己的政治立场。在领导国家发展和前进的道路上，杰斐逊与华盛顿并不能称得上团结，在一定意义上，更像是政敌。然而，华盛顿卸任前，却提名杰斐逊为总统候选人，热情洋溢地称赞其人品和才能，说他是"可以信赖的君子"。

历史上的政敌往往是明争暗斗、你死我活，而杰斐逊与华盛顿却走向礼让和谅解，甚至相互欣赏和崇敬，着实令人惊讶，更令人钦佩他们的胸襟和人格。杰斐逊与华盛顿是政见不同的君子之争，不因为立场和主张不同而完全否定一个人，更不会视为仇敌。他们坦坦荡荡地争，不搞"小动作"，不暗地里"使绊子"，保持仁慈和客观，争是光明磊落地争；敬也是发自肺腑地敬。

第56届世界乒乓球团体锦标赛决赛中，中国队在团体赛小组赛迎来第二个对手美国队。首场比赛马龙率先登场，他的对手为美国队选手米歇尔·莱文斯基。在首局比赛中，米歇尔·莱文斯基发挥出色，给马龙造成了不小的麻烦，莱文斯基11比7拔得头筹。在第二局局末裁判判马龙得分情况下，马龙却主动纠正了裁判的判罚，示意这个球对手擦边，应该是对手得分，展现了运动赛场上的君子风范。

君子之争当体现君子人格，有所争而有所不争，正所谓"夫唯不争，故天下莫能与之争"。不争虚名、不争浮利、不争意气，而是为真理而争，为正义而争，为人民而争，争而相敬不辱，争而坦荡不欺，争而存异不斗，争而包容不害，才真正不失君子之风。

钱锺书道歉

钱锺书在《论交友》一文中曾说过:"在大学时代,五位最敬爱的老师都是以哲人、导师而更做朋友的。吴宓先生就是其中一位。"作为钱锺书的恩师,吴宓学贯中西,融通古今,是著名国学大师,主持创办的清华大学国学院,在中国近代教育史上享有盛名。他还是诗人,红学研究的开创人之一,与陈寅恪、汤用彤并称为"哈佛三杰",是中国现代著名西洋文学家,也被称为中国比较文学之父。

然而,青年时期的钱锺书,颇有些自负,恃才傲物,被称为"民国第一才子"。1929年,钱锺书以英文满分的成绩考入清华大学外文系,成为吴宓教授的得意门生。在清华四年,其用功之勤,读书之多,"横扫清华图书馆",他上课从不记笔记,总是边听课边看闲书,或作图画,或练书法,但每次考试都是第一名,甚至还得过清华超等的破纪录成绩。吴宓对钱锺书更是另眼相看,常常在上完课后,"谦恭"地问:"Mr.Qian 的意见怎么样?"钱锺书总是不置可否,不屑一顾。吴宓也不气恼,只是一笑而过。

钱锺书才华为全校师生瞩目,但其张狂性格和随意臧否人物的特质,同样广为人知,也有"整个清华,没有一个教授有资格充当钱某人的导师"的传言。

而令吴宓十分痛愤且脸上挂不住的是,1937年,吴宓不惜离婚去追求名媛毛彦文,一连写了三十八首诗,还公开在报纸上发表,其中最有名的一首:"吴宓苦爱毛彦文,三洲人士共知闻。离婚不畏圣贤讯,金钱名誉何足云。"由此也被其父亲痛骂"无情无礼无法无天"。当国民党中央宣传部温源宁让钱锺书为他《不够知己》一书中专论吴宓的文章写个英文书评。钱锺书对吴宓的恋爱不以为然,对他钟情的人尤其不满。他别出心裁,给了她一个雅号:super-annuated Coquette Coquette,(译为"年华已逝的卖弄风情的女人")多少带些轻贱的意思,难免有人身攻击之嫌。

尽管钱锺书如此行事作风,吴宓对这位才华横溢的学生却呵护有加,他曾公开对清华教授们说过:"当今文史方面的杰出人才,在老一辈中要推陈寅恪先生,在年轻一辈中要推钱锺书,他们都是人中之龙,其余如你我,不过尔尔!"对有人背后说钱锺书的轻狂,吴宓也是一笑,平静地说:"Mr.Qian的狂,并非孔雀亮屏般的个体炫耀,只是文人骨子里的一种高尚的傲慢。这没啥。"

多年之后,钱锺书的学术、人格日趋成熟。晚年的他更是闭门谢客,淡泊名利。一次,他到昆明,特意去西南联大拜访恩师吴宓。吴宓喜上眉梢,毫无芥蒂,拉着得意门生谈解学问、下棋聊天、游山玩水。钱锺书深感自己的年少轻狂,红着脸,就那篇文章向老师赔罪。吴宓茫然,随即大笑着说:"我早已忘了。"

1993年春,在吴宓去世十六年之后,钱锺书忽然接到吴宓女儿吴学昭的来信,说整理吴宓日记和遗著时,发现有许多关于钱锺书的记载,于是希望钱锺书能为其父遗作《吴宓日记》作序,并寄来书稿。当钱锺书读完恩师日记后,"殊如韩退之之见殷情,'愧生颜变,无地自容"。他对于老师的宽容与大度一直铭记于心,立即回信自我检讨，谴责自己："少不解事，又好谐戏，同学复怂恿之，逞才行小慧……内疚于心，补过无从，唯有愧悔。"且郑重地要求把这封自我检讨的信，附入《吴宓日记》公开发表，算作对老师吴宓的公开道歉。

此时的钱锺书在学识与声名上已远远超过老师吴宓，但他在《序》中还是说："作为一名白头门生，愿列名吴先生弟子行列之中。"

吴宓真诚、大度，钱锺书坦诚、直率。对于"青出于蓝而胜于蓝"的学生，吴宓不吝褒扬，一再宽容谦让，足以展现其爱才容人之胸襟；而钱锺书对于年少轻狂的过往，知耻而后勇，诚挚而谦卑，也彰显大家之风范。正如杨绛所说，"他的自责出于至诚，也唯有真诚的人能如此。宓先生是真诚的人，锺书也是真诚的人。"

朱彝尊的"雅赚"

朱彝尊是清代诗人、词人、学者、藏书家,出身于浙江嘉兴的书香门第。朱彝尊自幼深爱读书,研习《左传》《楚辞》《文选》等古文经典,文藻卓绝,知识渊博,既是文学宗匠,亦是学术大师,精通经学和史地学,在词界更是开浙西词派,其词"严密精审,超诣商秀",与纳兰性德和陈维崧并称为清词三大家,独享"清朝三百年之冠"美誉,这一切与朱彝尊非常爱好买书读书、抄书藏书分不开。

清顺治十五年(1658年),朱彝尊从岭南回到家乡,阅豫章书肆,购得图书五箱,这是他最早的一次购藏图书。不过,正赶上庄廷龙《明史》案发,清政府大兴文字狱,相关书籍,尽行焚弃,五箱图书全部散失。此后,朱彝尊迫于生计,开始长达十余年的游幕生涯。游幕生活,寄人篱下,没有丰厚的俸禄,但并不影响朱彝尊好书之笃,他曾用二十两黄金购得明代项笃寿万卷楼残帙,且千方百计借来范氏天一阁、黄氏千顷堂秘本并不舍日夜地抄写下来。

康熙十八年(1679年),清廷首次开设博学鸿词科,广招海内知名之才。朱彝尊是被录用的四人之一,并以布衣身份授翰林

—237—

院检讨，担任明史纂修官。他充分利用这个机会，借抄公私善本秘籍，充实自己的收藏。他听说著名藏书家钱曾藏有善本秘籍《读书敏求记》，锁在书箱，秘不示人。为此，朱彝尊高规格宴请钱曾及当地雅士。席间，用数量可观的黄金和一件珍贵的轻裘买通钱曾的书童打开书箱，让预先雇来的数十名抄手抄成副本，《读书敏求记》由此得以流传于世。他的这种爱书之情，由此被人们谑称为"雅赚"。

康熙二十三年（1684年），五十六岁的朱彝尊为了编辑《瀛洲道古录》，利用供职史馆的职务之便，他常携带一名抄书手出入史馆，随时抄录。不想有人成心要排挤他，抓住他这一举动弹劾，结果被罢去官职，时人誉为"美贬"。朱彝尊对此并不后悔，他在其书楗上作铭说："夺我七品官，写我万卷书，还不知是谁聪明谁愚鲁呢。"

康熙二十一年（1682年），朱彝尊去官归田时，拥有图书三万多卷。归田后，又陆续获书四万余卷。康熙三十六年（1697年），朱彝尊到平湖探望病重的老友李彦贞，李彦贞将自己的著作《放鹇亭集》和两千五百卷藏书一并托付给朱彝尊。于是朱彝尊七十岁前后获书总计八万卷，并建了著名的曝书亭藏书。

朱彝尊一生著述，学问是"淹贯经史，出入百家"，他著作等身，年老辞归后仍笔耕不辍，史称他是"退居多暇，著述甚丰"。因为书多，读书多，所以朱彝尊声名在外。康熙南巡时，朱彝尊前去见驾，将自己所著的《经义考》呈上，康熙读了大加赞赏，赐了他"研经博物"匾额一块；后来的乾隆帝还亲题制诗于卷首，命令在全国范围内发行。朱彝尊的藏书楼曝书亭，民间则有一个颇有意思的传说。相传有一年寒冬，康熙皇帝微服察访到梅会里（即王店），见一老翁袒胸露肚在亭边晒太阳，颇为诧异，便问何故，老者答道："肚中书多久闷，恐霉而曝。"这位老者就是朱彝尊，曝书亭因而更负盛名。

朱彝尊大部分藏书是传抄的，自然是非常珍惜，所有藏书都在卷首钤印："购此书，颇不易，愿子孙，勿轻弃。"他原希望同样嗜书的儿子继承藏书，不料儿子早逝，这让他十分难过："呜呼，今吾子夭死矣！读吾书者谁与？夫物不能以久聚，聚者必散，物之理也。吾之书终归不知何人之手？或什袭藏之，或土苴视之。书之幸不幸，则吾不得而前知矣。"爱书如命的朱彝尊不知自己所藏之书最终沦落何处，似乎已经预见到了藏书的归宿。据《蒲褐山房诗话》记载，朱彝尊的孙子晚年家贫，陆续将藏书典当、卖出，曝书亭也废为桑田，只有匾额保留下来。

钱穆的"温情与敬意"

被中国学术界尊为"一代宗师"的钱穆，世人也称其为中国最后一位士大夫、国学宗师，与吕思勉、陈垣、陈寅恪并称为"史学四大家"。他早年的《先秦诸子系年》被陈寅恪称为"极精湛"，"自王静安（国维）后未见此等著作"，顾颉刚则称赞其为"民国以来战国史之第一部著作也"。钱穆有着浓烈厚重的民族情怀和中华文化情结，也是充盈和贯穿了其一生的人格魅力。

1930年，因著名历史学家顾颉刚鼎力相荐，钱穆北上燕京大学任国文系讲师。燕京大学校长司徒雷登设宴招待新来的教师，问及大家到校印象。钱穆说："初闻燕大乃中国教会大学中最中国化者，心窃慕之。及来，乃感大不然。入校门即见'M'楼、'S'楼，此何义？所谓中国文化者又何在？此宜与以中国名称始是。"事后，燕京大学特地召开校务会议，讨论钱穆的意见，最终改"M"楼为"穆"楼，"S"楼为"适"楼，"贝公"楼为"办公"楼，其他建筑也均采用中国名称。校园北角那块景色秀丽的湖，则由钱穆亲自定为"未名湖"，作为北京大学的象征保留至今。

钱穆的中华文化情结还表现在对民族文化的矢志传承和坚决捍卫上。胡适是中国现代自由知识分子的代表，他留学美国，就学于杜威教授,并终身服膺于实验主义,自称是杜威的信徒。1919年留美回国后决心用西方文明和法治来治理中国数百年的积弱积弊,并倡导新文化运动,批判中国文化,认为中国文化落后于西方文化,他说:"我们必须承认我们百事不如人,不但物质机械上不如人,不但政治制度不如人,并且道德不如人,知识不如人,文学不如人。音乐不如人,艺术不如人,身体不如人。"同时,他主张"全盘的西化,一心一意地走上世界化的路"。

而没有念过大学,非学院派,也没有留过洋的钱穆主张对待中国历史与文化,始终要怀有"温情与敬意"。他反对胡适的"新文化"主张,认为"新文化运动,凡中国固有(文化)必遭排斥",贻害深远。钱穆始终坚守以中华民族文化为本位,在后来他享有盛誉的《国史大纲》引论中,开门见山地痛切指出:"凡此皆晚近中国之病,而尤莫病于士大夫之无识,乃不见其为病。"

1941年10月,钱穆在媒体上发文称:"我国自辛亥革命前后,一辈浅薄躁进者流,误解革命真义,妄谓中国传统政治全无是处,盛夸西国政法……于是有'打倒孔家店''废止汉字''全盘西化'诸口号,相随俱起。"他认为,"若一民族对其已往历史无所了知,此必为无文化之民族。此民族中之分子,对其民族,必无甚深之爱,必不能为其民族真奋斗而牺牲,此民族终将无争存于并世之力量""所谓对其本国已往历史有一种温情与敬意者,至少不会对其本国历史抱一种偏激的虚无主义"。

值得一提的是,在钱穆创办的新亚书院1963年并入香港中文大学时,香港中文大学的"中文"二字,也出于钱穆。当时建校时曾计划过多个名字,比如中国大学、中华大学,最终,还是钱穆坚持"就叫中文大学",这并非指代语文,而更倾向于文化之意。钱穆还坚持必须由中国人担任校长,为此曾与港英政府斡旋良久，宁可离开也不愿动摇"原则之争"，港英政府派来商议的英国人富尔敦叹声连连，说钱穆"君心如石，不可转也"。

　　钱穆曾预言："此下世界文化之归去，必将以中国传统文化为宗主。"在中国日益走上世界舞台中央的今天，钱穆这句话可谓中国必将崛起的先声和远见，更源自他真挚厚重的民族情怀和中华文化情结。1986年，他在素书楼讲完人生最后一课，对学生赠言是："你是中国人，不要忘记了中国！"

传统文化"卫道士":辜鸿铭

自称"生在南洋,学在西洋,婚在东洋,仕在北洋"的辜鸿铭,精通英、法、德、拉丁、希腊、马来西亚等九种语言,获得过十三个博士学位。他学博中西,号称"清末怪杰",被孙中山、林语堂称为"中国第一语言天才",印度圣雄甘地则称他为"最尊贵的中国人"。

辜鸿铭一生致力于沟通中西文化并诉诸翻译事业,旨在借翻译儒经之举,将古老的中华文明推向世界,以证中华文化之强大、圣贤思想之深厚。他翻译的中国"四书"中的三部——《论语》《中庸》和《大学》,特别是《中庸》英译本,广受西方文界的欢迎,曾多次重印,还被收入英国《东方智慧丛书》(The Wisdom of the East Series)系列。所著的《中国人的精神》(Spirit of Chinese People)被译成德、法、日等多种文字出版,一时轰动海内外,在德国甚至掀起了持续十几年的"辜鸿铭热",他也因此成为中国对外的文化形象代言人。当时西方社会流传着这样一句话:"到中国可以不看三大殿,不可不看辜鸿铭。"《清史稿》中也对辜鸿铭有着如下的赞誉:"(辜)译四子书,述春秋大义及礼制诸书。西人见之,始叹中国学理之精,争起传译。"

尽管辜鸿铭有着很深的西学造诣和外语天赋，但他对中华传统文化却情有独钟，归国后他潜心钻研国学。他头戴瓜皮帽，身着旧式长袍马褂，常年梳着晚清文人的大辫子，显示出他拥护儒家传统文化的决心。执教在新文化运动中心的北大课堂上，本应讲授英国古典文学的他肆意宣讲中国传统文化。他毕生极力捍卫传统文化、宣扬中华文明，维护儒家学说的传统价值，尤其是对西方人士常有论辩。

辜鸿铭通晓西欧各种语言、言辞敏捷的声名很快在欧美驻华人士中传扬开来。当有祭祀仪式时，辜鸿铭会按照中国传统礼仪摆上水果、点心、菜品、素酒等，给祖先叩头跪拜，有外国友人见了嘲笑说："你们在祖先的牌位前摆那个酒菜，这样做他们就能吃到供桌上的饭菜了吗？"辜鸿铭马上反唇相讥："你们在先人墓地摆上鲜花，他们就能闻到花香了吗？"

1893年，辜鸿铭在协助湖广总督张之洞筹备铸币厂时，铸币厂的外国专家联合请辜鸿铭吃饭，为表达对他的敬意，请他坐首席。宴会上，一位外国友人问辜鸿铭："辜先生能否给我们讲讲贵国孔子之道有何好处？"辜鸿铭从容地说道："刚才大家推我坐首席，这就是行孔子之教。如果今天大家都像你们西方所提倡的竞争，大家抢着坐首席，以优胜劣汰为准则，我看这顿饭大家都吃不成了，这就是孔学的好处！"

在对外交流的日常生活中彰显中国文化的独特魅力，是辜鸿铭的执念。辜鸿铭曾在北京椿树胡同的家中宴请欧美友人，用煤油灯来照明。由于煤油灯灯光较为昏暗，且有呛鼻的油烟气。于是就有人说,煤油灯不如电灯和汽灯明亮。辜鸿铭笑着回答说："我们东方人讲求'明心见性'，东方人心明，油灯自亮。东方人不像西方人那么专门看重表面功夫。"

当时西方自大于本国器物、政制之先进，对如辜鸿铭一般的黄皮肤者处处投以侧目冷眼，而国人亦有崇洋媚外、全盘西化之主张，这无疑也刺激了辜鸿铭强烈的民族自尊心。英国著名作家毛姆在游记《在中国屏风上》中也记录了辜鸿铭与之交谈中对西方文化的质问："你们凭什么相信你们要比我们高出一筹？在艺术和学术上你们就胜过我们？难道我们的思想家不如你们深刻？难道我们的文明没有你们的文明那么复杂、那么深奥、那么精细吗？……"所以，辜鸿铭在火车上曾特意倒着拿外文报纸看，等到旁边的西方人嘲笑他的时候。辜鸿铭才大声流利地读出报上内容，并且宣布说，自己倒着拿报纸，是因为外文太浅薄了，只能倒着读。如此崇尚中华文明的民族情怀可见一斑。

在那个受尽列强欺侮、灾难深重的年代，正值西学东渐、传统文化式微，辜鸿铭自言"我并非痴心忠于清廷，晚清政治上的腐败和对百姓的盘剥，民怨载道，百姓生活在水深火热之中，皇恩是一件缥缈的事情，我只不过是对中国文明的叹惋罢了。"这道出了他不甘传统文化沉沦，以传统文化"卫道士"的身份，俯视西方人沾沾自喜的现代文明，强调"以中补西"的文明输出论，依旧孤僻地挺立民族傲骨。

一代报人成舍我

　　成舍我是中国近代著名报人,与张季鸾、邵飘萍、林白水三位报业巨头被誉为民国"四大报人"。他从事新闻工作近七十七年,一生参与创办媒体、刊物近二十家,直接创办十二家,是个人力量从事新闻教育事业最长、影响重大的新闻教育家,在中国新闻史上留下了浓墨重彩的一笔。

　　成舍我不仅办报刊、开公司、办学校,还擅长新闻采访、言论写作、报纸编辑、报馆管理等多种新闻业务工作,是少有的"新闻全才",其自称为"新闻老兵"。成舍我在1956年出版的《报学杂著·自序》中写道:"从我十四岁那时做'职业记者'起,已经过四十年连续不断的工作。为了工作,虽然每天平均至少要写一千字,每年三百六十五天,四十年总共写了一千四百多万字……"成舍我曾经李大钊介绍在北京《益世报》改稿,还经常写些社论短评,署名"舍我"。他的随笔、小品文、评论堪称"小文章,大手笔",虽然是白话文,却极具风骨,如抗战时期,国民政府为士兵募集冬衣,他用的标题为:西风紧,战袍单,征人身上寒。一则讽刺大后方国民党官员生活奢侈浪费的新闻,到了他笔下,则变成"前方吃紧,后方紧吃"。其中的《安福与强盗》《段政府尚不知悔祸耶》等言论，痛陈时弊，鞭挞北洋军阀，发出了时代的声音。

成舍我认为办报"第一是要说自己想说的话；第二是要说社会大众想说的话"。由于所办报立场公正不阿、言论公正，加上消息灵通正确，不畏强权暴力，完全做到民众喉舌之功能，所以深受民众喜爱和支持，报纸销路极佳。

1935年在上海创办《立报》，标榜"凭良心说话，拿真凭实据报告新闻"，以期"达到民族复兴的目的"。报纸以"只要少吸一支烟，你准看得起""五分钱可知天下事，一元钱可看三个月"为口号，并请来张友鸾、张恨水、包天笑办副刊，当时《立报》最高发行量达二十万份，创下全国报纸销售量的最高纪录。

成舍我不仅文笔过人、办报有方，还识人爱才、颇有雅量。1925年，成舍我创办《世界日报》和《世界晚报》，并由张恨水主编《明珠》和《夜光》两个副刊，副刊连载张恨水《金粉世家》长达七年之久，陈独秀、鲁迅、李剑农、刘半农、钱玄同都成了他的撰稿人。由于张恨水不满拖欠月薪离职，让成舍我急于物色人才。时任《世界日报》报社经理的吴范寰推荐张友鸾接替张恨水的工作。张友鸾虽是北京平民大学新闻系学生，但已为邵飘萍的《京报》主编附刊《文学周刊》一年，有了一些办报经验。

但当成舍我见到张友鸾是一个二十出头的毛头小伙子时，视报纸为生命的成舍我怕张友鸾无法胜任，加之经挽留，张恨水已答应暂时不走。结果，张友鸾刚到报社工作三天就被成舍我辞退了。张友鸾一气之下，写了一封信大骂成舍我，其中有一句叫"狐埋之而狐搰之"（语出《国语·吴语》，意即狐狸习性多疑，得了猎物先埋在土里，埋了又不放心，还要掘出来看看），成舍我看到这份骂他的信件后，非但没有生气，还特别欣喜，说："此人虽出言不逊，但骂得痛快，切中要害。文章也写得漂亮，有才气。"大夸张友鸾文笔犀利，"狐埋狐搰"切中要害，很有才气。于是马上决定："这样的人才，非用不可！"立即请回张友鸾，聘请他做《世界日报》社会版的编辑。一年后，张恨水去职，成舍我又将张友鸾提拔为总编辑。

　　成舍我一生为"新闻自由"与"人权保障"而奋斗，是一位不畏权贵敢说真话的真报人。他不仅保持着"从业时间最长""创办媒体最多"等若干纪录，"三十多年的报人生活，本身坐牢不下二十次，报馆封门也不下十余次"，有着"为办报受挫最多"的名声。1928年初在南京创办《民生报》，按照"小报大办""精选精编"的方针，"重视言论，竞争消息，广用图片"，内容生动充实，令人耳目一新。1934年5月，《民生报》因揭发行政院政务处处长彭学沛（成舍我的亲戚）贪污舞弊案被汪精卫查封，成舍我被拘禁四十天。事后汪派人威吓说："新闻记者和行政院院长碰，无异于以卵击石。"并要求给汪写一封道歉信。成舍我断然拒绝，留下一句名言："我可以做一辈子新闻记者，汪先生不可能做一辈子行政院院长！"体现了一个报人的凛然正气。

　　《世界日报》创办第二年，因披露军阀张宗昌枪杀著名记者林白水，成舍我惹来杀身之祸，经北洋政府原国务总理孙宝琦出面营救方才死里逃生，但他仍鼓励同仁继续出报，因为"军阀总归要骂的"。面对挫折和生死，成舍我曾说："唯有不怕头破血流者才配做新闻记者。"

　　成舍我将其一生奉献给了中国新闻事业与新闻教育，以终身记者自许。直至晚年病中口不能言，仍以笔书写"我要说话"四字，可谓是成舍我以新闻复兴民族的人生写照。

蔡元培：兼容并包、爱才不拘

堪称"学界泰斗、人世楷模"的蔡元培是我国近代著名的民主革命家、教育家、思想家，也是近代中国大学教育的开拓者。他唯才是举、爱才惜才，在当时的北京大学文科教师队伍中，有新文化运动的著名代表人物的陈独秀、胡适、李大钊，也有政治上保守而国学深沉的学者辜鸿铭、刘师培、黄侃，有没上过大学的梁漱溟、语文满分数学零分却"破格录取"的罗家伦，也有"五马三沈二周（马裕藻、马衡、马鉴、马准、马廉、沈士远、沈尹默、沈兼士、周树人、周作人）"，一开五四时期北京大学"思想自由，兼容并包"的精神风范。

1917年1月4日，蔡元培就任北京大学校长。上任伊始，力主文科改革的他非常重视文科学长的人选，他对标新立异、鼓吹民主，创办了《新青年》杂志的新文化运动先锋陈独秀很是钦佩，就暗下决定聘请陈独秀出任北大文科学长。

蔡元培数次亲赴旅馆拜访陈独秀，据亚东图书馆经理汪孟邹在日记中记载："蔡先生差不多天天来看仲甫（陈独秀），有时来得很早，我们还没有起来。他招呼茶房，不要叫醒，只要拿凳子给他坐在房门口等候。"作为堂堂的北大校长，能三番五次到小旅馆去请陈独秀，不愧是一个礼贤下士的谦谦君子。但陈独秀拒绝了蔡元培的邀请，他说："我从来没有在大学教过书，又没有什么头衔，能否胜任，不得而知。"得知其顾虑后，蔡元培立刻回复陈独秀："你没有头衔儿，这不碍事，我了解你，我不搞论资排辈，只求有真才实学的人，没有教过书，也不要紧，因为你主要做教学的组织和管理工作。"

除此之外，主编《新青年》杂志是陈独秀拒绝蔡元培的另一个理由，他对蔡元培说："我正在编《新青年》杂志，杂事甚多、摆脱不了。"蔡元培听罢说："你可以把《新青年》带到学校里来办。"陈独秀无法再拒绝，终于答应了蔡元培，说："我试干三个月，如胜任即继续干下去，如不胜任立即回沪。"

然而，按照当时教育部的规定，担任北大文科学长一职，须有高学历及教学工作经验，陈独秀没有高学历，也没有教学工作经验，如果照实上报，教育部很可能不批准。思前想后，蔡元培想到了为陈独秀假造简历的办法，他给陈独秀杜撰了这样一份履历："陈独秀，安徽怀宁县人，日本东京大学毕业，曾任芜湖安徽公学教务长、安徽高等学校校长……"为能请到陈独秀，蔡元培可谓用心良苦。

1917年，梁漱溟报考北京大学没有考上，论学历他只是一位高中毕业生。但是，1916年，梁漱溟曾在《东方杂志》上发表《究元决疑论》一文，文章以近世西洋学说阐述印度佛家理论，这篇文章发表后很快便引起蔡元培的高度重视，他认为梁漱溟的学术功底深厚，前途无量，如果不进北大甚为可惜，说："梁漱溟想当学生没有资格，就请他到北大来当教授吧！"蔡元培便与文科学长陈独秀商议，决定聘请梁漱溟来校主持印度哲学讲座，而当时北大的学生有些比他的年龄还长。从此，年仅二十四岁的梁漱溟，便登上了这所全国最高学府的讲台，一教就是五年。在校期间，梁漱溟不仅很快胜任了教学工作，还写出了《东西文化及其哲学》等重要学术著作，轰动了中外哲学界。

治先秦史的名家马非百晚年提及，他于1919年6月考取北京大学文科，当时北京大学有沿袭多年的新生入学京官具保制度，因出身乡野，无人担保，他不平之下写信给校长蔡元培，尖锐地批评了京官担保制度这种陈规陋习的守旧和迂腐，指责这种制度与五四运动所倡导的民主、科学精神背道而驰。马非百在信末说道："我宁愿退学，也决不低头求人！"蔡接信后，很快给马非百回信，称马非百为"元材先生"（马非百原名），末尾自署"弟元培谨启"。并说"查法国各大学，并无此制。然本校系教授治校，事关制度，必须经教授会讨论通过才可决定"。对马非百的批评意见非常赞赏，但表示京官具保制度是经教授会议决定而制定的，不便擅改。蔡元培最后表态："如先生不以我为不合格，就请到校长办公室找徐宝璜秘书长代我签字。"于是马非百就在蔡元培担保下顺利进了北京大学。

正是蔡元培礼贤下士、用人不拘，集聚了不同思想和风格的优秀人才，一批具有新文化、新思想的代表人物进入北大。当时的北大，《新潮》与《国故》对垒，白话与文言相争，百家争鸣，盛极一时，北京大学因此而成为中国思想活跃、学术兴盛的最高学府。而"思想自由，兼容并包"的主张在接纳新文化、反对封建文化方面起到了积极作用，使得北京大学成为新文化运动的堡垒，科学民主的思想得以广泛传播。

闻一多：一心一口见勇毅

"此身别无长处，既然有一颗心，有一张嘴，讲话定要讲个痛快！"这是著名的现代诗人、学者、民主战士、中国民主同盟早期领导人闻一多说的一句话。闻一多曾写下著名的爱国诗篇《七子之歌》，发表了气壮山河、名垂青史的《最后一次讲演》，并被评为100位为新中国成立作出突出贡献的英雄模范人物之一。纵观闻一多的一生，爱憎分明、真诚勇毅的思想品格充分展现在他激情澎湃、充满张力的演说上。

处变不惊敢担当

闻一多为人正直，敢于担当，这种率真的品格也锻造了他泰山崩于前而色不变的演说气质。日军侵华的1937年间，闻一多主持侄女的婚礼，日军突来空袭，以致现场停电，参加婚礼的众亲朋和嘉宾惊慌躲避，一时乱作一团。这时闻一多却异常沉稳，在黑暗中高声宣布："结婚乃人生大事，岂能因敌人捣乱就中止举行！希望大家保持镇定！"众人这才渐渐安定下来，婚礼于是继续举行。相似的场景还出现在1945年，西南联合大学正在露天举办"五四"纪念会,忽然天降倾盆大雨,一时间会场秩序大乱。只见闻一多在台上大声说道:"今天是'雨洗兵',武王伐纣、陈师牧野之时,正如今日!"参会者听到闻一多这掷地有声、铿锵有力的说话,不由得为之一振,嘈杂声音顿时停消,秩序也变得井然起来,而临危不惧、勇毅担当的闻一多也令人刮目。

俗话说,"相由心生,言为心声"。一个人只有心定神安、从容不迫,才能临危不乱、处变不惊;只有镇定自若、敢于担当,才能理直气壮、泰然处之。吴晗曾评价闻一多的性格为"天真,任性,诚恳,勇敢,无所恐惧,爱人民甚于爱他自己"。在闻一多眼里,灾害是不屑一顾的,敌人更是无所畏惧的,唯有人民和正义事业才是心头之重、心中之畏。这也是闻一多的演说往往能发出震撼人心的感染力、号召力的原因之所在。

捐弃前嫌见胸襟

闻一多的直率勇毅不仅表现在爱国上,也体现在他实事求是、勇于自省上。1944年,昆明文艺界举行纪念鲁迅逝世八周年晚会,闻一多也去参加。闻一多作为"新月派"诗人,曾骂过鲁迅,他不仅不避嫌疑来参加,且发表了坦诚的演说。他先向鲁迅的画像深鞠一躬,然后说:"鲁迅对!他以前骂我们清高,是对的;他骂我们是京派,当时我们在北京享福,他在吃苦,他是对的……当时我们如果都有鲁迅那种骨头,哪怕只有一点,中国也不至于这样!骂过鲁迅或者看不起鲁迅的人,应该好好想想,我们自命清高,实际上是做了帮闲帮凶,如今把国家弄到这步田地,实在感到痛心!……时间越久,越觉得鲁迅伟大。今天我代表自英美回国的大学教授,至少我个人,向鲁迅先生深深地忏悔!"然后,他指着鲁迅画像旁悬挂的对联"横眉冷对千夫指,俯首甘为孺子牛"说,"有人说鲁迅是中国的圣人,就凭这两句话,他就当之无愧!"

"胜人者有力,自胜者强"。闻一多深刻体认到鲁迅的"硬骨头"品格并为之敬佩,他坚持刀刃向内,敢于解剖自己,勇于自我革命,矛盾问题不遮掩,是非错误不回避,展现了直言自省、知耻后勇的坦荡胸怀,既亮出了风范,也赢得了尊重。这也启示我们,一个人敢于拿起批评和自我批评的武器,对人对己揭短亮丑,真正触及灵魂,经受思想洗礼,才能在人格品质上不变质、不变色、不变味,永远保持蓬勃朝气和一身正气。

忧国为民鼓与呼

1938年,刚到昆明西南联合大学的闻一多一心研究《诗经》、古代神话,不问时事,被人戏称为"何妨一下楼先生"。日本军队攻陷郑州、长沙后,继续攻打贵阳,昆明形势十分危急,闻一多对国民政府的消极抗日十分不满,开始参加学生组织的讲演会,十分善于演讲的闻一多颇受学生拥戴,也极大地鼓励了昆明的抗日热情。从此,闻一多走出书斋,从一个学者变成了一个激情勃发的民主斗士,在许多公开场合作爱国为民的"狮子吼"。抗战期间,目睹国家陷于水深火热的苦难之中,闻一多如坐针毡、心急如焚,他在给学生臧克家的信中写道:"我只觉得自己是座没有爆发的火山,火烧得我痛,却没有能力炸开那禁锢我的壳,放射出光和热来。"1944年,在7月7日召开的七七纪念会上,闻一多慷慨激昂地说:"我过去只知研究学问,向不问政治。抗战以后我觉得这看法不对了,要研究,没有书,还有更重要的,我要吃,我要喝,而现在连吃喝都成问题了。因此我了解到所谓研究学问是吃饱喝够的人的玩意儿,而老百姓要争的首先是吃和喝!"

从一心研究学问到积极关心政治,从"不下楼"先生到"狮子吼"斗士,闻一多信仰立场转向的背后,彰显了爱憎分明、疾恶如仇的义无反顾,也诠释了追求民主、报国救民的真挚情怀。对于闻一多这座随时为国为民爆发的"火山",朱自清这样评价:"你是一团火,照彻了深渊;指示着青年,失望中抓住自我。你是一团火,照明了古代;歌舞和竞赛,有力猛如虎。你是一团火,照亮了魔鬼;烧毁了自己!遗烬里爆出个新中国!"闻一多用火一般的激情为民族为人民鼓与呼,托举着铁肩大义,也激励鼓舞着青年投身救亡图存的时代潮流。

壮怀激烈慨而慷

1945年12月1日,国民党特务制造了镇压进步学生的"一二·一"惨案,闻一多满怀悲愤,始终站在广大爱国学生一边,组织了众多的争自由、反独裁、反内战的活动,起草和修改了大量的杂文、宣言、通电、抗议书等文稿,因而被国民党特务列入暗杀黑名单,悬赏四十万元买其人头。但闻一多无所畏惧,继续从事各种进步活动,也被恨之入骨的特务骂为"闻疯子"。1946年7月15日,在云南大学举行的李公朴追悼大会上,主持人为了他的安全,没有安排他发言。但他毫无畏惧,拍案而起,慷慨激昂地发表了《最后一次演讲》,痛斥国民党特务,并握拳宣誓说:"我们有这个信心:人民的力量是要胜利的,真理是永远存在的""我们不怕死,我们有牺牲精神,我们随时准备像李先生一样,前脚跨出大门,后脚就不准备再跨进大门!"下午,他主持《民主周刊》社的记者招待会，进一步揭露暗杀事件的真相。散会后，闻一多在返家途中，突遭国民党特务伏击，身中十余弹，不幸遇难。

"人家说了再做，我是做了再说。"闻一多如是说。他先做了，面对恐怖暗杀和生命威胁，他不顾个人安危，无私无畏，挺身而出，撰文揭露真相，热情呼唤民主，亲自为死难烈士出殡，拄着手杖走在游行队伍前列；他也说了，痛骂反动，慷慨淋漓，抨击黑暗，言辞激烈，无愧于"口的巨人，行的高标""民不畏死，奈何以死惧之"的闻一多用行动诠释着爱国知识分子的可贵气节，正如冰心赞誉的那样："闻一多的死是一首伟大的诗，他给我们留下了最完美最伟大的诗篇。"

诗人尼扎米说："发自内心的话，就能深入人心。"一个人的演说不能言不由衷，也不可夸夸其谈，而是一种思想情感的传递、人格精神的彰显。只有言之有心，言之有义，言之有情，才能焕发出催人奋进的智慧和力量。

金庸捐款

　　金庸先生是当代武侠小说的代表人物,被誉为"香港四大才子"之一,他的武侠小说有着广泛的影响力,每部作品中不仅流淌着侠义正气和家国情怀,还渗透着比人文关怀更深层的慈悲观念。香港文评家林以亮曾说:"凡是有中国人,有唐人街的地方,就有金庸的武侠小说。"

　　1979前后,作为名作家、名报人的金庸,以《明报》记者身份前往台湾。其间他主动拜访著名作家、评论家李敖。然而,常自诩"口中无德"的李敖却并不待见金庸,受胡适的影响,他认为武侠小说在文学里不入流,是不上台面的。

　　闲谈时,金庸谈到,自1976年10月十九岁的长子查传侠在美国纽约哥伦比亚大学自杀离世后,这些年开始精研佛学,已经是虔诚佛教徒了。而向来心直口快、言语尖刻的李敖当即质疑道:"佛经里讲'七注财''七圣财''七德财',虽然有点儿出入,但大体上都以舍弃财产为要件。所谓'舍离一切,而无染着',所谓'随求给施,无所吝惜'。你有这么多的财产在身边,你说你是虔诚的佛教徒,你怎么解释亿万家财一文不舍呢?"金庸闻言一时语塞,虽然有些尴尬,但仍不失君子风度,以他惯有的微笑沉默不答。李敖认为金庸之所以选择信仰佛教,其实是一种出于人类理智的选择，也就是选择有利的而规避不利的，他还专门创造了新名词，称之为"金庸式伪善"。

面对李敖毫不客气的责难，金庸并没有计较，几十年来，他为各种爱心活动捐款不计其数，数十亿版权费全捐给了慈善机构，其中仅为香港中文大学便捐赠了一千万港币、为家乡浙江嘉兴一中捐赠了三百万港币，并无偿将斥资一千四百万兴建的云松书舍捐赠给杭州市政府。但金庸对自身却十分"吝啬"，一天三餐俭朴无华，一碗米饭、一盘青菜或一小盘鱼或肉。用餐时，若不小心餐桌上掉了一粒米或一片菜，他都要用筷子夹起来吃掉。

金庸为了研学佛学而买下了全套英文版的《原始佛教》书籍，并学习梵文，自己解读梵文版的佛经。他对朋友说："自从我研习佛经后，我就看淡了生死，对于那些名利得失自然也无所谓了。"20世纪90年代，金庸还向北京大学捐赠了一百万元，这项资金也作为当时北京大学的国学研究的启动资金。2001年前后，张纪中联系金庸谈《笑傲江湖》的改编费用，这本是一宗呼金喊银的"大买卖"，而金庸一天后就回复："愿以一块钱的价格将小说版权转让给央视，想拍哪部作品都可以。"2007年，金庸已经封笔多年，也没有收入，就在那样的情况下，他一次性就向北京大学捐赠了上千万元，这笔钱被用来设立了"金庸国学基金"，全方位资助北大国学研究院的教学、研究、翻译、出版等活动，而且在捐款时金庸反复叮嘱北京大学要保密，不要声张。当被记者问及捐款的理由时，他说："没有任何理由，该捐就捐。"

金庸先生的一生，正如他所塑造的武侠小说正面人物一样，一身正气、心存大义、悲天悯人，他是文字世界里的侠义之士，现实生活中的文化先驱。

文学孤勇者沈从文

沈从文是中国著名作家、历史文物研究者，创作以小说著名，与诗人徐志摩、散文家周作人、杂文家鲁迅齐名，曾在1987年、1988年两度被提名为诺贝尔文学奖评选候选人。沈从文一生历经风雨，跌宕曲折，但他淡泊自守，荣辱不惊，如其所言"不管是带咸味的海水，还是带苦味的人生，我要沉到底为止"。在艰苦寂寞的人生追求中成为伟大的文学孤勇者。

1928年，年仅二十六岁的沈从文在徐志摩的推荐下进入上海中国公学任教。第一节课沈从文面对学生以及很多慕名而来的听众，十分紧张，竟然在讲台上呆呆地站了近十分钟。好不容易能够开口了，沈从文又慌忙地讲个不停，仅用了十多分钟，就把预定一小时的内容全讲完了。沈从文极度尴尬，只得拿起粉笔，在黑板上写道："我第一次上课，见你们人多，怕了。"虽然第一次上课极其失败，但沈从文没有灰心，经过不断练习，很快他就能够在讲台上挥洒自如了。

1933年丁玲、潘梓年被国民党当局秘密逮捕，沈从文参加发起文化界营救丁玲等人的活动，写下了《丁玲女士被捕》《丁玲女士失踪》等文章，愤怒抗议国民党当局的卑劣行径。国民党特务文人张铁生在《庸报》上发表文章，攻击沈从文为丁玲辩护，并造谣诬蔑丁玲，为此沈从文准备向法院起诉，迫使《庸报》向沈从文赔礼道歉。

1934年3月，沈从文发表了《禁书问题》一文，对国民党的禁书政策提出批评，认为这是一种"愚蠢行为"，是对民族文化的摧残，近于秦始皇的"焚书坑儒"。此文一发表，立即遭到国民党报纸《社会新闻》的攻击，咒骂沈从文是"站在反革命的立场"。他的一篇描写革命根据地游击队战士英勇斗争的小说《过岭者》，以及长篇散文《记丁玲》，也都遭到国民党图书审查机关的删削。在白色恐怖弥漫全国的时代，沈从文凭着自己的良知，对统治者滥用手中的权力摧残民主、虐杀无辜、钳制言论进行了针锋相对的斗争。但是使他不解的是，他却遭到了来自"左"的方面的批评，被视为"没有思想""空虚作家""文体作家"，一度陷入不被人理解的彷徨。沈从文并没有沉浸在孤独苦闷之中，而是把心思和精力投入文学的海洋——作品是最有说服力的。20世纪30年代，是沈从文创作生涯中最为辉煌的时期。中篇小说成名作《边城》，长篇小说《长河》第一卷，短篇小说集《虎雏》《如蕤集》《八骏图》《新与旧》等，散文集《从文自传》《湘行散记》《湘西》，皆写作或出版于这一时期。

1943年，西南联大决定聘请沈从文当教授，月薪三百六十元，而当时同在西南联大的刘文典教授，月薪大概四百多元。据传刘文典瞧不起只有小学学历的沈从文，在投票会上说了一句这样的话："他要能当教授，那么我就是太上教授，陈寅恪才是教授，陈寅恪能拿四百元，我能拿四十元，朱自清能拿四元，沈从文只能拿四毛。"

有一次躲日军飞机，师生纷纷奔逃，刘文典正往防空洞跑，见沈从文也跑，就和人说："陈寅恪跑是为了保存国粹，我跑是怕没人教《庄子》了，学生跑是为了将来，他沈从文跑什么？"面对远亲刘文典的调侃，一些守旧的研究国学的教授也瞧不起沈从文，认为他没有学问。社会上也有人无端攻击他"根本谈不到什么派，也就始终谈不到思想"。但沈从文都没有放在心上，潜心教授各体文写作、中国小说史等新文学课程，不但坚持自己的文学创作，还坚持培养新的文学青年，以自己的言传身教造就了汪曾祺、林蒲、刘北汜、赵瑞蕻、卢静、马瑞麟等中国文学发展史上的领军人物。

"文革"期间，满墙的大字报揭发沈从文，他工作室里的几书架珍贵书籍遭到烧毁，还被安排每天负责打扫历史博物馆的女厕所，对于有一个文学修养的老人来说，莫过于是一种侮辱。但沈从文对此却很看得开，他幽默地说："这是造反派领导、革命小将对我的信任，虽然我政治上不可靠，但道德上可靠……"记者采访沈从文，他一直都微笑着，说他那时被安排打扫厕所，是多么尽心尽责，连缝道中的污垢都被他用指甲抠了出来，"我打扫的厕所在当时可是全北京最干净的"。

"不折不从，星斗其文；亦慈亦让，赤子其人。"在沈从文凤凰故里的墓碑上铭刻了他的一生。"相当寂寞，相当苦辛"的他宠辱不惊，淡看沉浮，"苦难的日子里飘满了荷花的清香"，以文学孤勇者的淡定与从容在中国现代文学史上留下了浓墨重彩的一笔。

绽放过真与爱的花，是一种至纯的美

"聂耳出生在一百年前情人节这一天。一百年后，聂耳的名字已经赶不上情人节的玫瑰了。"作家肖复兴曾这样为聂耳感慨。然而，英年早逝的聂耳，却以饱含革命激情的民族音乐鼓舞了铁蹄下中华儿女的斗志，他的生命，匆匆而又永恒。音乐家冼星海称他为"划时代的作曲家"，郭沫若撰诗赞他为"民族的天才"，而诗人艾青这样评价："你的歌声唤醒了一个民族起来抗争。"

在聂耳短暂的一生中，内心不仅燃烧过报国的热情，也点亮过爱情的火花。十七岁的聂耳在云南省立第一师范读书时，认识了初恋情人袁春晖，他们常在一起编排歌舞话剧，聂耳常常为她演唱伴奏，相约爬山、看风景。袁春晖戏称聂耳为"聂四狗"，聂耳则调侃袁春晖为"吹吹灰"，悄悄给她买稀罕的巧克力。每次和袁春晖相会时，聂耳都把袁春晖胸前的缅桂花要回去，夹在各种书里保存，直到干枯了还舍不得丢弃。聂耳曾在日记中写道：我不能够把C（袁春晖的代称）从我的"想念"中除去，我不可能把C从我的"爱慕"中除去……

当聂耳邂逅少年的烦恼，遇到妈妈向他催婚的时候，他在写给母亲的一封信中谈及自己的爱情观："我是为社会而生的，我不愿有任何的障碍物阻止或妨碍我对社会的改造,我要在人类的社会里,做出伟大的事业……"在国家危难之际,聂耳选择投身最"浪漫"的事业:以音乐为武器,献身革命。

即便这样,聂耳心中仍然对袁春晖情有独钟,放不下自己的初恋。他曾在女友袁春晖的照片后题写了一首短诗:"记得你是一朵纯洁的白兰,清风掠过,阵阵馨香,我心如醉……"

1930年7月,聂耳因参加学生运动在家乡被人告发,前往上海避难。他考入当时有名的明月歌剧社,成为剧社第一小提琴手。虽然受到老板黎锦晖的赏识,但当时的上海"影视圈"各种电影和音乐表现出来的却是灯红酒绿、歌舞升平的靡靡之音,这让聂耳非常无奈和鄙夷。

为此,聂耳只身奔赴北平寻求自己的理想。在北平,他深入天桥等贫民区了解下层人民的生活,思索践行着"如何去做革命的音乐"。在1933年至1935年间,被称为演艺圈的"拼命三郎"的聂耳创作出诸多歌曲:《卖报歌》《铁蹄下的歌女》《毕业歌》……如"无声处的惊雷",发出心灵的呐喊,唤醒沉睡中的人们。

正当聂耳以音乐为武器,吹响中国革命之号角时,在得知聂耳无意结婚后,1934年底,袁春晖的母亲匆匆为她定下一门亲事,与聂耳已经断绝音信一两年的袁春晖,也就在母亲的压力下走入了婚姻,这让聂耳痛惜不已。

国难当头的1935年,电影《风云儿女》开拍,当聂耳看到被捕的挚友田汉为影片创作的剧本以及一段歌词后,主动请缨为其作曲。几经修改,聂耳大胆地对歌词进行了处理。他把原词末尾"我们万众一心,冒着敌人的大炮飞机前进。前进!前进!前进!"改为"我们万众一心,冒着敌人的炮火,前进!冒着敌人的炮火,前进!前进!前进进!"这首作品一经诞生,立刻在祖国大地上广为传唱,《义勇军进行曲》铿锵有力、激越高昂的歌声成为挽救民族危机的时代最强音。

在写完《义勇军进行曲》后几个月,为逃避国民党政府追捕,聂耳取道日本前往苏联,却在日本藤泽市海滨游泳时,意外溺水身亡,年仅二十三岁。

聂耳遇难后,人们在清理聂耳的遗物时,在箱子底下发现了许多干枯的缅桂花花瓣。他没来得及成家就失去的初恋,像这些缅桂花一样,虽然花瓣干枯了,却芬芳依旧。正如网络上的一句流行语:"花店不开了,花继续开!你不在了,我也继续爱。"不是所有的花开,都会结果。但所有的花开,一定都曾美丽过。因为,绽放过真与爱的花,本身就是一种至纯的美。

第八辑

机智之辩

辩论应机，莫与为对

诸葛恪是三国时期吴国的名将和权臣，曾有平定山越之乱，取得东兴大捷之功，并授丞相，进封阳都县侯。青年时诸葛恪就"辩论应机，莫与为对"，口齿伶俐、反应机敏、聪颖过人，也深得孙权宠信和器重，称他"蓝田生玉，真不虚也"。身处君主权臣之间和明争暗斗的官场，常会有祸从口出的情形，但情商颇高的诸葛恪皆能应对自如和巧妙辩答，与其善于应变和恰如其分的表达是分不开的。

孙权非常欣赏诸葛恪的聪颖和才识，也喜欢随机出题检验他的应变能力，看诸葛恪如何回答。由于诸葛恪体态较为肥胖，孙权就以此戏弄他说："你近来用什么方法娱乐自己，保养得那么肥胖圆润呢？"诸葛恪知道是孙权借题刁难自己，他灵机一动回答说："我听说有钱的人喜欢把自己的居室装潢得十分漂亮，而有德的人喜欢修养自己的身心，身体自然无病而健康润泽，我不敢自己娱乐放纵，只是努力培养自己的美德而已。"

面对孙权的有意嘲弄，顺着孙权设置好的娱乐方向去回答胖的原因，必然会自我矮化，诸葛恪主动设置"富润屋，德润身"的议题，以有品德的人修养身心来肯定自己，从而化被动为主动，抢占了话语权，同时也化解了尴尬。在日常社交生活中，同样需要识别并跳出他人话语陷阱，重新设置有利于自己的议题，牢牢掌握话语的主动权。

有一次，孙权见到诸葛恪，问他："你的父亲和你的叔父（指诸葛亮）谁更优秀？"诸葛恪听后一愣，心想叔父诸葛亮声名在外，父亲诸葛瑾也官至大将军，谁更优秀总得有个令人信服的道理，他脑筋一转，随即回答说："我的父亲更优秀。"孙权笑着问："诸葛孔明贵为丞相，智勇过人，功盖当世，如何不如你父亲优秀呢？"诸葛恪不慌不忙回答说："我的父亲知道辅佐明君，而我的叔父却不知道，所以我的父亲更优秀。"孙权听后大笑。

让一个人评判自己的亲人高低，显然是一种刻意为难，从事实上讲叔父诸葛亮的知名度自然更胜一筹，但诸葛恪避免直接的比较，采取转移话题暗誉孙权的机智作答，既避免了贬低父亲的不孝，又逢迎了身为君主的孙权，自然是皆大欢喜。亚里士多德曾有过一句著名的设问：面对两根同样诱人的肉骨头，一条理性的狗该做出怎样的选择？正如经典的妻子和母亲落水，先救哪一个的故事，两全其美的作答是需要智慧的。对此，有时也需要避实就虚，转移话题，进行符合情理的取舍，以免陷入两难的话语困境。

在一次宴会上，孙权看席间诸葛恪年龄最小，就让他依次给大家斟酒劝酒。到了位高权重的大臣张昭面前，张昭不喝酒，说："让老人喝酒这样不符合敬老的礼节吧？"孙权对诸葛恪说："你能不能找个恰当的理由出来，让张公喝下这杯酒呢？"诸葛恪端着酒杯对张昭说："从前姜太公九十岁的时候，还手拿兵器指挥部队作战。现在打仗的时候皇上考虑到您的年龄和安全，让您在后方；而有宴会的时候又考虑您的功劳和地位，总是请您坐在前面，这难道不是尊敬您吗？"一番话让张昭无话可说，只好端杯一饮而尽。

诸葛恪借着孙权关爱张昭的恩典，有理有据地道出尊重张昭的良苦用心，如此夸赞已不是诸葛恪敬酒，而转化成了孙权的敬酒，张昭只能恭敬不如从命了。在一些特殊的时机和场景，免不了要讲一些指令性、约束性的话语，此时借势借力讲话不失一种选择，如充分借助领导的指示、上级的要求、专家的意见、民意的呼声等，使自己的讲话更加有号召力和说服力。

大学校长的妙语笑谈

清朝封建统治被推翻之后，正逢国家和民族救亡图存、革故鼎新之际，一大批有识之士和学术大家立志报国、献身教育事业，一开民主进步、开放革新的时代潮流。其中，一些颇有建树的校长的妙语言说，仍穿越时空，闪耀教书育人的智慧光芒。

南开大学是私立学校，经费经常需要向社会各界募捐，对此有学生提出："我们不要官僚军阀、土豪劣绅的臭钱做助学款！"张伯苓校长笑着说："美丽的鲜花不妨是由粪水浇出来的！"

竺可桢任浙江大学校长时，在一次联欢会上，有人请他"训话"，他笑道："训字从言从川，是信口开河也，我不训话。"

1931年12月3日，清华大学迎来了她的第十任校长，这位校长在就职典礼上，留下了中国大学史上最著名的一句话："所谓大学者，非谓有大楼之谓也，有大师之谓也。"这位新校长，就是后来执掌清华十七年，被誉为清华大学"永远的校长"的梅贻琦。在梅贻琦任清华大学校长之前，清华师生赶校长、赶教授是家常便饭，校长在任时间都不长。但是，梅贻琦任职清华期间，清华师生校友都能接纳他，并对他做出了很高的评价。有人问梅贻琦有何秘诀，梅贻琦并不做正面回答，而是非常幽默地自夸自己是因为姓得好:"大家倒这个,倒那个,就没有人愿意倒梅(霉)!"

中国近现代教育家蒋梦麟一生致力于教育工作,1930年冬担任北京大学校长。自此直至他1945年离开北京大学,是北京大学历史上任职时间最长的校长。1950年,傅斯年在一次演讲中说:"孟邻(蒋梦麟)先生学问比不上子民(蔡元培)先生,办事却比蔡先生高明。我的学问比不上适之先生,但办事却比胡先生高明。这两位先生的办事,真不敢恭维。"蒋梦麟听后笑着说:"孟真(傅斯年),你这话对极了,所以他们两位是北大的功臣,我们两个人不过是北大的'功狗'"。

这些校长多是近现代著名教育家,不仅术业有专攻,立身做人亦颇有风范。他们的一言一行,既是办学立校的导向,也是教书育人的心声;既是开放包容的担当,也是人格精神的示范,至今仍有深远的影响。

以卑说卑

孔子游历六国时,有一次他的马脱缰而逃,吃了一个农夫种的庄稼,这个农夫非常生气,把马扣留了。孔子派他的得意门生子贡去和农夫说情。学识渊博的子贡滔滔不绝地对农夫说了一通大道理,也说了不少好话,但农夫还是不肯把马还给他。孔子于是把马圉(养马人)派去,马圉对农夫说:"你从未离家到东海边去耕种,我们也不曾到过西边来旅行,但两地的庄稼却长得一模一样,马儿怎么知道那是你的庄稼而不能吃呢?"农夫听了觉得有道理,心甘情愿地把马还给了马圉。

物以类聚,人以群分。沟通也是一样,子贡学问很好,但是农夫却不吃他之乎者也的那一套,因为他们两人的学识、修养相差太远,彼此早已心存距离;同时农夫也根本听不懂,接受不了文绉绉的表达。而孔子的马圉和农夫一样都是底层百姓,并没有多少文化,却更容易相互理解和交流。正如孔子对子贡所说的"夫以人之所不能听说人,譬以太牢享野兽,以《九韶》乐飞鸟也",用别人听不懂的道理去说服他,就好比用礼仪请野兽享用祭祀的牛羊猪,请飞鸟聆听《九韶》般优美的音乐一样,犹如对牛弹琴,当然也就不会有什么好效果。这也启示我们,沟通要分清对象,区别身份，尤其要放下身段，多说接地气的话而少说书面的话，多讲大白话而少讲冠冕堂皇的话，多讲"普通话"而少摆谱打官腔，就能同频共振，找到共同语言。

《论语》中说："道不同，不相为谋；志不同，不相为友。"不同的人，可能有不同的生活环境和文化背景，气质修养和价值观念也迥然各异，这决定了他们看待事物的出发点。找对的方式说话，找对的人交流，是为人处世和沟通交流的重要内容，也正是孔子使马圉这个故事赋予我们的历史智慧和人生哲理。

钟会敏言妙对

钟会是三国时期魏国知名的军事家、书法家,史载他少年时聪慧敏捷,能言善辩。钟会五岁时,父亲钟繇带着他去见曹魏名臣蒋济,蒋济认为他是"非常人也"。

钟会和兄弟钟毓少年时就名声在外。父亲钟繇带着他们两个去见魏文帝曹丕,钟毓紧张得全身是汗,而钟会则好像没事儿一样,从容不迫。曹丕问:"钟毓啊,你怎么出了那么多汗啊?"钟毓说:"陛下天威,臣战战兢兢,汗如雨下。"曹丕又问钟会:"你怎么不出汗呢?"钟会学着他大哥的口气说:"陛下天威,臣战战兢兢,汗不敢出。"曹丕哈哈大笑。

有一次,司马昭和陈骞、陈泰一起乘车,经过钟会家时,招呼钟会一同乘车,随即驾车离开。等钟会出来,车子已经走远了。钟会赶到后,司马昭借机嘲笑说:"与人期行,何以迟迟?望卿遥遥不至(和别人约定时间一起走,你为什么迟迟不出来?大家盼着你,你却遥遥无期)。"钟会回答说:"矫然懿实,何必同群(矫然出众、懿德实才的人,为什么要和你们同群)!"古时以孝治天下,士人对父祖格外尊崇,言语间更要注意避讳,不能提到父祖的名讳,而司马昭提及钟会父亲钟繇("繇"古同"遥")的名讳,而钟会短短八个字的回答里包含了司马昭父亲司马懿、陈泰祖父陈实、陈骞父陈矫的名字,这是对其恶意嘲弄的有力回击。

钟会由于仰慕嵇康,于是他邀请当时的贤达之士一起去探访嵇康。当时嵇康正在大树下打铁,向子期为他拉风箱。钟会一行人来到时,嵇康举锤敲打不停,旁若无人,半天也不说一句话。钟会起身要走,嵇康说:"何所闻而来?何所见而去?"(听说了什么而来?看到了什么而去?)钟会答道:"闻所闻而来,见所见而去。"(听到了所听到的而来,看到了所看到的而去。)

人的交往之中,不可避免会遭遇恶意的嘲讽和嗤笑,此时应不卑不亢,保持人格的独立与尊严,既不忍气吞声、逆来顺受,也不恼羞成怒、暴跳如雷,而需应对不失风范,回击暗藏锋芒,善以其人之道还治其人之身,用有理有节之言赢得尊重。

孔子的两种回答

有一次子路问孔子："听说了就去做吗？"孔子答："不能！"冉有问孔子："听说了就去做吗？"孔子答："去做吧！"弟子公西华目睹这一切感到很奇怪，就问孔子："为什么同一个问题，回答不一样呢？"

在看孔子如何回答这个问题之前，我们不妨了解一下子路和冉有。据历史记载，"子路性鄙，好勇力，志伉直，冠雄鸡，佩豭豚"，比孔子小九岁的子路性情粗鲁，喜欢逞勇斗力，刚强气盛，性格直爽，经常头戴雄鸡式的帽子，佩带公猪皮装饰的宝剑，俨然一个放荡不羁的公子哥，甚至还曾经出言不逊侮辱过孔子。但孔子却不予计较，以礼义教化子路，子路钦佩孔子而心甘情愿地成为他的弟子。

而冉有小孔子二十九岁，性格谦逊，为人稳重，做事多虑，善于理财。孔子曾嫌身为季氏家臣的冉有只会帮主公聚富敛财，不知减轻百姓税赋，而异常生气，对其他徒弟说冉有"非吾徒也，小子鸣鼓而攻之可也"。或许是孔子对冉有爱之深，才会责之切。尽管如此，孔子还是对多才多艺、长于政事的冉有欣赏有加，称赞他"千室之邑，百乘之家，可使为之宰也"，认为其才可成为千户大邑，拥有百乘兵马之家，更胜任国家总管的职务。

面对这两个性格迥异、行事完全不同的弟子，所以孔子回答公西华说："冉有做事谦让多虑，所以我要激励他。子路好勇过人，做事有两个人的胆量，所以我要多约束他。"

孔子因人施教、因人而用，因而弟子达三千之众，其中才华出众的贤人更是有七十二人。被后世并尊称为"至圣"（圣人之中的圣人）、"万世师表"，可谓当之无愧了。这也启示我们，同样的工作或事物，面对不同的对象、条件和境况，就要因人因事因时因地制宜，采取不同的方法举措，而不能同等视之、同法处之。

卞壶三辩正礼法

卞壶（281—328）是东晋初期著名政治家、军事家，曾历任三朝要职，两度担任尚书令，后在苏峻之乱中率兵奋力抵抗，最终和两个儿子一同战死殉国，被明成祖朱棣赞为"千古忠孝表清门"。卞壶一生为人刚正不阿，不畏权贵，常以犀利在理的言辞口才维护礼法而为后世称道。今天，我们重温卞壶的故事，并非提倡其维护封建统治的思想局限，而是意在学习他忠诚报国的责任担当，维护法纪尊严的精神品格，正直秉公的人格风范。

一辩义正词严不畏权贵。卞壶非常重视礼法，维护朝廷纲纪从来不遗余力。在晋成帝即位举行登基大典的当天，王公大臣都来朝贺，只有元老重臣王导称病缺席。卞壶认为王导傲慢失礼，在朝廷上严肃地说："王公社稷之臣邪！大行在殡，嗣皇未立，宁是人臣辞疾之时！"意思是说，王公难道不是关系国家社稷安危的大臣吗？先帝还未下葬，新皇帝还未继位，这难道是臣子能以有病为由不到位的时候吗？王导听说后，不得不带病前来参加庆典。当时，王导与另一重臣庾亮不和，当庾亮掌权时，王导就称病不上朝。一次王导不上朝，却私下为车骑将军郗鉴送行。卞壶得知后，并不顾忌王导的权势和情面，上奏诉称王导"亏法从私，无大臣之节",虽然皇帝将奏章压下,未予处理,但却在朝野引发不小的震动。"没有规矩,不成方圆",更何况是等级森严、讲究礼仪的封建朝廷,卞壸面对失礼失节之举,既理直气壮、不留情面,又以小见大、一针见血,让王导自知理亏,无可辩驳,也让朝中官员敬畏卞壸三分,从此循规蹈矩。

二辩晓以利害不容私念。晋成帝年幼时,有一次皇太后下令,任命南阳乐谟为郡中正,颍川庾怡为廷尉评,但二人凭仗与庾亮的特殊关系,都强调父命,拒不赴任。卞壸当即奏禀皇太后:"人没有无父亲而出生的,职位也没有无事而设立的;有父亲就必然会有父亲的义务,任职就必然要担当操劳。如果每个家庭都把孩子当成私有财产,那么当君主的就没有了臣民,也就没有了君臣之间的道义。乐广(乐谟之父)、庾珉(庾怡之父)曾经受到先王恩宠,人早已经不是个人私有了,何况他们的后代,更不能以私人名义去占有。所任命的职务,如果都迁就顺从每个人的私心,那么参与战争、戍守边疆士卒的父母,都可以让自己的孩子不赴职。"由于卞壸的奏章很有说服力,因而朝议时群臣一致赞成。乐谟、庾怡不得已,只好走马上任。从此,只要朝廷有诏命,都不能以私凌公,不得以任何借口推延,也成了一条永久性的制度。卞壸有理有节,善于对比,抓住父亲与职位的责任,君王与臣子的关联,搞特权与卫国戍边的利害,层层递进说理,让人心服口服,也彰显了他秉公办事、刚直不阿的品格。

三辩以退为进不失胸怀。卞壸一直以来,兢兢业业勤勉为官,以匡风正俗为己任,不愿随波逐流,因此受到不少人的非难挖苦。如阮孚曾说他:"卿恒无闲泰,常如含瓦石,不亦劳乎?"意思是说,您经常这样说人管事,常常没有闲暇安逸的时候,好像嘴里含着瓦石,不是很劳累吗?卞壸从容应对说:"诸君以道德恢弘,风流相尚,执鄙吝者,非壹而谁!"意思是:各位君子以品德宽大、风流倜傥互相敬重,那么表现庸俗、卑微粗鄙的人,不是我还能是谁?针对阮孚不怀好意的讥讽发难,他没有勃然大怒,也没有简单训斥,而是以退为进,巧妙回敬,在自我"矮化"中还以颜色,可谓入木三分,既讲出了做人做官应有的担当和责任,也映衬出他为国事任劳任怨的博大胸怀。

庸芮智劝宣太后

战国时期的秦国宣太后,本名芈八子,是中国古代历史上第一位太后。芈八子不但很有政治头脑,还是一个敢爱敢恨的女子,她的一生充满了坎坷曲折的传奇经历和爱恨交织的男女之情。魏丑夫是宣太后晚年的男宠,他原本是大臣庸芮为公子柱找来的陪读,宣太后偶然发现他的样貌酷似初恋情人春申君黄歇,于是把他收为男宠。

公元前 265 年,秦宣太后染上重病,眼看不久于人世,她又割舍不下魏丑夫,于是在病榻上下达了一道诏令,死后一定要让魏丑夫为她殉葬。魏丑夫得知这个消息后,整天忧心忡忡,非常害怕,生怕这一天来临断了他的活路。感情再好,性命还是更重要啊,思来想去,他找到了宣太后最为信任的大臣庸芮求救。庸芮答应了他的请求,于是到宫中去见宣太后。

庸芮向宣太后请安后问道:"您认为人死之后,冥冥之中还能知觉人间的事情吗?"宣太后答道:"人死了当然什么都不会知道了。"于是庸芮说:"太后您这般明事理的人,明明知道人死了之后不会有什么知觉,为什么还平白无故要把自己所爱的人置于死地呢?即使是死去的人还能感知的话,那么先王早就对太后您恨之入骨了，太后赎罪还来不及呢，又怎么能和魏丑夫有私情呢？"宣太后觉得庸芮说得有道理，于是放弃了让魏丑夫为自己殉葬的念头。

说一不二的宣太后之所以听了劝，是因为庸芮采取了反证法来规劝。由于宣太后的身份和地位，从正面直接否定她的诏令反而适得其反，而顺着宣太后的想法出发，假定她的观点成立，反向推理出荒谬的结论，从而引入违背常理的"死胡同"，达成说服的目的，不失一种有效的沟通方式。

刘墉的妙答

刘墉是清朝著名的政治家、书法家,不仅学识渊博,而且口才颇佳,深得乾隆皇帝的器重和信任。有一年元宵节,乾隆皇帝领着文武百官和众妃嫔来到城楼上观灯。眼见北京城灯火通明,人山人海,乾隆兴致大发,就问身边的和珅:"你说这城下有多少人呢?"和珅被问住了,憋了半天也没说出话来。乾隆一脸的不高兴,转过头又问刘墉,只见刘墉眨了眨眼说:"皇上,这城下就两个人!"乾隆不解地问:"来来往往这么多人,你怎么说就两个人呢?"刘墉回道:"皇上,人再多,其实只有男女两种人,岂不是只有两人?"乾隆听后点头称是。

乾隆又指着城下闹哄哄的人群说:"刘爱卿,我大清一年要生多少人,要死多少人?"刘墉不假思索,马上答道:"生一个,死十二个!"乾隆不解地问:"我大清国人口众多,怎么说就生一个,死十二个呢?"刘墉笑着解释说:"今年出生的人再多,也就一个生肖属相。一年死的人再多,也离不开十二属相啊!"乾隆听后大笑,立赐刘墉御酒三杯。

又有一日,乾隆携刘墉等人微服私访,面对街市熙熙攘攘、来来往往的人群,他问刘墉:"这来来往往的人,都在各自做什么事呢,你可知晓?"心想,每个人各有其事,我倒要看你刘墉如何回答。不想刘墉稍一思索,回答道:"皇上,我看这些来往的众人只有两件事,一件事为名,一件事为利!"乾隆听了不禁龙颜大悦,连声说"妙"。

　　刘墉之所以有着巧妙机智的应答,与其博学贯通是分不开的,更在于他能洞察事物本质,不读死书、不拘传统。一个人学识渊博并不等于能力强,还要善于学以致用、经略实践,才能算是学有所成。

徐孺子机智归谬

徐孺子是我国东汉时期著名的经学家,他崇尚"恭俭义让,淡泊明志",不愿为官却乐于助人,被人们尊称为"南州高士"和"布衣学者",成为千秋传颂的"人杰地灵之典范"。相传豫章太守陈蕃极为敬重徐孺子的人品,而特为其专设一榻,徐孺子走了就悬挂起来。于是在王勃的名篇《滕王阁序》中便有了"人杰地灵,徐孺下陈蕃之榻"的不朽名句,并且传为千古佳话。徐孺子从小就聪慧善辩,机敏过人。

徐孺子九岁时,恰逢十五,在月光下玩耍。一位小伙伴对他说:"孺子,你看今天月亮特别明亮,但是月亮里面好像有东西,是传说的嫦娥和月兔所在的广寒宫吗?"徐孺子笑笑回答说:"可能是吧。"小伙伴说:"如果月亮里面什么也没有,会更加明亮吧?"徐孺子说:"我认为不是这样,这好比人的眼睛里有瞳孔,如果没有这个,一定看不见。"徐孺子想阐述的是,什么事都不是绝对的,事物的内因起决定作用,尽管当时古人对天体的认识还十分片面,但徐孺子小小年纪就具备朴素的唯物思想值得肯定。

徐孺子十一岁时,与太原人郭泰交游往来。一次,郭泰邀请徐孺子到家中,郭家的院子里有一棵大树,正准备砍伐掉,徐孺子问他为什么要砍掉一棵颇有年份的大树,郭泰说:"建造的宅院,正像一个大方口字一样,这'口'中有'木',是个'困'字,大不吉祥。"徐孺子略一思考答道:"建造宅院的方法,都正像一个大方口一样,可这'口'中住的都是'人',难道就是'囚'吗?是不是也不吉利呢?"徐孺子回答郭泰是顺着他的思路进行推理类比,从而反证出错误的结论。如果按郭林宗的说法,那么天下所有建成的房屋都如同囚牢一般不吉利。徐孺子的话让郭泰无以作答。

少年徐孺子的言谈启示我们,一个人不能轻信或盲从一种看法,要有独立思考的主见,学会质疑和归谬,对存在的错误观点不直接否定,而是先假定其真,然后据此导出荒谬的结果,从而掌握论辩的主动权。

秦宓辩天

在四川成都南郊的武侯祠,出刘备殿西偏殿的西廊中,塑有纪念三国时期蜀汉一朝文臣的十四尊塑像,称"文臣廊",蜀汉大臣、知名学者秦宓塑像在其中排第十一,祠内南北还有其与东吴使者辩天故事绘画和名人题咏。

令后世津津乐道的秦宓巧答天问事发生在蜀汉后期,载于《三国志·蜀书·秦宓传》。刘备去世后,诸葛亮成了蜀中的实际主政者,并领益州牧之职,他任命秦宓为别驾(州刺史的佐官),不久又提升秦宓为左中郎将、长水校尉,足见诸葛亮对秦宓才华的认可。

吴蜀联盟后,蜀汉派遣使者邓芝到东吴联络,东吴也派使者张温到蜀汉修好。当张温即将返回时,蜀汉文武百官都前往为他饯行。众人到齐后,唯独秦宓未到,诸葛亮几次派人催他,张温问:"秦宓是何人?"诸葛亮说:"益州的文人学者。"

秦宓来到后,神情不满的张温含讥带讽地问秦宓:"你身为益州学士,你很懂学问吗?"秦宓说:"益州五尺高的孩子都学习,您又何必小看人!"张温想有意为难一下秦宓,于是问道:"天有头吗?"秦宓回答:"有之。"张温问:"头在何方?"秦答:"在西方,《诗经》说'乃眷西顾',以此推之,头在西方。"张温又问:

"天有耳吗?"秦宓曰:"天处高而听卑,《诗经》云'鹤鸣于九皋,声闻于天'。若其无耳,何以听之?"张温继续问:"天有足吗?"答曰:"有,《诗经》说'天步艰难,之子不犹',若无其足,何以步之?"

张温见难不倒秦宓,又提出一个刁钻的问题:"太阳生于东方吗?"秦宓回答:"虽生于东而没于西。"张温还不死心,接着问:"天有姓乎?"秦宓答:"有。""姓什么?""姓刘。"张温觉得抓到了漏洞,讥笑问:"你如何知道?"哪知秦宓从容回答:"天子姓刘,所以天就姓刘。"张温的意思很明显,说日生于东,而东吴位于东方,也就是东吴是天子所在的地方。但机敏的秦宓当然明白张温的用意,没有掉入张温预设的话语陷阱,而是巧妙地说"虽生于东而没于西",说"天子姓刘",天就姓刘,指明蜀汉刘氏政权才是正统,巧妙地化解了张温的诘难。

秦宓纵横捭阖,引经据典,机敏应答,一问一答之间暗含机锋,悉数化解张温的刁难,显得有理有据,颇具说服力,也令满座皆惊。且秦宓言语间处处维护蜀汉的立场,强调蜀汉为正统,张温尽管对秦宓有看法,却不得不为秦宓的辩才所折服。

对于秦宓的辩才,有人问秦宓:"你想自比巢父、许由、商山四皓(四位古代著名隐士),为什么又有意地宣扬自己的辞藻文采、表露自己的奇瑰才能呢?"秦宓回答说:"我的文章不能尽言,言不能尽意,有什么文采辞藻可宣扬呢?当年孔子三次拜谒鲁哀公,作《三朝记》七篇,这是由于对有些事他不能保持沉默。接舆边走边唱歌,评论家认为这是文采光灿的诗篇;渔父咏叹奔流的汉水,贤士们认为这是文字闪光的辞章。老虎生来就有斑斓的花纹,凤凰天生就有五彩的羽毛,难道是它们以色彩来粉饰装扮自己吗?都是自然天生的啊!《河图》《洛书》因其文采而盛传于世,圣贤六经因其文采而传诵历代，君子以礼乐教化为美德，辞藻文采又有什么妨害！以我的愚笨，尚且以革子成反对文采的过失为耻，何况那些比我贤能的人呢！"

秦宓巧答天问事之所以能流传于世，有其值得思考的一些有益启示。一是立身做人为官，贵在有立场讲原则。秦宓尽管曾因劝谏刘备致牢狱之灾，也遭遇吴使张温的刻意刁难，却始终不卑不亢、忠蜀为汉，并没有泯灭精神上的忠诚品质、政治上的原则立场，也是其令后世称道之处。二是学识能力才干，重在学以致用。不难发现，秦宓一番对答如流的背后，是他深学善思、融会贯通的结果，如果秦宓只是饱读经书却不善表达、经世致用，只能是死读书、读死书，也不可能有旁征博引的巧答妙辩。

陈元方的巧喻

东汉道德家陈元方,"以至德称,兄弟孝养,闺门雍和",曾官至掌管诸侯及藩属国事务的大鸿胪。陈元方年少时就聪敏过人,能言善辩。

十一岁时,陈元方去拜会袁绍。对陈元方早有耳闻的袁绍想考一考他,就向他提问:"我听说你父亲担任河南太丘的长官,非常贤能,备受赞誉。他到底做了些什么呢?"

陈元方的父亲陈寔是太丘的行政长官,也被称为"陈太丘"。陈太丘为官清廉,家里简陋到连拉车的仆役都没有,应宰府召见时,身为长子的陈元方要给父亲和自己的孩子拉车,他弟弟陈季方则挑着行李跟随其后。虽然清贫,他们却受到宰府高规格的礼遇,人们也尊称他们父子三人为"三君"。

针对袁绍的问话,陈元方回答说:"家父在太丘,对强者用德行去安抚,对弱者用仁慈去体恤,让人们做心安理得的事。久而久之,大家就对他老人家越来越敬重。"

袁绍听后微微一笑,接着问:"我从前曾当过邺县县令,也正是这样做的。不知是令尊学我,还是我学令尊?"袁绍这一问,显然是一种刁难,陈元方若是回答父亲学袁绍,则会贬低自己父亲，刚才赞扬父亲的话成为多余；而回答袁绍学父亲，显然又是对袁绍的不敬。

面对这令人两难的诘问，陈元方略一思考，从容说道："周公、孔子生在不同时代，虽然时间相隔遥远，但他们的所作所为却是那么一致。周公不效仿孔子，孔子也不效仿周公。"

"周公不师孔子，孔子亦不师周公。"少年陈元方并没有正面作答，而是用几句颇有说服力的类比，借先哲来比喻治理各有千秋的袁绍和父亲，既照顾了袁绍的体面，又维护了父亲的尊严。他机敏应变而不卑不亢，可谓巧妙而睿智。

新娘子的口才

《后汉书·列女传》中有一则颇有意思的夫妻拌嘴故事，说的是曾任东汉太傅的袁隗，他的妻子马氏是东汉大儒马融的女儿，名叫马伦。马伦小的时候就聪慧好学，颇有才学，且能言善辩。马融家境优越，势大财丰，给女儿的嫁妆也很丰厚。婚礼刚完成，袁隗问马伦："女人出嫁后无非在家中做做家务，只需要一把扫把一个簸箕就够了，为什么搞得这么奢侈呢？"马伦回答说："父母疼爱，而我也孝顺，所给的嫁妆我也不能不要。夫君如果仿效鲍宣、梁鸿那样的清高，我也愿像少君、孟光那样来待你。"

刚过门的新娘子马伦面对丈夫袁隗的质疑，能随口说出鲍宣、少君和梁鸿、孟光两对夫妻的典故，足见其才识渊博，机敏过人。西汉大夫鲍宣的妻子，是桓家的姑娘，名叫少君，有很高的品德。鲍宣曾经就学于少君的父亲。少君的父亲赞赏鲍宣虽贫苦而为人清白，就把女儿嫁给他，陪嫁的礼物很丰厚。鲍宣见了并不喜欢，就告诉妻子说："你成长在富裕骄奢的环境之中，习惯了美丽的装饰。而我确实是处境贫穷,不敢承受这样的厚礼。"妻子回答说："我父亲因为先生注重品德修养，保持俭朴的生活，因此让我出嫁而服侍你。既然我乐意嫁给你，你的意见我都接受。"鲍宣高兴地笑着说："你能够这样,这就是我的愿望了。"于是少君把华丽的服装和饰物全部收藏起来,改穿短布衣裳,和鲍宣一起拉着小推车,回到家乡。拜见婆母后,就提着水瓮去汲水,奉行做媳妇的礼节,鲍宣家乡的人都称赞她。

而孟光是东汉时期扶风的一位女子,她皮肤黝黑,容貌欠佳,但力气极大。有许多人为她做媒,却屡遭谢绝。她年龄已到三十了,仍待字闺中。她父母问她不愿出嫁的缘故,才知道她已经有了意中人。原来,孟光早就听说同县有个叫梁鸿的人品格高尚,是个不可多得的青年才俊。孟光向父母表示,一定要找品德像梁鸿那样的人才肯出嫁。此话传到了梁鸿的耳里,当梁鸿得知孟光的志向后,主动请人去行聘。孟光在出嫁前,不备金银绸缎,却制作了布衣、麻鞋及织布的工具等。婚后,孟光尊重梁鸿的选择,共入霸陵山中,以耕织为业并以诗琴自娱。即使梁鸿隐姓埋名沦为佣工,孟光也不离不弃,依然对丈夫尊重有加,史书说"布裙木钗,每为具食,必举案齐眉,以示敬意",演绎了"举案齐眉"的佳话。

袁隗出身于四世三公的名门贵族,又是汉末枭雄袁绍、袁术之叔,他年少做官,大约是年轻气盛,一句"妇奉箕帚而已,何乃过珍丽乎?"对妇女和马伦不乏轻视贬低之意。马伦以"慈亲垂爱,不敢逆命"来阐述尊老爱长的亲孝传统,又以鲍宣、少君和梁鸿、孟光两对夫妻为例,说明夫贤妇惠、夫唱妇随的事理,表达自己的开明与贤惠,反问丈夫袁隗是否有鲍宣、梁鸿的志向,化被动为主动,辩论以事寓理、以攻为守,可谓有理有据,具有不可辩驳的说服力。

为了回避妻子的有力反诘,袁隗又转移话题,试图挽回颜面:"我听说,如果弟弟在哥哥之前先中举人,世上都会把这当作笑话。现在你的姐姐还没出嫁,你就先出嫁合适吗?"马伦微微一笑,回答说："我姐姐德行高尚，眼光远大，还未遇到相当的伴侣，不像我这种浅薄的人，随便草草嫁个人就算了。"

马伦这番回答，没有屈从于封建旧制的"三从四德"和袁氏家族的显赫，对袁隗的恶意调侃并不示弱，而是反唇相讥，以退为进，一方面褒奖其姐姐的"高行殊邈""未遭良匹"，宁负青春，绝不下嫁；另一方面又以自己"不似鄙薄，苟然而已"，来暗讽其夫的鄙俗粗陋，与自己的不般配。回应中看不出恼羞成怒的情绪，无一句粗俗怼骂的负气，却暗藏锋芒和涵养，一个知书达理、气度不凡的大家闺秀形象跃然而出。

袁隗见为难不了马伦，又把矛头指向岳父马融，继续问道："老丈人学识渊博，更擅长辞赋，堪称文坛领袖，只是为什么他老人家任官之地，常有贿赂的传闻发生呢？"袁隗本以为这次可以难住新娘子，不想马伦略一思索，答道："像孔子这般的圣人，也曾遭武叔（春秋鲁大夫，即叔孙州仇）诋毁；像子路这般的贤者，也曾遭公伯僚（孔子弟子，字子周）的诬陷。我父亲会遭到小人谗言诽谤，也就不足为怪了。"袁隗见说不过妻子，只能"默然不能屈"，在外面偷听的仆从也都为他感到惭愧。

马伦不愧是学识渊博、巧言善辩的才女，一句"孔子大圣，不免武叔之毁；子路至贤，犹有伯寮之诉"堪称经典，既维护了其父的人格尊严和为官口碑，也驳斥了将贿赂传闻与主政官德牵强联系的谬论。如此新婚之日，袁隗就以势凌人，企图将妻子和她的一家人奚落一番，不想反被马伦戏讽，丝毫不占上风，可想而知因夫妻舌战胜出的马伦日后在袁家之地位了！